新潮文庫

欧米掃滅

上巻

トム・クランシー
スティーヴ・ピチェニック
伏見威蕃訳

新潮社版

6626

欧米掃滅

上巻

主要登場人物

ポール・フッド……………………オプ・センター長官
マイク・ロジャーズ………………　〃　副長官。陸軍少将
リズ・ゴードン……………………　〃　主任心理分析官
マット・ストール…………………　〃　作戦支援官
マーサ・マッコール………………　〃　政策担当官
アン・ファリス……………………　〃　広報官
ボブ・ハーバート…………………　〃　情報官
ブレット・オーガスト……………米国空軍大佐
ジョディ・トンプソン……………映画製作会社の撮影助手見習
リヒャルト・ハウゼン……………ドイツ外務次官
マルティーン・ラング……………エレクトロニクス企業の経営者
ナンシー・ジョウ・ボズワース…ポールの元恋人
ベルナール・バローン……………フランス国家憲兵隊対テロ部隊大佐
カーリン・ドリング………………ネオナチ・グループの指導者
フェーリクス・リヒター…………ドイツ極右政党党首
ジェラール・ドミニク……………フランスのソフトウェア会社経営者

謝辞

執筆の準備にあたって創意にみちたアイデアをさずけてくれ、計り知れない貢献をなしたジェフ・ローヴィンにお礼申し上げる。また、マーティン・H・グリーンバーグ、ラリー・セグリフ、ロバート・ユーデルマン、トム・マロンの四氏およびフィリス・グラン、デイヴィッド・シャンクス、エリザベス・バイアーをはじめとするパットナム・バークレー・グループのすばらしい社員のみなさんの支援に感謝する。いつものとおり、われわれのエージェントで友人でもあるウイリアム・モリス・エージェンシーのロバート・ゴッドリーブにも感謝したい。彼がいなければ、この作品は生まれなかったであろう。だが、なによりも大切なのは、われわれふたりの努力がこうして実を結んでいるのは、あなたがた読者のおかげということである。

——トム・クランシー、スティーヴ・ピチェニック

1

木曜日　午前九時四十七分　ドイツ　ガーブセン

つい数日前まで、二十一歳のジョディ・トンプソンは、戦争と縁がなかった。

一九九一年にはもっと幼くて、男の子や電話やニキビに気をとられ、湾岸戦争にはたいして注意を向けていなかった。おぼえているのは、テレビで観た、緑色の夜空を白い閃光《せんこう》が切り裂く映像と、イスラエルとサウジアラビアに向けてスカッド・ミサイルが発射されたという話だけだ。記憶が貧弱なのは自慢にならないが、十四歳の女の子にはそれなりに優先しなければならないことがある。

ヴェトナムは両親の世代の出来事だし、朝鮮戦争については、大学一年生のときにようやく記念碑ができたことしか知らない。

第二次世界大戦は祖父母たちの戦いだ。とはいえ、不思議なことに、いまはそれをいちばんよく知りつつある。

ジョディは五日前に、めそめそ泣いている両親や狂喜している弟、身近いボーイフレンド、悲しんでいるスプリンガー・スパニエルのルースを残し、特別映画〈ティルピッツ〉の撮影助手見習として、ロングアイランド州ロックヴィル・センターからドイツへやってきた。機内で台本を読むまでは、アドルフ・ヒトラーや第三帝国や枢軸国《すうじくこく》のことは、ほとんど知らなかった。ときたま祖母がルーズヴェルト大統領のことを恭《うやうや》しく話し、原子爆弾のおかげでビルマの捕虜収容所で悲惨な最期《さいご》を遂げずにすんだ祖父が、折々トルーマン大統領について敬愛をこめて語る。その収容所で、祖父は拷問《ごうもん》した兵隊の耳を嚙《か》み切ったことがあった。どうしてそんなことをしたのか？　それではよけいひどく拷問されたのではないか？　とジョディがたずねると、温和な祖父はこう答えるのだった。

「人間は、ときには必要なことをやらなければならないんだよ」

そうしたことをのぞけば、ジョディが目にする第二次世界大戦といえば、ＭＴＶにチャンネルを変えるときに一瞬通り過ぎるケーブル・テレビの美術娯楽《A&E》チャンネルのドキュメンタリーぐらいのものだ。

そんなわけで、いまは世界を呑《の》み込んだその混沌《こんとん》について、一夜漬けで勉強している。ジョディは活字を読むのが嫌いだ。《ＴＶガイド》ですら、記事を半分読んだあたりでわからなくなる。ところが、米独共同制作の台本には、すっかり引き込まれた。危惧《きぐ》していたのとはちがって、軍艦や大砲ばかりが出てくるのではなかった。人間について書かれていた。北極海の凍てついた海で軍務に携わった数十万の乗組員、そこで溺《おぼ》れ死んだ数万の乗組員のことを、それを読んで学んだ。戦艦ティルピッツの姉妹艦ビスマルク――〝七つの海の恐怖〟についても知った。ロングアイランドに本社のある工場が、連合軍の軍用機の製造に誇るべき大きな役割を果たしたことも知った。兵士の多くは自分のボーイフレンドのデニスと変わらない年頃で、おびえていて、そういう立場に置かれたらデニスもきっとおなじようにおびえるだろうということを悟った。そして、セットに到着してからは、その力強い台本が生命を持ちはじめるのを目にしてきた。

きょうはハノーファー郊外のガーブセンの山小屋で、名誉を傷つけられた元突撃隊将校が、家族を捨て、身のあかしを立てるためにドイツの軍艦に乗り込む場面を見た。一九四四年、ノルウェーのトロムセフィヨルドでティルピッツを転覆させ、乗組員千名を海に葬《ほうむ》った英国空軍のランカスター爆撃機の編隊攻撃の手に汗握る特殊効果場面も見た。そしてこの小道具用トレイラーで、じっさいに戦争の道具に触れている。

ジョディは、こうした正気の沙汰《さた》とは思えない出来事がじっさいにあったというのが、いまもって信じ難かったが、その証拠が目の前のテーブルにずらりとならんでいる。古びた勲章、飾り紐《ひも》、襟章、袖口《そでぐち》の金モール、武器など、ヨーロッパやアメリカで私蔵されていた記念品を借り出し、これまでにない分量の陳列がなされている。棚にきちんと保管されている革装の地図、軍の書籍、万年筆は、フォン・ハーボウ元帥《げんすい》の書斎にあったのを、その子息から借り出したものだ。クロゼットの書類箱には、偵察機と小型潜航艇が撮影したティルピッツの写真が収められている。プレキシグラスの陳列ケースには、ティルピッツに命中したトールボーイ一万二千ポンド爆弾の破片が収められている。長さ六インチのその錆《さ》びた破片は、映画の終りのクレジットが流れる場面の背景の画像に使われることになっている。

それらの貴重な記念品に皮脂《ひし》がつくおそれがあるので、すらりとしたブルネットのジョディは、映像芸術学校のスウェットシャツで両手を拭《ぬぐ》ってから、目当てのほんものの突撃隊（SA）の短剣を手に取った。大きな黒い目が、銀の鐺《こじり》のついた茶色い金属の鞘《さや》から茶色い柄《つか》へと視線を動かしていった。柄頭近くの丸のなかに銀の字でSAとある。その下にドイツの紋章と鷲《わし》と鉤十字《かぎじゅうじ》が象《かたど》られている。鯉口《こいぐち》が硬いので、ジョディはゆっくりと刃渡り九インチの短剣の鞘をはらい、じっくりと眺めた。

短剣は重く、恐ろしげだった。これが何人の命を絶ったのだろう、とジョディは思った。何人の妻を未亡人にしたのだろう。このために何人の母親が泣いたのだろう。

裏返した。刃の表に〈アレス・フュール・ドイチュラント〉と黒で彫られている。昨夜のリハーサルではじめてその短剣を見たとき、ヴェテランのドイツ人俳優が、それは

〈すべてはドイツのために〉という意味だと教えてくれた。その俳優はこういった。「当時のドイツで生きていくには、すべてをヒトラーに捧《ささ》げなければならなかった。自分の会社も生命《いのち》も人間性も」ジョディのほうに身を乗り出した。「自分の恋人が第三帝国に逆らうようなことを囁《ささや》いたら、その女を密告するほかはなかった。それどころか、密告するのを誇りに思わなければならなかった」

「トンプソン、短剣は！」

ラリー・ランクフォード監督の甲高い声が、ジョディの物思いを引き裂いた。ジョディは短剣を鞘に収め、急いでトレイラーのドアに向かった。

「ごめんなさい！」ジョディは叫んだ。「お待ちだとは気がつかなくて！」ステップを飛び降りて、警備員の前を駆け抜け、トレイラーを走ってまわった。

「気がつかなかっただと」ランクフォードがどなった。「われわれが待てば一分間に二千ドルもの大金がかかるんだぞ！」監督が顎《あご》を赤いアスコット・タイから突き出し、手拍子を取りはじめた。「これで三十三ドル」手を打つごとにいった。「六十六ドル、九十九ドル――」

「すぐ行きます」ジョディが息を切らしていった。

「――百三十二ドル――」

ランクフォードはあと十分は撮影をはじめないはずだとホリス・アーリンナ助監督が

いったのを信じたのが馬鹿《ばか》だった、とジョディは思った。プロダクションの助手に前もって注意されたとおり、アーリンナは大きなエゴを持った小男で、他人を卑屈にさせることでそのエゴを養っている。

ジョディが近づくと、アーリンナが監督とのあいだに出てきた。荒い息をしているジョディが立ちどまって短剣を渡した。アーリンナはジョディと目を合わせず、背を向けて、監督までの短い距離をちょこまかと駆けていった。

「ありがとう」若い助監督が短剣を渡すと、ランクフォードが愛想よくいった。

監督が俳優に、息子に短剣を渡すときのそぶりをみずからやって見せるあいだ、アーリンナはすこしあとにさがった。ジョディのほうは見ず、彼女が立っているところよりだいぶ手前で足をとめた。

まあこんなものだろう、とジョディは思った。

ロケ地に来て一週間とたたないうちに、ジョディは映画界の仕組みを早くも見抜いていた。頭がよく野心的な人間がいると、みんながその人間を間抜けで気が利《き》かないように見せて、脅威ではないようにする。そして、しくじった人間とは距離を置く。どんなビジネスでも似たり寄ったりなのだろうが、映画界の人間はその点、芸術的なまでに意地が悪い。

小道具トレイラーに歩いてひきかえすとき、ホフストラ大学にいたころは自分や友だちにはちゃんとした支援体系があったのを、ジョディは懐《なつ》かしく思った。しかし、なんといってもそこは大学だし、ここは実社会なのだ。自分は映画監督になりたいのだし、この見習の仕事を得られたのは、とても運がよかった。もっと強くなり、利口になって、最後までやり遂げようと、ジョディは決意した。生き残るために必要ならば、みんなとおなじように図々《ずうずう》しくなろう。

ジョディがトレイラーに近づくと、年配のドイツ人警備員がなぐさめるようなウィンクを送った。

「あの威張りくさった連中は、俳優にはどなれないものだから、代わりにあんたたちをどなるんだよ」警備員がいった。「あまり気にしないことだ」

「気にしていません、ブーバさん」ジョディがにっこり笑い、嘘《うそ》をついた。トレイラーの車体に吊《つ》るされているクリップボードを取った。そこにはきょう撮影されるショットと、場面ごとに必要な小道具が記入されている。「どなられるのがここでいちばんひどいことなら、べつに死にはしないし平気よ」

ステップをあがるジョディに、ブーバが笑みを返した。ジョディは、煙草《たばこ》一本のためなら人殺しも辞さないような気分だったが、トレイラーのなかで吸うのは禁じられているし、表でぶらぶらしているひまはない。いまはそれより些細《ささい》なことのために人殺しも辞さない気分だというのは、認めざるを得なかった。たとえばアーリンナを厄介払いできるなら。

ドアまでいったところで、ジョディが不意に動きをとめ、遠くに目を凝らした。

「ブーバさん。森のなかでだれかが動くのが見えたような気がしたんですけど」

ブーバが爪先《つまさき》だって、そっちを見た。「どこだ？」

「四分の一マイルぐらい離れたところ。まだショットの範囲の外だけど、ランクフォードの撮影を台無しにしたらどんな目に遭うか」

「まったくだ」ブーバが、ベルト・ストラップから携帯無線機を抜いた。「どうやってはいりこんだのか、わからないが。だれかに調べさせる」

ブーバが無線機で報告し、ジョディはトレイラーに戻った。ランクフォードとその立腹のことを忘れようとつとめながら、見習い助手を責める監督という名の暴君ではなく、武器を帯びて国家を攻撃する暴君たちの暗い世界へとはいっていった。

2

木曜日　午前九時五十分　ドイツ　ハンブルク

大型ジェット機がハンブルク国際空港の滑走路02にどすんと着陸し、ポール・フッドははっとして目を醒《さ》ました。

やめてくれ——！　と体のなかのなにかが叫ぶ。

陽の光に温まったブラインドに頭をもたせかけ、目をぎゅっと閉じて、夢にすがりついた。

あともうちょっとだけ。

だが、エンジンがキーンという音とともに逆噴射して、旅客機を減速させ、その轟音《ごうおん》が夢の名残を吹き飛ばした。その直後には、とても楽しい夢だったということはべつとして、どんな夢だったのかもはっきりしなくなっていた。心のなかで呪《のろ》いの言葉を吐くと、フッドは目をあけて、手足をのばし、現実に身をゆだねた。

四十三歳の瘦《や》せた強靱《きょうじん》な体つきのオプ・センター長官は、エコノミー・クラスの座席に八時間乗っていたために、体がこわばり、あちこちが痛かった。オプ・センターでは、こうしたフライトを〝近弾《ショーツ》〟と呼んでいる——たしかにパンツ《ショーツ》をはいた尻《しり》が痛くなるが、それが理由ではないし、飛行距離が短いからでもない。政府職員がもっと広いビジネス・クラスの座席に乗ることを許される十三時間の壁に到達することなく地面におりるからだ。貿易関係の交渉役や外交官が贅沢《ぜいたく》な空の旅を好むおかげで、日本や中東はアメリカ政府に重視されているのだと、ボブ・ハーバートは信じている。政府職員が二十四時間のフライトでファースト・クラスを使えるようになったときは、オーストラリアが貿易と政治のつぎの戦場になるはずだ、とも予想している。

しかし、窮屈な座席でも、フッドはとにかく体が休まったという気はしていた。ボブ・ハーバートのいうとおりだ。飛行機の座席で眠る秘訣《ひけつ》は、体をゆったりと横たえられるかどうかとは関係《かんぺき》がない。そうではなかったのに、気持ちよく眠れた。肝心なのは静けさで、耳栓が完璧《かんぺき》な役割を果たした。

フッドは眉根《まゆね》を寄せて、背中をまっすぐにした。ハウゼン外務次官の招きで、数百万ドル相当のハイテク機器の考察のためにドイツに来たが、ブルックリン製の五十セントのシリコンの耳栓で、幸せな気分になっている。そこになんらかの教訓があるはずだ。

フッドは、耳栓を抜いた。プラスティックの容器にそれを入れるとき、夢のなかで感じた満足感だけでも記憶しておこうとした。だが、それもきれいに消え失《う》せていた。窓のブラインドをあけ、薄日に目を細めた。

夢、若さ、情熱。いちばん欲しいものは、いつだって消えてしまう。だからこそ欲しいのかもしれない。しかし、どうしてそれを嘆くことがあろうか。妻と子供たちは幸せで健康だし、自分はその家族と仕事を愛している。たいがいの人間よりも、ずっと恵まれているではないか。

フッドは自分で自分がわずらわしくなって、マット・ストールのほうを向いた。小太りのオプ・センター作戦支援官は、フッドの右、通路側の座席に座っている。ちょうどヘッドホンをはずしたところだった。

「おはよう」フッドがいった。

「おはようございます」ストールは、ヘッドホンを前の座席の背もたれに突っ込んだ。時計を見てから、キューピー人形に似た大きな顔をフッドに向けた。「二十五分、早かったですね」はきはきした口調でいった。「ほんとうは〈ロッキン'68〉の九回目を聞きたかったんですが」

「八時間ずっと聞いていたのか？　音楽を？」

「しかたないですからね」ストールがいった。「三十八分ごとにクリームとカウシルズとステッペンウルフがつづいてかかるんですよ。まるでカジモドみたいに非の打ちどこ《ビューテ》ろ《ィ》のない醜《フル》さですね――〈インディアン・レイク〉が〈サンシャイン・ラヴ〉と〈ワイルドで行こう〉のあいだに挟まっているんですから」

フッドは無言でほほえんだ。青春のころ、カウシルズが好きだったことは明かしたくなかった。

「それはそうと」ストールがいった。「ボブにもらった耳栓は、溶けて落ちてしまいましたよ。ぼくたち体重が重い人間は、長官みたいに痩せているひとより、いっぱい汗をかきますからね」

フッドは、ストールの向こうに目を向けた。通路をへだてた席で、白髪の情報官がまだ眠っている。

フッドはいった。「音楽を聞いていたほうがましだったかもしれない。わたしは夢を見て……」

「その夢を失った」

フッドはうなずいた。

「気持ちはわかります」ストールがいった。「電源が落ちてコンピュータのデータが消えたようなものですね。そういうときにぼくがどうするか、わかりますか？」

「音楽を聞く」フッドがあて推量をいった。

ストールが、びっくりしてフッドの顔を見た。「だから長官がボスで、ぼくがボスじゃないんだな。そうです。音楽を聞きます。いい時代を思い出させるものを。それでいい雰囲気になれる」

通路の向かいで、ボブ・ハーバート情報官が、南部なまりの甲高い声をあげた。「わたしか？ 心を落ち着かせるために耳栓を使うんだよ。だから痩せていると得なんだ。長官はどうでした？」

「最高だ」フッドがいった。「ハリファックスを過ぎる前に眠っていた」

「でしょう」ハーバートがいった。「オフィスでもためしてみるといいですよ。ロジャーズ将軍が落ち込んでこぼしたり、マーサが猫なで声で説得しようとするときに、耳につっこんで話を聞くふりをすればいい」

ストールがいった。「たぶんだめだと思いますね。ロジャーズ将軍は言葉より沈黙でものをいうし、マーサは街じゅうに大演説のメールを送るでしょう」

「きみたち、マーサをけなしてはいけない」フッドが注意した。「彼女は腕が立つ——」

「そうだな」ハーバートがいった。「で、われわれが反対意見をいうと、人種差別や性差別だときめつけて、われわれを法廷に送り込もうとする」

フッドは、反論しなかった。ロサンジェルス市長を長らくつとめた経験から、反駁《はんばく》しても相手の意見を変えさせることはできないと知っている。黙ったほうがいい。そうすれば争いのずっと上にいて威厳を保てる。敵がその高みに達するには、低い地歩をすこし譲らなければならない。つまりは妥協だ。遅かれ早かれ、だれもがそうする。たいがいの人間より遅いかもしれないが、ボブ・ハーバートもそうするはずだ。

旅客機が停止し、ボーディング・ブリッジがぐっとのびてくると、ハーバートはいった。「まったく世界は変わったよ。われわれには電子的な耳栓が必要だ。聞きたくないことが耳にはいらなければ、差別的と見なされるおそれがない」

「情報の大道《ハイウエイ》は、心を閉ざすのではなく、ひらくことだ」と、ストールがいった。

「ああ、そうかい。わたしの生まれたミシシッピ州のフィラデルフィアでは、ハイウェイなんかなかったんだ。春には水浸しになる未舗装路ばかりで、みんなで協力して、そこを通れるようにするんだ」

シートベルト着用のサインが消え、ハーバートをのぞく全員が立ちあがった。乗客たちが機内持ち込み用の手荷物を手にするあいだ、ハーバートは顔を仰向けて、天井の読書用ライトに視線を据えていた。ベイルートの米大使館爆弾事件のために脚が不自由になってから十五年たつが、いまだに歩けないのを強く意識していることを、フッドは知っていた。いっしょに仕事をしているものたちは、ハーバートのハンディキャップのことなど、これっぽっちも考えていないが、ハーバートは見知らぬ他人とアイ・コンタクトをするのを嫌う。彼の嫌いなもののなかでも、憐憫《れんびん》はリストのいちばん上に来る。

「だってなあ」ハーバートが、あこがれをこめていった。「故郷では、みんなでいっせいに道路のおなじ側から作業をはじめて、いっしょに働くんだ。意見のちがいは、やりかたをひとつにすることで解決する。それでうまくいかないときは、べつのやりかたで仕事を片づける。それがいまは、だれかの意見に反対すると、そのだれかのごく些細な属性を嫌っているせいだと非難されるんだ」

ストールがいった。「ご都合主義が優勢なんだ。それがアメリカの新しい夢なんだ」

「ぜんぶがぜんぶそうではない」フッドが指摘した。「それは一部だけだ」

昇降口があいて、通路にだれもいなくなると、ドイツ人の客室乗務員が航空会社の車《くるま》椅子《いす》を押してやってきた。携帯電話やラップトップのコンピュータが取り付けられているハーバートの特別製の車椅子は、荷物といっしょに先に送ってある。車椅子の上から身若い女性客室乗務員がハーバートのそばで車椅子の向きを変えた。

を乗り出し、手を貸そうとしたが、ハーバートは拒んだ。

「必要ない」鼻をふくらませていった。「わたしは、きみが小学生のころからこうしているんだ」

ハーバートは力強い両腕で肘掛《ひじかけ》を乗り越え、革の車椅子にどさりと座った。手荷物を持ったフッドとストールを従え、車椅子を自分で動かして、客室を進んでいった。

ハンブルクの熱気がボーディング・ブリッジにはいり込んでいたが、三人があとにしたワシントンDCにくらべれば穏やかなものだった。三人はエアコンのきいた騒がしいターミナルにはいり、そこで客室乗務員は、税関を通りやすいようにハウゼンがよこした政府職員と交替した。

客室乗務員が踵《きびす》を返したとき、ハーバートが彼女の手首を握った。

「どなったりして悪かった。だが、わたしはこいつと——」肘掛を叩《たた》いて、ハーバートはいった。「旧《ふる》い友人でね」

「わかります」若い女性客室乗務員がいった。「お気に触ったようでしたら、申しわけありませんでした」

「そんなことはないよ」ハーバートはいった。「きみはなにも悪くない」

客室乗務員が笑顔で歩み去り、政府職員が自己紹介をした。税関の審査を終えたら、湖畔のアルスター・ホーフ・ホテルへ送るよう、リムジンを待たせてある、とその男がいった。そして方角を示し、ハーバートが車椅子を動かして、にぎやかなパウル・バウマー広場を見おろす窓に沿いターミナルを進みはじめると、じゅうぶんに距離をおいて佇《たたず》んだ。

「なあ」ハーバートがいった。「すごい皮肉じゃないか」

「なにが?」フッドがきいた。

「自分たちの国の人間と共通の基盤はこれっぽっちも見当たらない。それなのに、連合軍がハンブルクの街の半分とともに破壊した空港にこうしてきている。客室乗務員には愛想を遣い、おやじをアルデンヌで撃った国の人間と、道路のおなじ側から作業に取りかかろうとしている。適応するのは容易じゃないよ」

「さっき自分でいったろう」フッドがさとした。「世界は変わったんだ」

「うん。世界は変わり、わたしについてこいと挑んでいる。だが、わたしはやるよ、ポール。天の神の助けで、ちゃんとやる」

そういいながら、ハーバートは車椅子の速度をあげた。アメリカ人、ヨーロッパ人、日本人のあいだを突進した――彼らもまた自分たちなりに競争し、走っているのだろう、とフッドは確信した。

3

木曜日　午前九時五十九分　ドイツ　ガーブセン

小山の端をまわって、木の蔭《かげ》にその女がしゃがんでいるのを見たとき、ヴェルナー・ダゴファーは不愉快そうに上唇をゆがめた。

撮影現場近くまではいりこませてしまうとは、道路封鎖チームはずいぶんずさんな仕事をしている、とヴェルナーは思った。ドイツでは、こんなへまをしたら職を失った時代もあったのだ。

そこへ近づくとき、胸の分厚い六十二歳の警備員は、七歳のときにフリッツ叔父が彼の家に身を寄せたときのことを、ありありと思い出していた。フリッツ・ダゴファーは、陸軍乗馬学校の馬具係下士官だったが、当直の先任下士官だったときに、泥酔《でいすい》した陸軍運動教官が少将の乗馬を厩《うまや》からこっそり連れ出した。そして真夜中に乗りまわし、肢《あし》を骨折させた。その教官が規則違反を犯したのはフリッツのあずかり知らぬところだったが、ふたりとも軍法会議にかけられ、懲戒除隊となった。戦時中で民間人の労働力は不足しており、フリッツ叔父は熟練した革職人だったが、それでも仕事に就けなかった。七カ月後、フリッツ叔父は水筒のビールに砒素《ひそ》を入れて飲み、みずからの生命を終わらせた。

第三帝国の十二年間に、すさまじい悪行が行なわれたのは事実だ、とヴェルナーはつくづく考えた。しかし、当時は個人の責任というものが、高く評価されていた。過去のものをすべて取り払ったために、われわれは規律や職業倫理など、数多くの美徳を失ってしまった。

いまは、時間給のために自分の命を進んで危険にさらす警備員は、ほとんどいない。そうした警備員が映画のセットや工場やデパートにいるのが抑止力にならないのでは、雇用主にとってあまりにも気の毒だ。そういう仕事を引き受けるのに同意したという事実は、たいがいの警備員にとって、どうでもいいことなのだろう。

だが、〈ジヒェルン〉のヴェルナー・ダゴファーにとっては、どうでもよくはない。ハンブルクに本社のあるその会社の社名は、ドイツ語で〈保障〉を意味する。相手がまたま偶然に撮影を邪魔している女ひとりであろうが、この危険きわまりない〝混沌《こんとん》の日々〟のあいだにヒトラーの誕生日を祝うごろつきの一団であろうが、ヴェルナーは自分の受け持ち区域の安全を確保するつもりだった。

森のなかに女がひとりいる、どうやら連れはいないようだ、と通信指令係に連絡してから、ヴェルナーはウォーキイトーキイを切った。胸を張り、バッジの向きがきちんとしているのをたしかめると、はみ出した髪を帽子に押し込んだ。ハンブルクの警察官として三十年勤めあげた経験から、権威ある格好でないと権威を発揮できないことを、ヴェルナーは知っていた。

ヴェルナーは、今回の仕事では〈ジヒェルン〉の遊軍で、小さな町の目抜き通りにとめた指揮車に配置されていた。ベルンハルト・ブーバの呼びかけを受けて、映画のロケ地まで四分の一マイルをバイクで行き、小道具トレイラーのところにとめた。それから、不審に思われないように撮影班を避けて、小山をまわり、二十エーカーの広さの森林地帯にはいった。その森の向こうに道路がもう一本あり、ピクニックやバードウォッチングをするものなど、とにかくあの女のような人間がはいりこまないように、〈ジヒェルン〉の警備員がそこで見張っているはずだった。

ヴェルナーが太陽を背負ってその木に近づくとき、団栗《どんぐり》をひとつ踏んだ。ほっそりした若い女が、はっとして立ちあがった。背が高く、頬骨が貴族的で、鼻は骨が太く、太陽をまっすぐに受けている目が熔《と》けた金のように見えた。ゆったりした白のブラウス、ジーンズ、黒いブーツといういでたちだ。

「あら！」女が息を切らしていった。

「おはよう」ヴェルナーが答えた。

女の二歩手前で足をとめ、帽子の鍔《つば》をちょっと持ちあげた。

「お嬢さん」ヴェルナーがいった。「あの山の向こうで映画を撮っているので、付近にひとを入れないようにしているんですよ」うしろに手をふって見せた。「いっしょに来てくだされば、道路までご案内します」

「なるほどね」女がいった。「悪かったわ。道路でいったいなにをやっているのかと思ったのよ。事故でもあったのかと」

「それなら救急車の音が聞こえるはずでしょう」ヴェルナーがいい返した。

「ええ、そうね」女が、木の向こう側に手をのばした。「バックパックを背負うから待って」

ヴェルナーは、ウォーキイトーキイで通信指令係を呼び出し、幹線道路まで彼女を送っていくと伝えた。

「そう――映画」左の肩でバックパックを担《にな》い、女がいった。「だれか有名なひとが出るの?」

映画俳優のことはあまり知らない、とヴェルナーが答えようとしたとき、頭上からかさこそという音が聞こえた。ヴェルナーが上を向いたとたんに、緑色の服を着て目出し帽をかぶったふたりの男が、いちばん低い枝から飛びおりてきた。小柄なほうの男が、ワルサーP38を構え、目の前に着地した。うしろに飛びおりた大柄なほうのひとりは、ヴェルナーには見えなかった。

「声を出すな」拳銃《けんじゅう》を持った男が、ヴェルナーにいった。「その制服を脱げ」

ヴェルナーが女に目を向けると、バックパックから折り畳み銃床のウジー・サブ・マシンガンを出したところだった。冷ややかな表情で、ヴェルナーの向けた侮蔑《ぶべつ》のまなざしをはねつけた。女は拳銃を持った男とならび、膝《ひざ》で押して男を横にどかすと、ヴェルナーの顎《あご》にウジーの銃口を押しつけた。胸ポケットの名札をちらと見た。

「誤解のないようにいっておくよ、ダゴファーさん」女がいった。「あたしたちはヒーローは殺す。制服をさっさとよこしな」

長いためらいののちに、ヴェルナーは渋々ベルトのバックルをはずした。抜け落ちないようにウォーキイトーキイを体に押しつけて、太い革のベルトを地面に置いた。

ヴェルナーが大きな真鍮《しんちゅう》のボタンをはずしはじめたとき、女がかがんでベルトを拾いあげた。ウォーキイトーキイをはずして裏返したとき、女の目が鋭くなった。小さな赤い『送信』ランプがついていた。ヴェルナーは喉《のど》がからからになるのがわかった。

通信指令係に聞こえるようにスイッチを入れるのは危険がともなうとわかっていた。だが、この仕事はときとして危険をともなうものだし、それをやったのを悔んではいなかった。

女が『ロック』ボタンを押して、送信できないようにした。そして、ヴェルナーから背後の男へと、視線を移した。ひとつうなずいた。

背後の男が長さ二フィートの銅線を喉に巻きつけて絞め、ヴェルナーは息ができなくなった。最後に感じたのは、切り裂かれるような痛みが頸《くび》のぐるりをめぐって、脊髄《せきずい》に突き刺さったことだけだった……

旧東ドイツのドレスデン出身で、小柄だががっしりした体つきのロルフ・ムルナウは、オークの木の脇《わき》に楽な姿勢で立っていた。十九歳のロルフは、武装し、用心おこたりなく、自分たちと映画セットの間の小山を見張っていた。片手にワルサーP38を持っているが、一見して武器とわかるのはそれだけだ。ベルトにはさんだ目出し帽には銅貨が詰め込まれ、いざ戦いになれば思いがけない威力のある武器となる。シャツの襟の下に仕込んだ研いだハットピンは、喉を切り裂くのにぐあいがいい。急所に突き刺し、すばやく横に引けばいいだけだ。また、腕時計のクリスタル・ガラスは、敵の目を横に薙《な》ぐ効果的な武器となる。右手にはめたブレスレットは、殴り合いのときにブラス・ナックルとして使える。

ラルフはときどき向きを変えて、道路から接近するものがいないことをたしかめた。もちろんいない。ロルフほか二名の〈炎《フォイヤー》〉の隊員は、予定どおり離れたところに車をとめ、警備員が休憩してコーヒーを飲んでいるあいだに森にはいった。警備員たちはしゃべるのに忙しく、まるで気づかなかった。

ロルフのくすんだ色の目は鋭敏で、血色の悪い小さな口は、きっと結ばれている。それも訓練の賜物《たまもの》だった。瞬《まばた》きの回数を抑えるよう、必死で努力してきた。戦士は敵が瞬きをする瞬間を狙《ねら》って襲いかかる。口を閉じておくのも、演習の際におぼえた。うめき声は、一撃がこたえていることや、つらくなっていることを、敵に教える。また、舌を突き出していると、顎を殴られたときに嚙《か》み切るおそれがある。

小山の向こうの映画のセットでふしだらな女やゲイや投資家たちがたてる物音を聞きながら、ロルフは自分の力と誇りを強く感じた。やつらはみんな〈フォイヤー〉の猛火に焼かれるのだ。きょう死ぬものもいるだろうが、たいがいはあとで死ぬ。そしてついに、カーリンや有名なリヒターのような人間によって、総統《デル・フューラー》の世界観が実現されるのだ。

ロルフの剃《そ》りあげた頭は黒い毛がのびはじめていたが、頭皮に彫った赤い鉤十字《かぎじゅうじ》はまだはっきりと見えていた。三十分間、目出し帽をかぶっていたために、汗に濡《ぬ》れて、少年の剛《かた》い毛のような感じだった。汗は目にもはいったが、ロルフは意に介さなかった。カーリンは軍隊の形式美を重んじているから、額を拭《ふ》いたり痒《かゆ》いところを搔《か》くのは是認しないはずだ。マンフレートだけはそういう自由を許されているが、めったにそれを行使することはない。ロルフは規律を楽しんでいた。それがなかったら、ロルフや同志たちは〝一本の鎖になっていない輪にすぎない〟とカーリンはいう。そのとおりだ。ラルフやその友人たちは、三人、四人、あるいは五人が組んで、ひとりの敵を攻撃したことはあるが、敵対する部隊を攻撃したことはない。警察や対テロ部隊の分隊を相手にまわしたことはない。怒りや激情をどういう方向に向けるかを知らない。カーリンは、それを変えようとしている。

ロルフの右手のオークの蔭では、カーリン・ドリングが、ヴェルナーの制服を脱がし終え、巨漢のマンフレート・ピパーがそれを着込んでいた。死体が下着だけになると、二十八歳のカーリンが大きな岩に向けて柔らかな叢《くさむら》の上を引きずっていった。ロルフは手伝おうとはしなかった。制服を吟味したあと、カーリンはロルフに歩哨《ほしょう》に立てと命じた。それがロルフの仕事なのだ。

ロルフは目の隅で、マンフレートが身を縮めるようにして着ているのを見た。計画では、カーリンともうひとりが映画セットに近づかなければならず、それには〈ジヒェルン〉の警備員に化けなければならない。殺した警備員が非常に胸が厚いので、ロルフが制服を着るとおかしな格好になる。だから、袖《そで》が短く、襟が窮屈でも、マンフレートがその役目をやることになった。

「自分のウィンドブレーカーがもう懐《なつ》かしく思える」ジャケットのボタンを苦労してかけながら、マンフレートがいった。「このダゴファーというやつが近づいてくるのを見ていたか？」

マンフレートが自分にむけて話しかけたのではないとわかっていたので、ロルフは黙っていた。カーリンは大きな岩の蔭の深い叢に死体を隠すので手いっぱいだったので、やはりなにもいわなかった。

「バッジや帽子を直したりして」マンフレートが、なおもいった。「背すじをのばして制服で歩くのが自慢なんだ。きっと第三帝国に生まれ育ったんだろう。〝若い狼《おおかみ》〟だったにちがいない。心の底では、いまもわれわれとおなじ心情だったんだろう」〈フォイヤー〉の創設者のひとりであるマンフレートは、剃りあげた大きな頭《かぶり》をふった。ボタンをかけ終えると、袖を精いっぱいひっぱった。「おそらくは立派な経歴のあるこういう人間が安閑としているとは、残念至極だ。ほんのすこしの野心と想像力があれば、大義におおいに役立ったかもしれないのに」

カーリンが立ちあがった。無言で武器とバックパックを吊《つ》るした枝のところへ行った。カーリンはマンフレートとはちがって口数がすくない。

ロルフは思った。でも、マンフレートのいうとおりだ。ヴェルナー・ダゴファーは、きっとわれわれに似た男だったにちがいない。そして、いよいよ火事嵐《ファイアストーム》がおとずれたときには、ダゴファーのような人間が味方につくはずだ。地球から肉体もしくは精神に欠陥のあるもの、外国の色に染まったもの、民族や宗教の面で望ましくないものを除去するのをおそれない男女が。だが、この警備員は上司に合図を送ろうとした。カーリンは敵をけっして許さない。自分の権威に疑問を呈するものは殺す。また、それは当然なのだ。ロルフが学校をドロップアウトして職業軍人になったときに、カーリンはこういった。一度敵対行為をするものは、かならずまたやる。いかなる指揮官であろうと、そういう危険を看過することはできない。

カーリンは、ウジーを取ってバックパックにしまうと、マンフレートの立っているところへ歩いていった。三十四歳のマンフレートは、カーリンほどのめりこんでいないし、博識でもないが、彼女に献身している。ロルフが〈フォイヤー〉にはいってから二年たつが、ふたりが離れているのを見たことがない。愛情なのか、たがいを護《まも》るためなのか、それともその両方なのか、ロルフにはわからなかったが、ふたりの固い結びつきがうらやましかった。

支度が整うと、カーリンはしばらく時間をかけて、くだんの警備員を相手にしたときの相手をおちゃらかすような女の子に戻った。それから、山のほうを見上げた。

「行くよ」と、いらだった声でいった。

大きな手でカーリンの腕を握ったマンフレートが、映画セットに向けて歩きだした。ふたりが行ってしまうと、ロルフは向きを変え、ふたりのために待機すべく、幹線道路へひきかえした。

4

木曜日 午前四時四分 ワシントンDC

ベッドのコミック・ブックの小さな山を眺めて、純真さはどうなってしまったのだろうと、マイク・ロジャーズ陸軍少将はいぶかった。

むろん答はわかっている。すべてのことどもとおなじように死滅したのだ、と苦々しく思った。

四十五歳のオプ・センター副長官は、午前二時に目が醒《さ》めてしまい、それからずっと眠れなかった。ストライカー奇襲チームに同行したロシア侵入作戦で、指揮官のW・チャールズ・スクワイア中佐が死んでから、ロジャーズはその作戦を夜ごとに頭のなかで再生している。空軍はモスキート・ステルス・ヘリコプターの初の実戦運用におおいに満足し、搭乗員は炎上する列車からスクワイアを救い出すためにあらゆる手を尽くしたと称揚された。そうはいっても、ストライカー・チームの報告聴取の重要な言葉の端々が、たえず脳裏によみがえる。

「……列車を橋まで行かせるべきではなかった……」

「……ほんの二、三秒のことだった……」

「……スクワイア中佐は、捕虜を機関車から救い出すことだけを考えていた……」

ロジャーズは、ヴェトナムに二度出征し、湾岸戦争で機械化旅団を率い、世界史の博士号を持っている。イギリスの政治家で歴史家でもあるマコーレーがいったように〝戦争とは煎《せん》じ詰めれば暴力であり〟、戦闘ではひとが死ぬ――ときには何千人もが死ぬ――ことを、十二分に承知している。だからといって、個々の兵士の死を受け入れるのが楽になるというものではない。ことにその兵士に妻と幼い息子がいるときは。チャーリー・スクワイアの思いやりとユーモア、それに――あまりにも短かったその人生に思いを馳《は》せながら、ロジャーズは頬をゆるめた――あの独特の才気を、家族ふたりはようやく楽しみはじめたところだったのだ。

ベッドに寝そべって追悼にふけるのはやめようと思い、ロジャーズは質素な牧場の母屋風の家を出て、近くのセブン‐イレブンに車で行った。朝になったらスクワイアの遺児のひよろりと痩《や》せたビリーにあう予定なので、なにかみやげを持っていこうと考えたのだ。菓子やテレビゲームは、母親のメリッサが喜ばないだろうから、コミック・ブックがいいだろう。子供はスーパーヒーローが好きだ。

自分にとってのスーパーヒーローであるチャーリー・スクワイアのことがまた頭に浮

かび、ロジャーズの薄茶色の目はなにを見るともなく宙を見つめた。スクワイアは命を大切にする男だったが、負傷した敵を救うためにためらわず自分の命を抛《なげう》った。スクワイアのその行為によって、すべてのものが高貴に見なされることになった――ストライカーの緊密なメンバーとオプ・センターの七十八名の職員ばかりではなく、スクワイアの愛したこのアメリカのあらゆる市民が。彼の犠牲的行為は、この国のきわだった特徴とされている思いやりの証左だった。

涙で目がかすみ、ロジャーズは、またコミック・ブックのページをめくって、気を紛らそうとした。

自分が読んでいたころの二十倍の値段になっていることに、ロジャーズは愕然《がくぜん》とした――十二セントだったのが、二ドル五十セントになっている。数ドルしか持たずに買いにいったので、つけにしなければならなかった。だが、それより癪《しゃく》に障ったのは、コミック・ブックの正義の味方と悪漢の区別がつかないことだった。スーパーマンは長髪で意地が悪い。バットマンはサイコティックすれすれで、ロビンはもうディック・グレイソンのようなこざっぱりした風采《ふうさい》ではなく、どこかの悪ガキみたいだ。ウルヴァリンという煙草《たばこ》を吸うソシオパスは、鉤爪《かぎづめ》で人間を引き裂いて刺激をおぼえる。〈スウィートターツ〉を感心しないと見ているメリッサには、これはとても容易には認められないだろう。

ロジャーズは、コミック・ブックの山を、ベッドから床のスリッパの横に落とした。これは子供にはあたえられない。

もうちょっと大きくなるのを待って、児童小説の『ハーディ・ボーイズ物』の本を買ってやればいいかもしれない、と思ったが、フランクとジョーがいったいどんなふうに変わっているかを見届ける自信がなかった。おそらく兄弟とも唇にピアスをして、チョッパーに乗り、反抗的な態度をとっているだろう。ロジャーズに似て、ふたりの父親の私立探偵フェントンはきっと年の割りに早く白髪になり、結婚したがっている女とつぎつぎとつきあっているにちがいない。

やれやれ、玩具《おもちゃ》屋へ行って、戦闘人形でも買うか。それともチェスか、教育ビデオにしよう。手を使うものや頭を使うものがいい。

ロジャーズは、高い鼻をぼんやりとなでた。それからリモコンを手にした。上体を起こして枕《まくら》に寄りかかり、テレビをつけて、けばけばしい色彩の内容のない新しい映画や、色褪《いろあ》せたこれも内容のない古いコメディ・ドラマ・チャンネルをつぎつぎと変えていった。ようやく古い映画のチャンネルに落ち着くと、ロン・チェイニー・ジュニア演じる狼男物をやっていた。チェイニーが、白衣の若い男に、自分を治して苦しみから解放してくれと哀願している。

「おまえの気持ちはよくわかる」と、ロジャーズはつぶやいた。

だが、チェイニーは幸運だった。彼の苦痛は、たいがい銀の弾丸によって終わりとなる。ロジャーズの場合は、戦争や犯罪や大虐殺《ジェノサイド》を生き延びたものの大多数とおなじで、苦しみは弱まりこそするが消えはしない。ことにいまのような真夜中にはそれがつらく、注意をよそにそらしてくれるのは、テレビの眠りを誘う音声や通り過ぎる車のヘッドライトの光しかない。エリザベス一世の寵臣《ちょうしん》で詩人のフルク・グレヴィル卿《きょう》が、ある挽歌《ばんか》でいみじくもこう述べている。『静寂は悲しみを強める』

ロジャーズはテレビを切り、明かりを消した。枕を体の下でまとめて、腹ばいになった。

自分の感じかたを変えられないのはわかっていた。だが、悲しみに屈服してはならないこともわかっている。未亡人と息子のことがあるし、ストライカーの新指揮官を見つけるという悲しい仕事もある。ポール・フッドがヨーロッパに行っているあいだ、一週間ずっとオプ・センターを運営しなければならない。しかも、きょうはその仕事のうちで最悪のものが控えている。オプ・センターの法律顧問ローウェル・コフィー二世は、『兎《うさぎ》の繁殖地に狐《きつね》を迎える』という的を射たいいかたをした。

夜のそういう静寂のなかでは、いつもとうてい耐え難いように思える。とはいえ、人生の重荷をになうまで生きていられなかったものたちのことを思うと、そういう重荷も耐えられないほどではないという気がするのだった。

中年になったバットマンたちが、ときにはちょっとばかり逆上するのも、わからないではないと思いながら、ロジャーズはようやく夢のない眠りに落ちていった……

5

木曜日　午前十時四分　ドイツ　ガーブセン

トレイラーにはいり、小道具のリストをひと目見て、ジョディは口もとをゆがめた。「最低」声を殺していった。「ほんとに最低」

ブーバと話をしたときには、明るくぷりぷり怒っていただけだが、いまは本気で不安になっていた。つぎに必要な品物は、小道具トレイラーの狭いバスルームに吊るしてある。テーブルやトランクの山のあいだをそこへ行くだけでも、微妙な動きを要する。きょうの運のなさからして、現場に戻れるのは、ランクフォードがワン・ショット分撮影して、それを現像し、つぎの撮影を開始するころになってしまうにちがいない。

重いクリップボードをテーブルに置くと、ジョディは進みはじめた。テーブルの下を這《は》い進んだほうが早いだろうが、そうしたらだれかに見られるにちがいない。卒業したとき、ルイース教授はジョディに見習い助手の口が決まったことを知らせるとともに、ハリウッドは理想や創意や熱意をくじくだろうと告げた。だが、それはいずれ癒《いや》されてもとに戻る。しかし、けっして尊厳だけは捨ててはならない、と教授は忠告した。それは一度捨てたら、もとに戻らない。だから、ジョディは這わないで、身をかがめ、体をひねり、迷路をたくみにじりじりと進んでいった。

小道具リストによれば、戦艦ティルピッツの乗組員がじっさいに着ていたリバーシブルの冬用軍服を取ってこなければならない。それがバスルームに吊るされているのは、クロゼットが骨董品《こっとうひん》の銃器でいっぱいだからだ。地元の警察が、銃器は鍵《かぎ》のかかるところに保管するようにと指示した。鍵のかかる物入れは、クロゼットしかない。

ジョディは、バスルームに向けて最後の数フィートを横向きに進んだ。横に重いトランクとテーブルがあり、ドアは細めにしかあかない。なんとか潜り込み、ドアを閉めると、息が詰まりそうになった。樟脳《しょうのう》のにおいがすさまじく、かつてのブルックリンの祖母のアパートメントよりもひどいほどだった。口で息をして、タグを見ながら四十を超えるガーメント・バッグをめくりはじめた。窓があけられればと思ったが、盗難を防ぐために、碁盤の目のように鉄棒が溶接されている。手をのばして掛け金をはずし、窓をあけるのは、簡単にはできない。

ジョディは心のなかで毒づいた。こんなのってある？　と自分に問いかける。タグはドイツ語で書いてあった。

クリップボードには対訳が記されていた。頭のなかでもう一度悪態をつき、せっぱつ

まった気持ちでドアをあけると、もぞもぞと出た。ふたたび迷路をどうにかこうにか進
みはじめたとき、不意にトレイラーの外の声に気づいた。何人かが近づいている。
熱意も創意もあったものじゃないわ、ルイース教授、とジョディは思った。あと二十
秒で、この仕事を失うことになる。
這いたいという誘惑は強かったが、ジョディはこらえた。クリップボードに手が届く
ところまで行くと、人差し指を上の穴にひっかけて引き寄せた。やけになって鼻歌を歌
いだし、一年生のオリエンテーションのときに踊ったとき以来やったことがないダンス
をしていると思おうとした。そして、バスルームのなかに戻り、ドアを閉めるとクリッ
プボードを流しに置いて、場面のリストと対応しているコンピュータのプリントアウト
と服のタグを必死で照らし合わせていった。

6

木曜日　午前十時七分　ドイツ　ガーブセン

トレイラーの裏から声が聞こえ、ブーバはふりむいた。

「……まったくあたしって、いつだってついてないのよね」と、女がしゃべっていた。かすれ声で、だいぶ早口になっている。「お店に行けば、映画スターが来たあと。レストランへ行けば、有名人が食事をした翌日。空港では二、三分のちがいで会えない」

ブーバは首をふった。まったく口の減らない女だ。ヴェルナーのやつ、かわいそうに。

「そして、こんどはこれよ」女はなおもしゃべりつづけ、表に回って来た。「たまたま映画のセットにはいりこんで、スターのすぐ近くまで来たのに、だれとも会わせてくれないのね」

ブーバは、ふたりが近づくのを見守った。女はヴェルナーの前を歩き、ヴェルナーは帽子を目深《まぶか》にかぶって、すこし前かがみになっている。女は両腕をふりまわし、腹立ちのあまりぴょんぴょん跳んでいる。映画スターを見てもどうということはない、とブーバは彼女にいいたかった。ふつうの人間とおなじだ。ふつうの人間が甘やかされて嫌な人間になっただけのことだ。

そうはいっても、その若い女が気の毒になった。ヴェルナーは規則一点張りだが、ちょっと規則を曲げて、スターをひと目見せてやってもいい。

「ヴェルナー」ブーバは同僚に声をかけた。「そのひとはもうここにいるわけだから、いっそ――」

だが、ブーバはそのセンテンスを最後までいえなかった。女のうしろから飛び出したマンフレートが、ヴェルナーの警棒を打ちおろした。黒い警棒がブーバの口に縦に叩《たた》きつけられて、血と歯が喉《のど》に詰まってゲボッという音を発しながらブーバはうしろ向きに小道具トレイラーの車体にぶつかった。マンフレートがもう一度、今度は右のこめかみを殴り、ブーバの頭が左を向いた。ゲボッという音がやんだ。ずるずると地面にくずおれ、トレイラーにもたれた格好でじっと動かなくなった。首と肩のうしろに血が溜《た》まってゆく。

マンフレートが、トレイラーのドアをあけ、血にまみれたヴェルナーの警棒を投げ込んでから、なかにはいった。そのとき、撮影班のひとりの男が叫んだ。「ジョディ！」

カーリンが、セットに背を向けた。ひざまずき、バックパックを下ろして、ウジーをそっと出した。

小柄な男が首をふり、トレイラーに向けて歩きだした。「ジョディ、そこでいったいなにをしている。それじゃじきに元見習助手になっちまうぞ」

カーリンが立ちあがり、ふりむいた。

アーリンナ助監督が足をとめた。まだ五十ヤードほど距離がある。「おい！」目を細くして、トレイラーのほうをじっと見た。「おまえはだれだ？」腕をあげ、指差した。「それに、それは小道具の銃か？　だめだ――」

ウジーからの自信に満ちた三点射を浴びたホリス・アーリンナが、仰向けに倒れ、手足をひろげて、虚空《こくう》を見あげた。

アーリンナが倒れたとたんに、ひとびとが悲鳴をあげて走りだした。若い女優に促された若い男優が、倒れた助監督のほうへ行こうとした。アーリンナのほうへ、つまりカーリンの方角へ這い進もうとした男優の頭のてっぺんに、ウジーのつぎの連射が命中した。男優はそのまま動かなくなった。若い女優が金切り声をあげ、カメラの蔭《かげ》から見守りつつ、ずっと叫びつづけた。

トレイラーの強力なエンジンがかかった。マンフレートがエンジンをふかし、セットに満ちる叫び声を打ち消した。

「行くぞ」マンフレートが運転室のドアを閉め、カーリンに向けてどなった。

カーリンは、ウジーを構えてあとずさりし、トレイラーのあいたドアを目指した。無表情で飛び乗り、折畳式のステップを引きあげると、ドアを閉じた。

マンフレートの運転で轟然《ごうぜん》と森を走り抜けるトレイラーの車体から、ブーバの命のうせた体が、どさりと地面に倒れた。

7

木曜日　午前十時十二分　ドイツ　ハンブルク

新総統を自称しているこの党首との会見がハンブルクのザンクトパウリ地区で行なわれるのは、まことに当を得ている、とジャン゠ミシェルは思った。

聖パウロに献じられたこの教会は、一六八二年に、エルベ川の起伏の大きいこの岸に建造された。一八一四年にフランスが静かな村を襲って略奪して以来、様子がすっかり変わってしまった。通過する蒸気船の水夫たち向けの旅館、ダンス・ホール、売春宿ができて、十九世紀のなかばには、このザンクトパウリ地区は、悪の巷《ちまた》として知られるようになっていた。

現在でも、夜のザンクトパウリ地区は、まったく変わっていない。けばけばしいネオンや挑発的な劇場の看板が、ジャズ、ボウリング、ライヴ・セックス・ショー、刺青《いれずみ》師、蠟人形館《ろうにんぎょうかん》、賭博《とばく》場の存在を宣伝している。『いま何時ですか？』、『マッチ持ってる？』といった罪のなさそうな問いかけをきっかけに、客たちは売春婦に連れられてゆき、用心深い小声で麻薬が売買される。

新ジャコバン派の代表であるジャン＝ミシェルが、ここでフェーリクス・リヒターと会うというのは、じつにふさわしい。フランスのあらたなる侵略、そして組織の合体により、ドイツをふたたび変えるのだ。今度はよいほうへ。

ジャン＝ミシェルは、部屋で眠っている旅の連れふたりを残し、アン・デル・アルスターのホテルの外でタクシーを拾った。ザンクトパウリへは十五分、目的の場所はいまわしい歓楽街のどまんなかのグルーセ・フライハイトだった。悪への誘惑抜きで景色が見たい観光客がまばらにいるだけで、あたりは閑散としていた。

ジャン＝ミシェルは、濃い黒髪をなでつけ、モスグリーンのブレザーのボタンを留めた。長身でやや肥《ふと》り気味の四十三歳の〈明日《ドゥマン》〉副社長は、リヒターとの会見を楽しみにしていた。リヒターを知る少数のものと、さらに深く知っているもっと少数のものは、二点でぴったり意見が一致している。ひとつ、リヒターは大義に一身を捧《ささ》げている。結構なことだ。ドミニク氏以下のフランス側も、理想に打ち込む人間だし、ドミニク氏はそうではない人間は激しく憎悪《ぞうお》する。

ふたつ、リヒターは気性が激しく、突然、極端にはしるという。相手をかき抱くこともあれば首を刎《は》ねることもあり、それが気分しだいだという。その点に関しては、ジャン＝ミシェルの陰の雇い主とかなり似ているようだ。ドミニク氏は、その場しだいで、相手を愛するか憎むか、寛大に扱うか容赦しないか、ふたつにひとつだ。ナポレオンやヒトラーもおなじだったろう。

それも指導者の性分なのだ、とジャン＝ミシェルは自分にいい聞かせた。だから相反する意見をはぐくむのを自分に許さない。ドミニク氏を知己に得たことが、ジャン＝ミシェルは自慢だった。リヒター氏を知己に得たこともそう思えればよいのだがと思った。

ジャン＝ミシェルは、リヒターのクラブ〈取り替え《アウスヴェクセルン》〉の黒い金属の扉に向けて歩いていった。ドアには魚眼レンズののぞき穴とその下にブザーのボタンがあるだけだ。左の脇柱《わきばしら》に大理石の山羊《やぎ》の首がある。ジャン＝ミシェルはボタンを押して待った。

〈アウスヴェクセルン〉は、ザンクトパウリ地区でもっとも悪名高く、退廃的で、しかも成功している夜の店だ。遊び相手の女といっしょに男がやってくる。店にはいったカップルは、ひとりがピンク、ひとりがブルーのネックレスを渡され、それに異なる番号がはいっている。おなじ番号のものが、だれであろうとその晩の遊び相手になる。服装のいい容姿のすぐれたものだけが、入店を許される。

山羊のあいた口から、荒々しい声が聞こえた。

「だれだ？」

「ジャン＝ミシェル・オルヌ」と、ジャン＝ミシェルは答えた。リヒターさんと約束がある、とドイツ語でいい添えようとして思いとどまった。リヒターの部下が客の名前も知らないようなら、運営がずさんだということになる。それなら、自分たちはかかわりを持たないほうが賢明だ。

すぐにドアがあき、六フィート六インチを超える大男のボディビルダーが、手ぶりでなかにはいるよう促した。大男は、ドアを閉めてロックすると、でかい手をジャン-ミシェルの肩に置いた。ジャン-ミシェルをレジのそばに連れていき、体を軽く叩いて徹底的な身体検査をしてから、しばらくそこに立たせた。

ジャン-ミシェルは、ビデオ・カメラと、大男の耳の小さなイヤホンに気づいた。〈ドゥマン〉のオフィスからドミニク氏が送ったファクスとビデオの映像を、だれかがどこかで見比べているのだろう。

ほどなく大男がいった。「ここで待て」そして背中を向け、闇《やみ》に姿を消した。

なかなか手ぎわがいい、とジャン-ミシェルは思った。大男の重い足音がダンス・フロアを遠ざかっていった。だが、用心は悪いことではない。ドミニク氏も、不用心ではあれだけの地位には登れなかったはずだ。

ジャン-ミシェルは、あたりを見まわした。明かりは右手のバーを囲む環状の赤いネオン四つだけだ。それだけでは店内の様子も、くだんの大男がこの部屋を出たかどうかも、判然としない。確実にわかるのは、エアコンのうなりが聞こえるにもかかわらず、ここがかなりにおうことだけだ。煙草《たばこ》の煙のすえたにおいと、酒、欲望の入り混じった臭気は、いささか吐き気をもよおさせる。

一分か二分たち、ジャン＝ミシェルはあらたな足音を聞いた。さっきの大男の足音とはまるでちがう。自信に満ちているが、軽く、床をこするようではなく、軽く足踏みをするような音だ。まもなく、フェーリクス・リヒターが、バーの赤い明かりのなかに姿を現わした。

三十二歳の粋《いき》な身なりのこの男を、ジャン＝ミシェルは写真で見知っていた。とはいえ、写真はリヒターの躍動的な物腰を伝えていない。リヒターは六フィートにすこし足りず、ブロンドの髪は丹念なレザー・カットで短く刈っている。完璧《かんぺき》な仕立てのスリー・ピース、磨きこまれた靴、赤いストライプのはいった黒のネクタイといういでたちだ。宝飾品は身につけていない。リヒターの仲間たちは、そういうものは女性的であるし、党にはめめしさのはいり込む余地はないと見なしている。

〝男が身につけるのをわたしが許すのは勲章だけだ〟と、党の機関紙《我らが闘争《ウンゼル・カンプフ》》の社説で、リヒターは述べている。

だが、リヒターの外見でもっとも印象的なのは、その目だった。写真はまったくそれを捉《とら》えていない。バーの赤い光のなかでも、それは相手を釘付《くぎづ》けにする力を持っていた。また、的を見つけると、びくとも揺るがなかった。リヒターは、だれが相手であろうと、目をそらすことがないと思われた。

近づきながら、リヒターの右手がゆっくりと銃を抜くような感じにあがってきた。脚から腰へと持ちあがって、さっと突き出される。一風変わってはいるが、優雅な仕種《しぐさ》だった。ジャン-ミシェルはその手をしっかりと握り、リヒターの握力の強さに驚いた。

「よく来てくれた」リヒターがいった。「しかし、きみの雇い主も来てくれるものと思っていたのだが」

「ご存じのように、ドミニクさんは工場から仕事の指揮をとるのが好きなんですよ」と、ジャン-ミシェルはいった。「いろいろな科学技術を駆使できるので、そこを離れなければならない理由はほとんどありません」

「わかるよ」リヒターがいった。「けっして写真を撮られない、めったに姿を見られない、それなりにふさわしい謎《なぞ》をたもっている」

「ドミニクさんは、謎めいていますが、けっしてやる気がないわけではない」と、ジャン-ミシェルが指摘した。「わたしは代理としてこの会見に派遣された。混沌《こんとん》の日々のあいだ、わたしが彼の目となり耳となります」

リヒターが、にやりと笑った。「そして、記念式典のために気前よく寄付してくださったものが、きちんと使われるのをたしかめる」

ジャン-ミシェルが、かぶりをふった。「それはちがう、リヒターさん。ドミニクさんはそういうひとではない。彼は自分の信頼する人間に投資するんです」

ジャン‐ミシェルが握っていた手を放すと、リヒターが横に来た。ジャン‐ミシェルの肘《ひじ》を取って、ゆっくりと闇のなかへいざなった。

「わたしの前でドミニクの弁護をしなくてもいいんだ」と、リヒターがいった。「自分の同輩がなにをしているのか、目を光らせるのは、当然の仕事だからね」

同輩だと？　ジャン‐ミシェルは心のなかでつぶやいた。ドミニク氏は年商十億ドルのメーカーを所有し、フランス……いや世界でもっとも有力な右翼政党を支配している。同輩と見なすような相手は、そう何人もいない。いくら利害関係が似通っていようが、リヒターはそれには該当しない。

リヒターが、話題を変えた。「われわれがきみのために予約したホテルの部屋だが、まずまずだろう？」

「たいへん快適ですよ」と、ジャン‐ミシェルは答えた。リヒターの傲慢《ごうまん》さに、まだいらだちがおさまらなかった。

「それはよかった」リヒターがいった。「ハンブルクに残っている数すくない古いホテルのひとつだ。戦時中に、連合軍が街の大部分を塵芥《ちりあくた》に変えた。ハンブルクは港だったのが災いした。しかし、皮肉にも古い木造建築ばかりが生き残った」ザンクトパウリ地区を抱きかかえようとするかのように、片手をふった。「連合軍は、売春婦や酔っ払いは爆撃せず、母や子供を殺した。それなのに、ありもしなかったホロコーストのような残虐行為《ざんぎゃく》のことで、われわれを怪物と呼ぶのだ」

ジャン－ミシェルは、リヒターがにわかにあらわにした激情に、いつのまにか釣り込まれていた。ドイツではホロコーストを否定するのは違法だが、リヒターが医学校にいるときに頻繁にそれをやったことを、ジャン－ミシェルは知っていた。反ユダヤ的な発言をしたために、全額給付の奨学金を取り消されても、リヒターは思いとどまらなかった。司法機関は非暴力的な活動家たちの訴追には乗り気でないが、リヒターのアウシュヴィッツにおける〝ユダヤ人の嘘〟演説を外国のニュース番組が録画してテレビで流したときは、ついに追及せざるをえなくなった。リヒターは二年間を獄中で過ごし、その間、部下たちがまだ揺籃期《ようらんき》だった運動を進め――リヒター個人の伝説をふくらませた。リヒターの勇気と献身に免じて、ジャン－ミシェルはまずい幕開きを気にしないことにした。なにせ、これからビジネスをやらなければならない相手なのだ。

ふたりはテーブルのところまで行き、リヒターが中央の電気スタンドをつけた。半透明の笠《かさ》の下で、小さな白い牧神が笛を吹いている。

リヒターが腰をおろすと、ジャン－ミシェルも座った。光はリヒターの目までおよばなかったが、ジャン－ミシェルにはその目が見えた。笠とおなじように、なかば透けている。リヒターは、このクラブと、ベルリン、シュトゥットガルト、フランクフルト、ハンブルクでやっているエスコート・サーヴィスで、ひと財産こしらえている。だが、貧乏だったときから鼻持ちならない人間だったにちがいない、とジャン＝ミシェルは判断した。

ジャン＝ミシェルは、二階を見あげた。ドアがいくつもならんでいる。ダンス以外のことがやりたいメンバーのための部屋にちがいない。

「ここに住まいがあるとのことですが、リヒターさん」

「あるよ」リヒターが答えた。「でも、泊まるのは一週間に一度か二度だ。たいがい、ハンブルクの南のバーゲドーフにある二十一世紀国家社会主義党のスイートにいる。政治運動の実質的な仕事は、もっぱらそこでやっている。演説の原稿書き、電話での請願、電子メールの発信、ラジオの放送、機関紙の発行——今週の《我らが闘争》は受け取ったね？」

ジャン＝ミシェルはうなずいた。

「それはたいへん結構」リヒターはなおも話をつづけた。「なにもかも、しごく合法的だ。当局がつぎつぎと軽罪をいいたててわたしをしつこく責めた最初のころとは、だいぶちがう。さて、こうして混沌の日々のためにお越しいただいた。きみの雇い主によれば、〝話し合い〟で代理をつとめるために。わたしとの短い電話で、彼はそういう言葉を使っていたよ」

「そうです、リヒターさん」ジャン＝ミシェルは身を乗り出し、テーブルの上で手を組んだ。「わたしは、ある提案を携えてまいりました」

ジャン-ミシェルはがっかりした。リヒターは心を動かされた様子もない。

「聞かせてもらおうか」

「一般には知られていないことですが」ジャン-ミシェルが切り出した。「ドミニクさんは、世界じゅうのネオナチ・グループをひそかに支援しています。イギリスの〈レザーヘッズ〉、ポーランドの〈兵士〉、アメリカの〈唯《ゆい》白人連合〉などを。民族浄化という共通の目標によって、世界におよぶ組織網をつくろうとしているのです」

「新ジャコバン派がそこにくわわる」と、リヒターがいった。「ドミニクの戦力は六千人といったところだな」

「ほぼそれくらいです」ジャン-ミシェルはいった。「そして、アメリカでインターネットに乗せれば、その人数は確実に増大する」

「まあ、ほぼまちがいない。ドミニクの計画のまがいものは、いくらでも知っている。なかなかおもしろい」

「ドミニクさんの提案は、リヒターさん、そこにあなたがたの二十一世紀国家社会主義党の組織を自分の陣営に引き入れるというものです。資金と、〈ドゥマン〉の技術へのアクセス、世界の未来を象《かたど》る役割を差しあげます」

「役割」リヒターがいった。「戯曲の」

「戯曲ではない」ジャン‐ミシェルがいった。「歴史だ」

リヒターが、冷ややかな笑みを浮かべた。「自分の戯曲を自由にできるわたしが、どうしてドミニクの芝居のひとつの役割に甘んじなければならないのだ」

ジャン‐ミシェルは、あらためてリヒターの我の強さに愕然《がくぜん》とした。「あなたがたのような人間が夢でしか持てないような資産をドミニクさんが持っているからだ。それに、ドミニクさんのコネで、政治的な保護と身辺の安全を提供できる」

「だれからの保護だ？」リヒターがきき返した。「政府は二度とわたしには手を出せない。二年間投獄されたことにより、わたしは大義に殉じる人間となった。それに、わたしの部下たちは身を捧げている」

「ほかにも指導者はいる」ジャン‐ミシェルが、かすかな脅しをこめていった。「新総統になる可能性のあるものが」

「そうかな」リヒターがいった。「それはいったいだれのことだ？」

ジャン‐ミシェルは、リヒターに圧力をかけたくてたまらなかったので、まさにうってつけの機会だと思った。

「はっきり申しあげれば、リヒターさん」ジャン‐ミシェルはいった。「〈炎《フオイヤー》〉のカーリン・ドリングが、この運動における輝ける星になるだろうという話が出ているのですよ」

「話が出ている？」リヒターが、穏やかな声でくりかえした。

ジャン＝ミシェルはうなずいた。フェーリクス・リヒターとカーリン・ドリングが、二年前からあからさまな敵対関係にあることを、ジャン＝ミシェルは知っていた。カーリンは東ドイツからにわかに現われ、テロリズムを擁護した。いっぽう、出所したばかりのリヒターは、政治的な積極行動を提唱した。両者はおおっぴらに相手を批判し、ついに〈フォイヤー〉の隊員がリヒターの党員二名を襲って殺した。指導者ふたりはようやくベルリンのホテルで首脳会談をひらき、たがいを批判することなくそれぞれの目標に邁進《まいしん》することで合意した。だが、垢抜《あかぬ》けない東ドイツのゲリラと、小粋な西ドイツの医学者のあいだには、いまも緊張が存在する。

「カーリンは精力的で、カリスマ性があり、大胆だ」と、ジャン＝ミシェルがいった。「ブレーメンの銀行襲撃やニュルンベルクの裁判所放火を計画して指揮したという話を聞いた――」

「たしかに、それだけではなく、ほかにもいろいろやっている」リヒターがいった。「カーリンは戦争がうまい。野良猫《のらねこ》を率いるボス猫、路地の闘士、野戦指揮官だ。しかし、彼女が政党を創《つく》って運営できる人間ではないということを、きみも彼女の信奉者もわかっていない。彼女はいまだに自分の全作戦にみずから参加することに拘泥《こうでい》している。いずれは官憲に捕まるか、取り扱いをあやまった爆弾にやられるだろう」

「そうかもしれない」ジャン－ミシェルはいった。「しかしながら、〈フォイヤー〉は、わずか二年で千三百人を集め、そのうち三十人は職業軍人だ」

「そのとおり。しかし、ほとんどが東ドイツ人だ。ケダモノだよ。わたしは五年で五千人の党員を、旧東ドイツとの国境のこちら側で獲得した。オルヌさん、それが政治運動の基本だよ。そこに未来がある」

「どちらにも場所はある」と、ジャン－ミシェルが説いた。「ドミニクさんは、あなたがたのどちらも力強い盟友になると考えている。それで、わたしにカーリンのほうとも話をするよう指示したのです」

例の相手を釘付けにする目が、時計からジャン－ミシェルへと動いた。機械のように精確で、感情がこもっていない。ジャン－ミシェルがその目を見ていると、リヒターが立った。短い謁見《えっけん》はどうやら終わりのようだ。ジャン－ミシェルは、見るからに驚いた顔をした。

「きょうの午後五時半に、ホテルに迎えにいく」リヒターがいった。「彼女もわたしも、今夜のハノーファーの大会に出席する。それを見れば、どちらが先を行き、どちらが追随するかがわかるだろう。それまで、ごきげんよう」

リヒターが背を向けて歩み去ると、大男のドアマンがジャン－ミシェルのうしろの暗がりから現われた。

「失礼だが、リヒターさん」ジャン-ミシェルが、無作法は承知で声をかけた。

リヒターが立ちどまった。

ジャン-ミシェルは立ちあがった。「わたしはドミニクさんに、今夜ではなくけさ報告するようにといわれています。提案について、どう伝えればよろしいのですか?」

リヒターがふりむいた。濃い闇《やみ》のなかでも、あの危険な目が見えた。

「雅量ある提案について考慮すると伝えてくれ。いましばらく支援と友情をお受けしたいと」

「それなのに、わたしをさがらせるのか」ジャン-ミシェルがいった。

「さがらせる?」リヒターの声はやさしく、抑揚がなく、そして険しかった。

「わたしは事務員やボディガードではない。ドミニクさんの代理だ。もっと礼儀正しくしてもらいたい」

リヒターが、ゆっくりとジャン-ミシェルのほうへ歩いてきた。「ドミニクの代理――」

「ドミニクさん、だ」ジャン-ミシェルは、憤激していった。「せめてもっと敬意を表してもいいだろう。そっちに力を貸そうというんだ――」

「フランス人は、いつだって野党の指導者に力を貸す」リヒターがいった。「一九七九年、中央アフリカ共和国のボカサ政権打倒のためにダッコを支援。イランに戻る途《みち》を画策していたホメイニを賓客として遇す。フランス人はそうした連中が権力を握ったときに恩を返してもらうのを期待しているが、そういうものはめったに得られない」ひどく冷ややかな口調でそういった。「ドミニクを尊敬してはいる。しかし、オルヌさん、わたしはきみとはちがって叩頭《こうとう》の礼をする必要はないんだ。彼はわたしの力を必要としている。わたしは彼の力は必要としていない」

主客顚倒《てんとう》もはなはだしい、とジャン‐ミシェルは思った。もう我慢できなかった。「失礼する」と、ジャン‐ミシェルはいった。

「いや」リヒターが静かにいった。「だめだ。わたしがそちらと対面しているときに立ち去るのは許さない」

ジャン‐ミシェルはリヒターをにらみつけ、それでも背を向けた。ドアマンにぶつかった。大男のドアマンがジャン‐ミシェルの首をつかみ、リヒターのほうを向かせた。

「リヒター、貴様、正気か」ジャン‐ミシェルが悲鳴のような声をあげた。

「的はずれなことをいうな」リヒターが答えた。「ここはわたしが仕切っている」

「このことがドミニクさんの耳にはいるというのが、わからないのか。ドミニクさんが許すと思うか。われわれは――」

「われわれ！」リヒターがさえぎった。ジャン‐ミシェルの目をのぞきこんだ。「なにになにという話が出ている、なになにだと聞いている……なんでもかんでも、〝われわれ〟

を主語にする……」リヒターは激怒していた。「君主でもあるまいに複数を使う。おまえは何者だ？」

そのときリヒターの腕が動いた。最初に会ったときとおなじ動きだった。だが、今回はその手にナイフが握られていた。それがジャン‐ミシェルの左眼の四分の一インチ手前でとまった。それから、リヒターはナイフを持ちあげて、眼球にまっすぐ狙《ねら》いをつけた。

「おまえが何者か、教えてやろう」リヒターがいった。「おまえは吠《ほ》えるのが精いっぱいの愛玩犬《あいがん》だよ」

ジャン‐ミシェルは怒りをたぎらせてはいたが、体の力が抜け、ぐにゃぐにゃになるのがわかった。正気の沙汰《さた》ではない、と思った。まるで時空のゆがみを移動したようだ。国家秘密警察《ゲシュタポ》はここでは存在できない。ビデオ・カメラがあって、世界じゅうが即座に画像を見て憤《いきどお》る時代なのだ。それなのに、現にここにいて、拷問《ごうもん》で恫喝《どうかつ》している。

リヒターは、ジャン‐ミシェルをにらみつけた。目は澄み切っているし、声はいたって平静だった。「おまえは、自分がわたしと平等であるかのような話しかたをする。空想のなかでロケットに乗るほかに、おまえはいままでの人生でなにをやってきた？」

喉《のど》になにかの塊のようなものがつかえ、ジャン‐ミシェルはそれを呑《の》み込もうとした。それはできたが、声が出てこなかった。瞬《まばた》きをするたびに、ナイフの切っ先がまぶたの内側を傷つけた。うめくまいとしたが、思わずうめき声が漏れた。

「思いちがいだった」リヒターがいった。「おまえは愛玩犬どころか、羊飼いが自分の代わりによこした子羊だ。提案をするためといいつつ、わたしがどんな牙《きば》を持っているのかをたしかめるためにな。つまり、わたしがおまえに咬《か》みつけば、ドミニクもわたしのことがすこしはわかろうというものだ。わたしがやつの配下の小役人どもに恐れをなしたりしないとわかる。今後は遇しかたを変えなければならないとわかる。おまえのことはといえば――」リヒターは肩をすくめた。「わたしの咬みかたが強すぎたら、やつはあっさり代わりを見つけるだろうな」

「やめろ！」ジャン＝ミシェルがいった。一瞬、怒りが恐怖をしのいだ。「貴様はわかっていない」

「わかっている。おまえがドアをはいったとき、コンピュータで身上調書を調べた。ドミニクの組織にはいったのは二十一年と十一カ月前で、科学の知識を梃子《てこ》にのしあがった。われわれのテレビゲームが一ビットか二ビットだったときに、四ビットのチップの特許をとり、それで〈ドゥマン〉はきわめて高度なゲームを売ることができた。アメリカでは、それに関してちょっと《ビット》した悶着《もんちゃく》があった。カリフォルニアのある会社が、おまえたちのチップは、自分たちが市場に出す準備を進めていたものと類似していると発表したからだ」

ジャン＝ミシェルは、落ち着かないそぶりを見せた。リヒターはたんに事実を述べているだけなのか？　それとも〈ドゥマン〉の素性をもっとくわしく知っているのか？

「最近、おまえは神経細胞を直接刺激するシリコン・チップの特許をとり、〈ドゥマン〉が新しいコンピュータ・ソフトウェアにそれを応用することになっている。だが、おまえは学生時代はノンポリだった。〈ドゥマン〉に雇われてから、ドミニクの世界観を受け入れるようになった。そこではじめてドミニクは、新ジャコバン派の特別な実力者集団におまえをくわえ、アルジェリア人、モロッコ人、アラブ人、われわれの共通の敵であるイスラエル人を、フランスから排除するのを手伝わせている。だが、ここでの重要語は、〝手伝わせる〟だ、オルヌ君。社会の序列において、民族的に下等なものはいなくてもいっこうにかまわない。献身的な召使は、それよりは上だが、しかし代わりはいくらでもいる」

ジャン＝ミシェルは、口が利《き》けなかった。

「さて、われわれが話し合わなければならない問題がひとつある」リヒターがいった。「わたしが子羊をどれほど強く咬むか」

リヒターが、切っ先が上向くようにナイフを傾けた。ジャン＝ミシェルが顔を引こうとしたが、うしろの大男が髪をつかんで動けないようにした。リヒターは切っ先が上瞼《うわまぶた》の下に来るまで、ナイフを上に動かしていった。目の輪郭をなぞるようにゆっくりと動かしながら、話しつづけた。

「二十一世紀国家社会主義党を結成する前に、わたしが医学を学んでいたことは知っているな？　答えろ」

「はい」自分で自分が不愉快になったが、ジャン-ミシェルはさらにいった。「お願いです、リヒターさん。どうか――」

「わたしは医師だった」リヒターがいった。「開業すれば優秀な医師の評判を得ていただろう。しかし、そうしなかった。なぜだかわかるか？　遺伝子的に劣る人間の世話などできないと気づいたからだ。この話をするのは、医師になるための教育を、ほら、こうしてべつのことに利用できるとわかったからだ。影響をおよぼすためにそれを利用する。肉体や、こんなふうに精神を支配する。たとえば、ナイフを押しあげれば、外直筋にぶつかると知っている。それを切ると、上を見たり下を見たりするのが、きわめて難しくなる。眼帯をしないと、目が勝手に動くので平衡感覚が狂う。それに――」声をあげて笑った。「――片目がまっすぐ前を向いて、もういっぽうがちゃんと動いていたら、ちょっと化け物じみているじゃないか」

ジャン-ミシェルはあえぎ、膝《ひざ》ががたがた揺れていた。大男が髪をつかんでいなかったら、きっと倒れていただろう。リヒターのすこし紅潮した顔を見ると、焦点がずれたナイフがぼやけた。目の上をちくりと刺されるのを感じた。

「やめてください」ジャン＝ミシェルは、めそめそ泣いた。「なんてことを、リヒターさん――」

涙で視界が曇り、顎《あご》ががくがくふるえて、目が揺れはじめた。動くたびに傷ができて痛んだ。

リヒターが、左手をゆっくりとナイフに近づけた。指は下に向けている。力をくわえて突き刺そうとするかのように、その掌《てのひら》を柄頭《つかがしら》に添えた。

「知っているか？」リヒターが、おだやかにきいた。「いまわれわれがやっているのは、洗脳の手順の一部だ。わたしはこのやりかたを、洗脳により驚嘆すべき成果をあげたＫＧＢから学んだ。苦痛を味わい、脳で恐怖を認識している状態で告げられたことは、真実となる。むろん、ほんとうに効果的にやるには、何度もくりかえさなければならない。系統的に、そして徹底的に」

リヒターは、ナイフをそっと上に押した。ちくちくする痛みが、突き刺す激痛に変わり、ジャン＝ミシェルの額の裏側を殴りつけた。

ジャン＝ミシェルは悲鳴をあげ、情けない声で泣き出した。みっともないと思ったが、我慢できなかった。

「さて、平等について、いまはどう思う、かわいい子羊君？」リヒターがきいた。

「こう思います」ジャン＝ミシェルが、またごくりと呑み込んだ。「お話の要諦《ようてい》はたしかにうけたまわりました」

「要諦？」リヒターがいった。「はじめて賢い言葉を吐いたな。しかし、本意ではないだろう」

リヒターがもう一度ナイフをねじり、ジャン－ミシェルが悲鳴をあげた。

「いや、わたしの話の要諦はこうだ。きわめて近い将来、ドミニクはわたしが彼を必要とする以上に、わたしを必要とするようになる。彼の新ジャコバン派の兵隊は、小規模な部隊で、局地的な作業に向いている。いっぽうわたしは、国際的な活動ができる能力を持っている。もとよりそういう活動をするつもりだ。ドミニクの新しいコンピュータ・プログラムは、アメリカの各都市でダウンロードされるだろうが、それを促すには時間がかかる。わたしと幹部のものがアメリカへ行き、アメリカのナチスを鼓舞してもよい。われわれは父祖の地ドイツ、運動の発祥地の人間だ。おまえたちは、征服され、従うことを教えられた人間だ。世界はわたしに付き従うだろう。五年、十年、二十年という月日のあとではなく、いますぐに付き従う。それとおなじように重要なのは、彼らがわれわれに金をよこすことだ。そうなれば、オルヌ君、ドミニクとわたしは、ただの同輩ではなくなる。わたしが彼の上に立つ」

リヒターがにやりと笑い、その直後に、ナイフを掌にすとんと落とした。後退しつつ、袖《そで》の下の鞘《さや》にナイフを収めた。

ジャン‐ミシェルが、痛みと安堵《あんど》の入り混じったうめき声を発した。

「では」リヒターがいった。「ドミニクに連絡するときは、謙遜《けんそん》についてわたしから教えを受けたといえ。ドミニクは理解するだろう。それから、カーリン・ドリングだろうがだれだろうが、ドイツの運動を余人が率いることはないといってやれ。それはわたしの天意だ。まだほかに用はあったかな？」

ジャン‐ミシェルがかぶりをふれるように、ドアマンが押さえる力をゆるめた。

「それはおおいに結構」といって、リヒターが背を向けた。「エイヴァールトがタクシーを呼び、おまえが身支度をととのえるのに一分の余裕をあたえる。今夜、会えるものと思っているぞ。思い出に残る夜になる」

リヒターがいなくなると、エイヴァールトと呼ばれた大男が、ジャン‐ミシェルを解放した。ジャン‐ミシェルは床にくずおれ、横倒しになって全身をふるわせた。左側の視界が赤くぼやけ、上瞼から血がしたたって下瞼にたまった。

まだ脚に力がはいらず、うずくまったまま、ジャン‐ミシェルはポケットからハンカチを出した。目に触れたとたんに、涙で薄まった血のために、それが薄い薔薇色《ばらいろ》に染まった。瞬きをするたびに、刺すような痛みがあった。だが、肉体的な苦痛より、精神的な苦痛のほうが大きかった。あんなふうに取り乱した自分が、ひどい臆病者《おくびょうもの》に思えた。傷を押さえながら、ジャン‐ミシェルは、屈辱を受けはしたがドミニクに命じられたことはやった、と自分にいい聞かせた。提案をして、御しがたいめかし屋にはねつけられたのだ。

だが、リヒターは、ドミニクが彼をなんとしても自分の陣営に引き入れたがっているほんとうの理由を察していない。民族浄化の運動を推進するのが目的ではないのだ。狙いはドイツ政府にとって深刻な懸念《けねん》を生じさせることにある。ドミニクは、ドイツを不安定にして、ＥＵ（欧州連合）の将来をドイツが定めるのをヨーロッパの他の国がためらうようにしたいのだ。そうなれば、指導的な役割はフランスにまわってくるし、フランスの意思はひと握りの巨額事業の経営者たちによって決まる。そして、ＥＵの方向が決まれば、アジアその他の世界各国は追随する。

ことにアメリカが混沌《こんとん》に陥っているとなれば、追随せざるを得ない。その目標が達成されれば、ドミニクはリヒターを捨てるはずだ、とジャン－ミシェルは思った。半世紀前にフランスが身をもって知ったように、ドイツのファシストをあまり強力にしてしまうのはまずい。

数分後に、ジャン－ミシェルは膝立ちになった。それから椅子《いす》につかまって立ち、前かがみになった。傷がすでにかさぶたになりかかっていて、目にひっかかり、瞬きをするたびにリヒターに対する憎悪《ぞうお》がつのった。

だが、いまはそれを胸にたたんでおかなければならない、と思った。ジャン－ミシェルは科学者なので、辛抱が身についていた。まして、出発の前にドミニクが、過《あやま》ちからも学ぶことはあるといっている。これで新総統について、ずいぶんいろいろわかった。ようやくハンカチをしまうと、ジャン－ミシェルはドアに向かった。エイヴァールトの手は借りなかった。ドアをあけると、傷ついた目を覆《おお》って、きつい太陽の光からかばい、待っているタクシーへ向けてゆっくりと歩いていった。

8

木曜日　午前十一時五分　ドイツ　ハンブルク

空港からアウトバーンを通って街の中心まで、車で三十五分かかった。仕事で旅をするたびにフッドは思うのだが、通り過ぎる建物や記念碑や博物館に立ち寄って見物する時間がないものだろうか。アメリカという国がまだ若いだけに、もう古びていた寺院を、時速九十マイルで走りながらちらりと見るだけでは、腹立たしいかぎりだった。しかし、たとえ時間があったとしても、悠然と眺めていられるかどうか、自信がなかった。どこへ行こうが、そもそもそこへ行った目的の仕事に最善を尽くそうという気構えは譲れない。つまり、景色を見たり遊んでいる時間はない。オプ・センターの法王《ポープ》パウロ《ポール》という綽名《あだな》を献上されたのは、ひとつにはフッドがそういうふうに仕事に全身全霊をかたむける性分だからだ。たしかなことはわからないが、その綽名は広報官のアン・ファリスが考え出したのではないかと、フッドはにらんでいた。

色ガラスの窓の外を近代的な摩天楼が疾《はや》く過ぎるのを見て、フッドは奇妙な悲しみをおぼえた。自分とアンがあわれに思えた。離婚経験者でまだ若いアンは、フッドが好きなのを隠そうともせず、ふたりだけで仕事をしているとき、フッドは危険なほどの親しみを感じる。たしかにうっとりするような誘惑の力があって、それに屈するのはいとも簡単なはずだった。だが、それでどうなる。自分は結婚しており、幼い子供がふたりいて、家族を捨てるつもりはない。正直いって、いまでは妻とのセックスは好きではない。自分でも認めたくないが、ときどき完全にやめてしまおうかと思うことがある。フッドが結婚した女性――夫を崇拝してかいがいしく世話をしていたエネルギッシュなシャロン・ケントは、もうそこにはいない。彼女は母親になった。ケーブル・テレビの出演者で、家族とはべつの生活があり、フッドがクリスマス・パーティでしか会わない同僚がいる。齢《とし》をとって、疲れ、前ほどにはフッドをもとめなくなっている。

いっぽうこっちは、せめて心のなかだけでも、みごとな長槍《ながやり》を携え、雄馬を襲歩で駆けさせている伝説的英雄エル・シドのつもりでいる。

むろん、それは心のなかだけの話だ。自分が肉体的にはもうかつてのような騎士ではないことは、認めざるを得ない――アンの目から見たときだけはべつだ。だからこそ、ときどきその目を惹《ひ》き込まれたようにのぞいてしまうのだろう。

とはいえ、シャロンとはいっしょに思い出を重ね、かつてとはちがう愛情を築いている。オフィスでひそやかな関係を結んだあとで、家に帰ることを考えると――どういう気分になるか、はっきりとわかっている。アンとマスコミ向けの発表を長い時間をかけて検討したあと、オプ・センターの本部のあるアンドルーズ空軍基地から家まで、車で長い距離を帰るあいだに、何度となくそのことを考えた。光を避けて地面を這《は》い、生きるために必要なものをもとめて土のなかをもぞもぞと動きまわるミミズのような気分になるはずだ。

そういう罪悪感をすべてどうにかできるとしても、そんな関係を結ぶのはアンに対してフェアではない。アンは天使のような心を持つ善良な女性だ。彼女をだまし、ありもしない希望をあたえて、彼女と息子の生活に深くかかわるのは、まちがったことだ。

そうはいっても、彼女をもとめる気持ちはやまないのではないか？　とフッドは自問した。だからこそ、自分もシャロンもこれほど激しく働くのかもしれない。かつて持っていた情熱を、いまも熱意をこめてやれるべつのことに置き換えているのだ。新鮮で、毎日やるたびにちがう事柄に。

くそ、その一夜のためなら、なにを差し出してもかまわない。

アルスター・ホーフ・ホテルは、ハンブルクの美しい湖ふたつのあいだにあったが、フッド、ストール、ハーバートは、チェックインしてシャワーを浴び、ロビーに戻る時間しかなかった。ハーバートが窓の外をちらと眺め、ストールが盗聴器の有無を電子機器ですばやく調べた。

「じつにいい眺めじゃないか」エレベーターで下におりるときに、ハーバートがいった。護身のために車椅子の左の肘掛《ひじかけ》の下に隠している十八インチの長さに切った箒《ほうき》の柄を、ぼんやりとまわしていた。右の肘掛の下には、刃渡り二インチのアーバン・スキナー・ナイフを隠している。「あの湖は、船がいっぱいいて、チェサピーク湾を思い出すよ」

「ビネンアルスターとアウセンアルスターですよ」若いドイツ人のポーターが、親切に教えた。「内アルスターと外アルスターの意味です」

「なるほど」ハーバートは納得した。握りしめていた棒を肘掛の下に戻した。「もっとも、わたしなら大アルスターに小アルスターと呼ぶね。大きいほうの湖は——小さいほうの十倍はあるんじゃないか」

「三百九十五エーカーと、四十五エーカーです」若いポーターが答えた。

「当たらずといえども遠からずだったな」エレベーターがロビーの階に着くと、ハーバートがいった。「やはりわたしの呼びかたのほうがいいと思う。大小の区別はだれにでもできる。しかし、街のどっちが内側でどっちが外かわからなかったら、混乱するじゃないか」

「ご意見箱に投書してはいかがでしょうか」といって、ポーターが指差した。「あの郵便箱のとなりにあります」

ハーバートは、ポーターの顔を見た。冗談なのか親切なのかわからず、フッドも顔を見た。ドイツ人はユーモアのセンスがあまりないとされているが、新しい世代はアメリカの映画やテレビを見て、そういう感覚を身につけているのかもしれない。

「そうしようかな」とハーバートはいって、車椅子を動かした。バックパックが重くて腰をかがめているストールのほうを見た。「電子辞書を持っているんだろう。どういう名前になる?」

ストールが、ペイパーバックほどの大きさの電子辞書に、英語を打ち込んだ。たちまち液晶ディスプレイに、それに対応するドイツ語が表示された。

「グロースアルスターとクラインアルスターだそうです」と、ストールが教えた。

フッドがいった。「あまり響きが上品じゃないな」

「そうだな」ハーバートが同意した。「でも、いいか、ミシシッピ州フィラデルフィアよりはましだ。死猫池《デッド・キャット・ポンド》、泥蚯蚓沢《マッドウオーム・クリーク》――」

「なかなかいいね」ストールがいった。「情景が目に浮かぶ」

「まあな。しかし、絵葉書の図柄にはしたくない」ハーバートがいった。「じっさい、雑貨屋の金属製の回転ラックには、目抜き通りと古い学校の写真の絵葉書しかない」

「その池や沢のほうがいいな」と、ストールがいった。

混雑したロビーを進むとき、フッドはあたりを見まわして、マルティーン・ラングと、リヒャルト・ハウゼン外務次官を捜した。ハウゼンに会うのははじめてだが、ドイツのエレクトロニクス業界に君臨するラングとの再会は楽しみだった。ロサンジェルス市がコンピュータ・コンヴェンションで各国の来賓のための晩餐会《ばんさんかい》を催したときに、ふたりはしばらくいっしょに過ごした。フッドはラングの温情と誠実と知性に感銘を受けた。ラングは、従業員が満足していない企業は会社とはいえないと考えている人道主義者だった。レイオフはけっしてやらない。つらい時期は末端の従業員ではなく、経営陣がになう。

マイク・ロジャーズとマット・ストールの草案によるROC（地域オプ・センター）建設の見積もりをする際に、当然ながら必要なコンピュータに関してまず頭に浮かんだのがラングだった。ラングの会社が特許を持っている光子を使う〈灯台《ロイヒトウルム》〉は、応用のきく最新鋭の技術で、しかも高価だった。政府部内で物事を進めるのはおしなべて厄介だが、ROCを建設にこぎつけることが、微妙なバランスの離れ業であることを、フッドは知っていた。状況がどうであれ、五億ドルの予算を議会に認めさせるのは難しいだろうが、まして外国の製品《コンポーネント》を使用するとなると、よけい困難をきわめるはずだ。その反面、外国にROCを建設するのに、そこの国のハードウェアを使わないと、これまたすんなりとはいかないにちがいない。

煎《せん》じ詰めればふたつのことになる、とフッドはつらつら思った。ひとつ、ドイツはほどなくEUにおける最大の国家になる。そこへ比較的自由に移動スパイ・センターを出入りさせる能力を持てば、アメリカはヨーロッパの行動を監視できる位置にあらためてつくことができる。議会は満足するはずだ。ふたつ、ラングの〈親鍵《ハウプトシュリユーセル》〉は、今回の件やその他の計画の際に、必要な資材をアメリカの企業から購入することに同意しなければならない。つまり、予算のかなりの部分が、アメリカに還元される。

ラングにそれを納得させられるはずだと、フッドは自信を持っていた。マットとふたりで、ドイツがかかわりを持ちたいはずの新技術を見せる。それは、オプ・センターの小規模な研究開発部が、高速電子回路の保全性を点検する方法を捜していたときに、偶然見つけたものだった。ラングは名誉を重んじる人間であるとともに、やはりビジネスマンであり、愛国者でもある。ROCのハードウェアと能力のすべてを知れば、国家安全保障のための科学技術による対抗策を自分が受注すると、政府を説得するだろう。そこでフッドが議会に予算をもらいにいくが、じつはその発注はほとんど相殺《そうさい》される。ラングがアメリカの企業からの購入を約束しているからだ。

フッドは、にっこりと笑った。交渉というものを嫌うシャロンや、とうてい外交官とはいえないマイク・ロジャーズは、妙に思うだろうが、フッドはこの過程が好きだった。国際政治という闘技場で物事をなしとげるのは、規模の大きい複雑なチェスをやるようなものだ。どのプレイヤーも無傷ではいられないが、どれだけ駒《こま》が残せるかを見るのは楽しい。

宿泊客の流れからは離れた内線電話の列のそばで、三人は足をとめた。フッドはロビーのバロック装飾をゆっくり眺めるとともに、きちんとした服装のビジネス・ピープルとくだけた服装の観光客という奇妙な取り合わせの群集にも目を光らせていた。人間の往来からはずれたところにいると、ひとびとを観察できる。だれもが自分のやっていることや、目的の場所や、いっしょにいる相手に気をとられている――

入口で黄金色《きんいろ》の髪がひらめくのが目にはいった。動き自体ではなく、その動きかたが目についた。ロビーをあとにしたその女は、右に首をかたむけ、長いブロンドの髪をさっと自信に満ちたそぶりで左にふった。

フッドは立ちすくんだ。鳥が木から飛び立つようだ、と思った。

身じろぎもできずにフッドが見守っていると、女が右手に見えなくなった。しばらくのあいだ、フッドは瞬《まばた》きもせず、息を詰めていた。さっきまであれほど気になっていたロビーの喧騒《けんそう》が、遠い低い音に変わっている。

「長官」ストールがきいた。「出迎えの連中を見つけたんですか?」

フッドは答えなかった。むりやり足を動かし、ひとや積まれた荷物をよけ、じっと立って待ち、しゃべっている宿泊客を肩で押しのけながら、入口へと突き進んだ。

黄金の女《ゴールデン・レディ》だ、と思った。

あいたままの入口に達し、走り抜けた。右手を見る。

「タクシーですか？」制服のドアマンがたずねた。

フッドは聞いていなかった。北に目を向け、一台のタクシーが幹線道路に向けて進んでいるのを見た。太陽がまぶしくて、車内が見えない。フッドはドアマンのほうを向いた。

「あのタクシーに女が乗っただろう？」と、たずねた。

「ええ《ヤー》」若いドアマンが答えた。

「知っている女か？」フッドが、語気荒くたずねた。そういいながら、恐ろしげな口調になっていると気づいた。大きくひとつ深呼吸をする。「すまない。大きな声を出すつもりはなかった。ただ——知っている女性のような気がしたんだ。ここの宿泊客か？」

「いいえ《ナイン》」ドアマンが答えた。「荷物を届けにきて、帰られました」

フッドは、親指でロビーのほうを示した。「預けたのか？」

「フロントには預けていません。だれかに渡していました」

タクシーを呼んでもらおうと、年配のイギリス人女性が近づいてきた。

「失礼します」若いドアマンはフッドにいった。

ドアマンが縁石に出ていって笛を鳴らすあいだ、フッドは視線を落とし、いらだたしげに足で地面を打ち鳴らしていた。そこへストールがぶらぶらやってきて、ハーバートも出てきた。

「ねえ」ストールがいった。

フッドは、感情の嵐《あらし》と闘いながら、縁石を見つめていた。

「飼い犬がハイウェイに飛び出したみたいな勢いでしたよ」ストールがいった。「だいじょうぶですか？」

フッドはうなずいた。

「なるほど、だいじょうぶらしいな」ハーバートは嘘《うそ》をついた。

「いや、なんでもない」フッドが、夢を見ているような顔でいった。「じつは――えー、やめよう。長い話になる」

「『デューン／砂の惑星』だってそうです」ストールがいった。「でも好きだな。話す気はありますか？　だれかを見たんでしょう？」

フッドはしばらく無言だったが、やがて口をひらいた。「そうだ」

「だれなんだ？」ハーバートがきいた。

フッドが、敬意のこもった口調で答えた。「黄金の女」

ストールが、舌打ちをした。「わっかりましたよ。きくんじゃなかった」ハーバートのほうを見おろすと、ハーバートが肩をすくめ、こっちもさっぱりわからないという目つきをした。

ドアマンが戻ってくると、フッドは穏やかにたずねた。「彼女が荷物を渡した相手を見なかったか？」

　ドアマンが、残念そうに首をふった。「すみません。円谷様のタクシーを呼んでいたところで、気がつきませんでした」

「いいんだ」フッドがいった。「しかたがない」ポケットに手を入れ、十ドル札をドアマンに渡した。「また彼女が来るようなことがあったら、名前をたしかめてくれないか。ポールが……」口ごもった。「いや、いい。だれが知りたがっているのかはいわなくていい。ただたしかめてみてくれ。いいね？」

「ヤー」感謝をこめてそう答えると、ドアマンは到着したタクシーのドアをあけるために進み出た。

　ストールが、腰でフッドを押した。「ねえ、十ドルくれたら、ぼくもここで待っていますよ。見張りが倍になる」

　フッドは聞かないふりをした。どうかしている。夢にはいりこんだのか、それとも悪夢にはいりこんだのか、自分でもわからなかった。

　三人がそこに立っていると、長い車体の黒いリムジンがとまり、ドアマンがさっそく駆けつけた。がっしりした体つきの白髪頭の男が出てきた。その男とフッドが、同時に相手に気づいた。

「フッドさん！」マルティーン・ラングが、手をふり、心からの笑みを顔いっぱいに浮かべた。片手を差し出し、歩幅の小さな速足で近づいてきた。「またお会いできて、こんなにうれしいことはありません。ずいぶん元気そうですね」

「ワシントンは、ロサンジェルスより性に合うんです」と、フッドはいった。ラングの顔を見てはいたが、フッドの目にはいまも女の姿が見えていた。頭のふりかた、髪の輝き――

やめろ、と心のなかで自分をどなりつけた。やるべき仕事がある。それに、いまの暮らしがある。

「じつは」ストールがいった。「長官が元気そうなのは、機内でよく眠れたからなんです。これから一日、ぼくとボブが居眠りするたびにつついて起こすはずですよ」

「まさかそんなことはないだろう」ラングがいった。「きみはわたしみたいな年寄りじゃない。体力がちがう」

フッドがストールとハーバートを紹介していると、長身でブロンドの四十代なかばとおぼしい個性的な顔の男が車から出てきた。その男が、ゆっくりと近づいてきた。

「フッドさん」その男がそばへ来ると、ラングがいった。「リヒャルト・ハウゼン氏を紹介します」

「ハンブルクへようこそ」ハウゼンがいった。よく響く声は品がよく、英語は非の打ちどころがなかった。握手と軽い会釈《えしゃく》で、三人に挨拶《あいさつ》をした。

ハウゼンが補佐官の一団を引き連れないで現われたのが、フッドには意外だった。アメリカの政府高官は、走り使いをさせる若い補佐官をかならずふたり以上連れている。ストールは、それとはちがう第一印象を受けていた。「ドラキュラに似ていますね」と、小声でいった。

フッドはだいたいストールのこういう耳打ちは黙殺することにしているが、今回の言葉は正鵠《せいこく》を射たといってもよかった。ハウゼンは、黒のスーツを着ていた。顔は蒼白《あおじろ》く、それでいて熱烈な感じがある。しかも、昔ながらのヨーロッパ風の品のよさを発散させている。だが、出発前にフッドが読んだ資料によれば、ハウゼンはむしろドラキュラの宿敵のヴァン・ヘルシング教授にぴったりあてはまる。とはいえ、ハウゼンは吸血鬼を追って徘徊《はいかい》しているわけではなく、ネオナチを狩っている。ハウゼンに関するその資料は、オプ・センターの主任心理分析官リズ・ゴードンがインターネットの国連ゴーファー情報検索サーヴィスを使ってまとめたものだ。リズはハウゼンについて、〝右翼過激派に対してエイハブ船長のような憎悪《ぞうお》を燃やしている〟と書いている。ハウゼンは彼らが国際社会の一員たるドイツの地位を脅《おびや》かすと見なしているだけではなく、〝じつに激烈に攻撃するので、おそらく過去のなにごとかに起因する個人的な憎悪があるものと思われる。あるいは子供のころにいじめられるなど、学校に通うために大都市に行かされた農家の少年の多くが経験するようなことから生じ、それをずっとはぐくんできたのかもしれない〟。

マーサ・マッコールが、ひとつの点に注意すべきだと、注釈をつけくわえている。ハウゼンは、自国民を怒らせて自分をほんとうに攻撃させるために、アメリカと緊密な関係を結ぼうとしているのかもしれないというのだ。〝それにより、政治家にとってつねに好都合な殉教者のイメージが得られる〟

フッドは、その考えを、〝かもしれない〟と記した頭のなかの抽斗《ひきだし》にしまった。いまは、ハウゼンが会合に出席することを、なんとしてもアメリカ政府と商売をしたいというドイツのエレクトロニクス産業の気持ちのあらわれと受けとめたい。

ラングが一行をリムジンに乗せ、ハンブルクで最高のほんもののドイツ料理とエルベ川の最高の眺めでもてなすと請け合った。フッドは、どこでなにを食べようと、関心はなかった。早く仕事や打ち合わせに没頭し、足がかりを得たかった。

とはいえ、結局フッドはその食事をおおいに楽しんだ。もっとも、デザートの皿が片づけられると、ストールが体を近づけて、鰻《うなぎ》のスープに砂糖とクリームを添えたブラックベリーだけでは、分厚いうまいタコスやストロベリー・シェイクみたいには満腹にならないと、こっそり打ち明けた。

ドイツの基準からすると昼食には早く、レストランはがらがらだった。会話は当然ながら政治中心で、先ごろの欧州復興計画《マーシャル・プラン》の五十周年記念祝典のことで議論に火がついた。世界各国の会社幹部、投資家、政治家などと二十年にわたり仕事をしてきたフッドは、戦後の財政危機からドイツを救ったその復興計画に、たいがいのドイツ人が感謝しているのを知っていた。また、そのおなじドイツ人が、第三帝国の所業を擁護して譲らないことも知っていた。しかし、ここ数年来、第二次世界大戦中の自分たちの国の所業を完全に認めて責任をとることに誇りをおぼえる傾向が、顕著になっている。リヒャルト・ハウゼンは、強制収容所の犠牲者が保障を得られるように、積極的に働きかけている。マルティーン・ラングも誇りに思っているが、容易に受け入れがたい事柄もあるようだった。

「日本政府は、終戦五十年の記念式典まで、〝謝罪〟という言葉を使わなかった」アペタイザーが出もしないうちに、ラングが切り出した。「ユダヤ人七万五千人の強制退去に手を貸したことをフランスが認めたのは、さらにあとだった。ドイツがやったことは想像を絶する。しかし、すくなくとも国家としてわれわれは、なにが起きたかを理解しようとつとめている」

ドイツの自己反省は、日本とフランスに対する適度の緊張を生むという副作用があった、とラングは述べた。

「自分たちの悪行を認めたことで、われわれが犯罪者の緘黙《かんもく》の掟《おきて》を破ったとでもいうのですかね。われわれは信念を護《まも》れない意気地なしと見なされている」

「だからこそ」ハーバートがつぶやいた。「日本を和平交渉のテーブルにつかせるために、原子爆弾を使わなければならなかったんだ」

フッドが注目したここ数年の変化で、もうひとつ顕著なのは、旧東ドイツの吸収に対する憤《いきどお》りが強まっていることだった。ハウゼンはそれに心を痛めており、自分の歯《ツァーン》痛《シュメルツエン》であると、品よく描写していた。

「旧東ドイツは、まったくの外国なんだ」ハウゼンがいった。「アメリカがメキシコを吸収しようとするようなものだ。東ドイツは、われわれの兄弟ではあるが、ソ連の文化と流儀によって育てられた。彼らは怠惰で、戦争の末期に見捨てた償いをわれわれがすべきだと考えている。彼らが差し出す手がもとめているのは、工具や免状ではなく、金だ。そして、金が手にはいらないと、若者たちはギャングにはいって、暴力的な犯罪を犯す。東ドイツは、われわれを財政と精神の両面で深みにひきずりこもうとしているし、そこから脱け出すには、何十年もかかるだろう」

ハウゼンが義憤をあからさまに話したことに、フッドはいささか驚いた。もっと驚いたのは、給仕の行き届いたウェイターが、グラスの水を注ぎ足しながら、あからさまにうめいたことだった。

ハウゼンがウェイターを指差した。「彼の稼ぐ金の五分の一が、東へ行くんだ」

食事のあいだは、ROCの話はしなかった。それはあとでハウゼンのハンブルクの事務所でやる。ドイツ人は、誘惑の手管をはじめる前に相手をよく知るのがよいと考えている。

食事が終わるすこし前に、ハウゼンの携帯電話が鳴った。ハウゼンが電話を上着のポケットから出し、断りをいって、電話に出るために横を向いた。

明るく輝く目が曇り、薄い唇がへの字になった。言葉数はすくなかった。

話を終えると、ハウゼンは携帯電話をテーブルに置いた。「補佐官からだ」ラングの顔を見てから、フッドに視線を向けた。「ハノーファー郊外の映画のロケ地がテロリストの襲撃を受けた。四人が死んだ。若いアメリカ人女性が行方不明で、おそらく誘拐されたものと思われている」

ラングの顔から血の気が引いた。「映画――〈ティルピッツ〉か？」

ハウゼンはうなずいた。見るからに動揺した面持ちだった。

ハーバートがたずねた。「何者の仕業か、わかっているんですか？」

「犯人は名乗り出ていない」ハウゼンがいった。「だが、撃ったのは女だった」

「ドリングだ」ラングがいった。ハウゼンからハーバートへ、視線を移した。「〈フォイヤー〉の指導者のカーリン・ドリングにちがいない。ドイツでもっとも暴力的なネオナチ集団ですよ」抑揚のない悲しげな低い声でいった。「リヒャルトがいっていたとおりだ。あの女は、東ドイツの若い乱暴者を徴募し、みずから訓練をほどこしている」

「警備されていたんでしょう？」ハーバートがきいた。

ハウゼンがうなずいた。「被害者のうちふたりは警備員だ」

「映画のセットを襲った理由は？」ハーバートがきいた。

「米独共同制作の映画だ」ハウゼンがいった。「ドリングにとって理由はそれでじゅうぶんだ。外国人をすべてドイツ領内から排除したがっている。だが、テロリストが盗んだトレイラーには、ナチス・ドイツの遺物がしこたま積まれていた。勲章、武器、軍服といったものが」

「センチメンタルなやつらだ」と、ハーバートがいった。

「そうかもしれない」ハウゼンがいった。「あるいは、なんらかの目的のためにほしかったのかも知れない。みなさんもご存じのように、数年前から混沌《こんとん》の日々という忌《い》むべき事象が存在する」

「それは聞きました」ハーバートがいった。

「マスコミを通じてではないだろう」ハウゼンがいった。「わが国の報道関係者は、その行事を公《おおやけ》にしたくないと思っているからね」

「ナチ式の検閲の同類項じゃありませんか？」と、ストールがいった。

ハーバートが、怖い顔でにらんだ。「まったくちがうぞ。当然のことだ。国際刑事《インター》警察機構《ポール》の友人から、混沌の日々のことは聞いた。じつにいまわしい行事だ」

「そのとおりです」ハウゼンが同意した。ストールの顔を見てから、フッドに視線を向けた。「マイノリティへの憎悪を煽る集団《ヘイト・グループ》が、ドイツじゅう、いや外国からも来て、ここから百キロ南のハノーファーに集結する。大会をひらき、おぞましい思想や印刷物をやりとりする。ドリングの一派もふくめ、いくつかの集団は、その時期に象徴的かつ戦略的目標を攻撃するのを、ならわしとしている」

「情報によって、ドリングの一派だと見られている、ということです」ラングが口を挟んだ。「ドリングは機敏で、非常に用心深いんです」

ハーバートがいった。「それで、政府は主義に殉じる人間が出てくると困るから、混沌の日々を厳しく取り締まれないんですね」

「政府部内の多くの人間が、それを恐れている」ハウゼンがいった。「そうなったとき、それまでまともな考えかたをしていたドイツ人が、ヒトラーに鼓舞され、動員された国家が成し遂げたことを、おおっぴらに誇るようになるのが怖いんだ。そういう考えの政府高官は、過激派そのものは罰せず、法律を制定して過激派を消滅させようとしている。ことに混沌の日々のあいだは反対派が勢力を強めるから、政府は慎重にやらざるをえない」

「それで、次官はどう考えておられるんです？」と、フッドがたずねた。

ハウゼンが答えた。「両方やるべきだと思う。目にはいればその場で取り締まり、岩の下に隠れているやつは法を使って燻《いぶ》し出す」

「それで、そのカーリン・ドリングとかいうものが、混沌の日々のためにナチの遺物を奪ったと思っているんですね？」ハーバートがたずねた。

「それらの記念品を分配すれば、受け取ったものはじかに第三帝国と結びついたような気になる」ハウゼンが、考えながらしゃべった。「そうなればすべての集団の戦意が高まるだろうな」

「なにをやる戦意ですか？」ハーバートがなおもきいた。「さらなる攻撃？」

「そうだ」ハウゼンが答えた。「あるいはたんなる一年間の忠誠かもしれない。七十ないし八十の集団がメンバーを集めようと競っているから、忠誠はきわめて重要だ」

ラングがいった。「また、この盗難を新聞で読んだものも、胸を高鳴らせるかもしれない。リヒャルトのいうように、いまだにヒトラーをひそかに敬っている男女がいる」

ハーバートがたずねた。「アメリカ人女性誘拐に関しては？」

ハウゼンがいった。「彼女はその映画の見習助手だ。最後に目撃されたときには、盗まれたトレイラーにはいるところだった。トレイラーごと連れていかれたのだろうと警察は考えている」

ハーバートが、フッドに目配せをした。フッドが、一瞬考えてから、うなずいた。

「失礼」ハーバートが、テーブルから車椅子《くるまいす》を引き、肘掛《ひじかけ》の電話機を叩《たた》いてみせた。「あんばいのいい静かな場所を捜して、電話してきます。その情報に、なにかつけくわえることができるかもしれません」

ラングが立ちあがって、ハーバートに礼をいい、またあやまった。なにもあやまることはないと、ハーバートがなだめた。

「わたしはベイルートにいるときに妻と脚をテロリズムのために失ったんです」ハーバートが説明した。「やつらが汚らしい面《つら》を見せたら、そいつらを追い詰めるチャンスを得たことになる」ハウゼンの顔を見た。「こいつらはわたしの歯痛でもあるんです、ハウゼン次官。わたしはそいつらをぎりぎりと削り取るために生きています」

ハーバートは、車椅子の向きをさっと変えて、テーブルのあいだを進んでいった。ハーバートがいってしまうと、ハウゼンはしばらくじっとして、気を静めようとした。フッドがその顔を見た。リズのいうとおりだ。なにか奥深いものがある。

「この戦いを、われわれは五十年以上やっているんです」ハウゼンが、沈鬱《ちんうつ》な面持ちでいった。「病気は予防接種をすればいい。嵐《あらし》は避難すればいい。しかし、こういうことから、どうして身を護ればよいのか。憎悪とどう闘えばよいのか。しかも、相手は大きくなりつつあるんです、フッドさん。毎年、新しい集団、新しいメンバーが増える。それがまとまったら、いったいどうなることやら」

フッドはいった。「オプ・センターの副長官がかつて、思想にはもっとよい思想で闘えばよいといいました。それが真実だと思いたい。それがだめなら――」川を見下ろすデッキへ出ようとしているハーバートのほうを、親指で示した。「――うちの情報官のいうとおり、追い詰めましょう」

「連中はじつにたくみに身を隠す」ハウゼンがいった。「武器はかなり充実しているし、新メンバーは若いものしか入れないので、浸透するのは不可能だ。なにを計画しているのかを未然に突き止められることはめったにない」

「これからはちがいます」ストールが、きっぱりといった。

ラングが、ストールの顔を見た。「どういう意味かね、ストール君」

「ぼくが車に置いてきたバックパックがあるでしょう?」

ハウゼンとラングがうなずいた。

ストールが、にっこりと笑った。「このROCをまとめあげられれば、パンの容器のなかから、腐ったところを一気に吹っ飛ばすことができますよ」

9

木曜日 午前十一時四十二分 ドイツ ヴンストルフ

ジョディ・トンプソンは、トレイラーの外の叫び声を聞いて、ホリス・アーリンナが呼んでいるのかと思った。ジョディはバスルームに立ち、ドイツ語のタグをつけた小道具係とくそ野郎のアーリンナをののしりながら、ガーメント・バッグを必死でめくっていた。

そのとき銃声が聞こえた。映画の場面でないことはわかっている。銃はすべてトレイラーのなかだし、鍵《かぎ》はブーバだけが持っている。つぎに何人もの苦痛と恐怖の叫びが聞こえ、なにか恐ろしいことが起きたのだと知った。ジョディはガーメント・バッグを調べるのをやめて、バスルームのドアに耳を近づけた。

トレイラーのエンジンが轟然《ごうぜん》とかかったとき、セットで起きていることからだれかが逃げ出そうとしているのだろうと思った。すると、トレイラーのドアがばたんと閉まり、車内でだれかが動きまわる物音が聞こえた。その人間は声をたてなかったので、まずいと思った。警備員なら、ウォーキイトーキイを使うはずだ。バスルームが急に暑く窮屈に思えてきた。ドアがロックされていないのに気づき、そっと掛け金を持ちあげてかけた。それから、ガーメント・バッグのあいだにしゃがみ、倒れないようにそれをつかんだ。だれかが迎えにくるまで、じっとしているつもりだった。

じっと耳を澄ました。時計を持っていないので、時間の経過を音で感じとるしかなかった。侵入者は、左手奥のテーブルの短剣をあさっている。足音が勲章をぎっしりと置いたテーブルをまわっている。簞笥《たんす》の抽斗《ひきだし》を開け閉めしている。

やがて、侵入者がトレイラーの左右のクロゼットの扉をガタガタと揺する音が、天井の換気扇の低いうなりよりひときわ高く聞こえた。その直後に、大きなパーンという音が四度つづいた。

ジョディはガーメント・バッグを強く握りしめ、一枚を爪《つめ》で破いてしまった。いったいなにが起きているんだろう? ドアから遠ざかって、壁に体を押しつけた。心臓が喉《のど》から飛び出しそうなぐらい激しく打っている。

トレイラーが角を曲がり、クロゼットの扉があくのが音でわかった。だれかがそばを通ったためにテーブルの脚が床をこする——ジョディが通るときのようにそろそろとではなく、いらだたしげに荒々しく通っている。

侵入者が、バスルームのドアに近づいてきた。不意に、ここに隠れたのは非常にまずかったと悟った。

ジョディは、上を、左右を、うしろを見た。窓の磨りガラスが見えた。だが、鉄格子《てつごうし》があるので、だれもはいれない。出られない。

バスルームのドアの把手《とって》が揺さぶられたので、ジョディは身をかがめた。ゆっくりと揺れている服の蔭《かげ》で小さくなり、便器の脇《わき》を奥へ進んでいった。うしろは狭いシャワー室で、そのガラス戸によりかかった。心臓のドン、ドン、ドンという重い音が、耳に響いている。子犬が泣くような鼻声が漏れた、親指を噛《か》んでこらえようとした。

銃の連射の音が、激しい動悸《どうき》と泣き声を打ち消した。ドアからプラスティックと木の破片が飛び散ってガーメント・バッグや床に当たり、ジョディは親指を噛んで悲鳴を押し殺した。やがてドアが小さくきしんで外側にひらき、きちんとならべて吊《つ》られたドイツ軍軍装のあいだに銃身が差し込まれた。銃身でガーメント・バッグが押しのけられると、顔がジョディを見おろしていた。女の顔が。

ジョディは、ちっちゃな機関銃のようなものから、溶かした金を思わせる女の冷たい目に、視線を動かした。まだ親指を噛んだままだった。

女が銃をふって促し、ジョディは立った、両手はだらりと左右に垂らし、汗が太腿《ふともも》を流れ落ちていた。

女が、ドイツ語でなにかをいった。

「わ——わからないの」ジョディがいった。

「両手をあげてうしろを向けっていったのよ」女が、かなりなまりのある英語でどなった。

ジョディは、両手を顔のところまで持ちあげて、ためらった。授業のときになにかで読んだのだが、人質は後頭部を撃たれることが多いという。

「おねがい」ジョディはいった。「わたしは見習いなの。映画にちょっとだけ——」

「うしろを向け！」女が、語気荒くいった。

「おねがい。やめて！」いうとおりにしながら、ジョディはいった。

窓のほうを向くと、ガーメント・バッグが脇にどけられて、まだ温かい銃身がうなじに押しつけられるのがわかった。

「おねがい……」ジョディはすすり泣いた。

女が左側を胸から太腿へと触って調べたので、ジョディは驚いてびくりと動いた。つぎは右側を調べられた。女は前に手をまわし、ウエストバンドも手探りした。それからジョディをふりむかせた。銃は顔のどまんなかに狙《ねら》いをつけている。

「どういうことなのか、わたしは知りません」ジョディが、泣きじゃくりながらいった。

「だれにもしゃべりませんから——」

「黙れ」と、女がいった。

ジョディはいうとおりにした。自分はこの女のいうことをなんでもやるだろう、とわかっていた。自分の意志は、銃とそれを平気で撃てる人間に、完璧《かんぺき》に押さえつけられている。それを悟ると気持ちが萎《な》えた。

トレイラーが不意にとまり、ジョディは流しのほうへ倒れ込んだ。あわてて立ち、両手をあげた。女はびくとも動かず、考えを乱された様子もなかった。

トレイラーのドアがあき、若い男が近づいてきた。カーリンのうしろに立ち、バスルームをのぞき込む。顔が蒼《あお》く、頭に鉤十字《かぎじゅうじ》が彫ってあった。

カーリンは、ジョディから目を離さず、顔をすこしその若い男のほうに向けた。「やりはじめて」

男はブーツの踵《かかと》を鳴らして回れ右をすると、第三帝国の遺品をトランクにしまいはじめた。

カーリンは、なおもジョディの顔を見ていた。「女を殺すのは嫌だ」ようやくそういった。「でも、人質にするわけにはいかない。足手まといだ」

これで終わりだ。死ぬんだ。ジョディは呆然《ぼうぜん》とした。めそめそ泣き出した。幼いころ、一年生のときに先生にどなられてお漏らしをして、泣き出し、いつまでも泣いていて、ほかの子供たちに笑われたときのことが、フラッシュバックのようによみがえった。自信もこれまで積みあげてきたことも尊厳も、きれいさっぱり流れ去ってしまった。

完全に取り乱す寸前になって、ジョディは床に倒れた。バスルームの奥に顔を向け、便器と流しを曇った目の左右の隅で見ながら、命乞《いのちご》いをした。

だが、女はジョディを撃たず、もうひとりの年配の男に、ドイツ軍の軍服を運び出すよう命じた。それから、バスルームのドアを閉めた。銃撃がドアをみじんに砕くものと思いながら、ジョディは意外の念に打たれて待った。脇によけて、便器の上に立ち、できるだけそっぽにずれた小さな的になろうとした。

だが、発砲はなく、ものこすれる音と、大きなドスンという音がしただけだった。なにかがドアに押しつけられた。

殺されずにすむ、とジョディは思った。ただ閉じ込めるだけだ。

待つあいだに、ジョディの服が汗でじっとりと湿った。三人のトレイラー強奪犯は、車内でやることをすばやく終えて、行ってしまった。耳を澄ました。なにも聞こえない。と、ひとりが窓の外に来た。ジョディは耳を壁に押しつけて、じっと聞いた。なにか金属をねじるような音につづいてガタンという音が響き、さらに金属に穴があけられる音が三度つづいた。そして、布を破る音が耳に届き、ガソリンのにおいがしてきた。

燃料タンクだ、と気づいて恐怖にかられた。ガソリンをこぼしている。

「やめて！」ジョディは悲鳴をあげて、便器から飛びおりた。ドアに体当たりした。

「女を殺すのは嫌だといったじゃない！　おねがい！」

　つぎの瞬間、煙のにおいがして、トレイラーから走り去る足音が聞こえ、窓の磨《す》りガラスをオレンジ色の炎が照らすのが見えた。閉じ込めたままトレイラーに火をつけたのだ。

　殺すわけではない、そうあの女は考えているのだと、ジョディは悟った。ただ死ぬのをほうっておくだけだ……

　もう一度、ドアに体当たりした。びくとも動かない。オレンジ色の火《ほ》影《かげ》が強さを増すなかで、ジョディは狭いバスルームのまんなかに立ち、恐怖と絶望の悲鳴をあげた。

10

木曜日　午前五時四十七分　ワシントンDC

リズ・ゴードンがコーヒーの豆を挽《ひ》き、一日の最初の煙草《たばこ》に火をつけたところで、電話が鳴った。

「だれかしら？」三十二歳のオプ・センター主任心理分析官は、ひとりごとをつぶやいて、煙草を深々と吸った。マイク・デインジャー（訳注　ミッキー・スピレイン原作によるコミックのキャラクターの私立探偵）のナイトシャツに落ちた灰を払った。それから、茶色のくせ毛をぼんやりと手で梳きながら、電話の子機はどこで鳴っているのだろうと、耳を澄ました。

リズは五時に目を醒《さ》ましてからずっと、けさストライカー・チームに会いにいって話す予定の事柄について、あれこれ考えていた。二日前の三度目のセッションのとき、精鋭とはいえまだ若い兵士たちは、チャールズ・スクワイア中佐の死を悼《いた》み、まだショックから抜けきれていなかった。新人のソンドラ・デヴォン二等兵は、ことにスクワイアの死がこたえていて、中佐の家族ばかりか、自分にとっても悲しいことだと思っている。

彼女は泣きながら、もっとスクワイアからたくさん学びたかったというのだった。もう彼の知恵も経験も失われた。つぎに伝えられることなく。死滅した、と。

「いったい電話はどこなのよ」キッチンのテーブルの横の新聞を蹴飛《けと》ばして、リズがどなった。

とはいえ、かけてきた相手が切ってしまうのを心配してはいなかった。こんな時刻にかけてくるのは、イタリアにいるモニカぐらいのものだ。ルームメイトで親友のモニカなら、メッセージを聞くまでは切らないはずだ。なにしろ、もう出かけて一日たつのだから。

それに、ひょっとしてシナトラからの電話がはいっていたら、すぐに折り返し電話したいはずだ、とリズは思った。

もう三年いっしょにリズと暮らしているモニカは、フリーランスのミュージシャンなのだが、仕事の虫《ワーカホリック》で、ナイトクラブ、結婚式、ユダヤ教の成人式《バル・ミツヴァー》など、どんな仕事でも受ける。というより、働きすぎなので、リズが休みをとるように命じたうえに、まちがいなく出かけるように半分金を出した。

キッチンの椅子《いす》に置いてある子機を、リズはようやく見つけた。それを取る前に、一瞬の間を置いて、世界を取り換えた。リズと患者の力関係は、リズがそれぞれの患者ごとの世界を頭のなかでこしらえ、そこに完全に自分が棲《す》んで患者を治療することで成り立っている。それをやらないと、影響が他の患者に及んだり、注意が散漫になったり、気が散ったりする。モニカは親友で患者ではないが、ときどきそのふたつを区別するのが難しいときがある。

モニカの世界にはいり込んだリズは、冷蔵庫の扉にショパンのマグネットで留めたメモを確認した。電話してきたのは、モニカのバンドのドラマーのアンジェロ・〝ティム〟・パンニと、モニカの母親だけで、どちらもちゃんとローマに着いたかどうかをたしかめるための電話だった。

「もしもし、ミズ・シャード!」子機《プロント》のボタンを押すと同時に、リズはいった。知っているイタリア語はそれともう一種類だけだ。

たいそう男らしい声が答えた。「悪いな、リズ。モニカじゃないんだ。ボブ・ハーバートだ」

「ボブ!」リズはいった。「まあ驚いた。フロイトの国でなにか異変が起きているの?」

「フロイトはオーストリア人じゃなかったのか?」

「そうよ。でも、一年だけ、ドイツ人になったの。ナチス・ドイツによるオーストリア併合は一九三八年。フロイトが死んだのは一九三九年」

「そいつはおもしろくない冗談だな」と、ハーバートがいった。「どうやら父祖の地ドイツは、あらたな帝国建設の時代に向けて準備運動をしている最中らしい」

リズが、煙草に手をのばした。「どういうこと？」

「けさのニュースを見ていないのか？」

「六時にならないとやらないのよ。ボブ、なにが起きたのよ？」

「ネオナチの一団が映画のセットを襲撃した」ハーバートはいった。「撮影にくわわっていたものと警備員が殺され、ナチの遺物をぎっしりと積んだトレイラーが強奪された。犯人はなにもいってこないが、アメリカ人女性ひとりが人質になっている模様だ」

「あらまあ」リズが、煙草を何度も吹かした。

「犯人はカーリン・ドリングという女の率いる一味と見られている。ドリングという女のこと、知っているか？」

「よく聞く名前よ」子機を持ってキッチンを出ると、書斎に向けて歩きだした。「ちょっと待ってくれる。なにがわかっているか調べるから」コンピュータのスイッチを入れ、腰をおろして、オプ・センターの自分のオフィスのデータベースにアクセスした。十秒とたたないうちに、カーリン・ドリングのファイルがダウンロードされた。

「カーリン・ドリング」リズがつぶやいた。「ハレの妖怪《ようかい》」

「どこの妖怪だって？」ハーバートがたずねた。

「ハレよ」リズは報告書に目を通していった。「東ドイツのドリングの生まれ故郷。妖怪というのは、だれにも見つからずに現場から姿を消すから。目出し帽をかぶったり、変装したりせず、事件の背後に自分がいることを、ひとびとに知らせたがる。ほら、これもよ。《我らが闘争》という新聞の去年のインタビュー記事で、自分はナチのロビン・フッドで、ドイツの虐《しいた》げられている多くのものたちのために反抗の闘いをしているのだと述べている」

「まるでサイコだな」ハーバートがいった。

「それどころか、頭はいたって明晰《めいせき》よ」リズがいった。「だからこういうひとたちは厄介なのよ」咳《せき》をして、また煙草を吸い、ファイルを眺めながら話をつづけた。「一九八〇年代の終り、ハイスクールのころには、短いあいだ共産党員だった」

「敵をスパイしていたのか？」

「おそらくそうではないでしょう」と、リズが答えた。

「おっと」ハーバートがいった。「わたしは黙っていたほうがよさそうだ」

「そんなことはないわ。それが当然の推理だもの。まちがっているけれど。思想的な面に関して、彼女は模索していたんでしょう。共産党左派とネオナチの右派は、考えかたが硬直しているという点で、よく似ている。過激派はすべてそうよ。フラストレーションを昇華できないから、それを外的要因のせいにする。たいがいの場合、意識下で、自分たちの窮状は他人のせいだと思い込む――〝他人〟というのは、自分たちとはちがっている人間のことよ。ヒトラー統治下のドイツでは、失業はユダヤ人のせいだとされた。ユダヤ人は、銀行、大学、医学界で、高い地位の人間があまりにも多かった。いかにも目立ち、裕福なのがはっきりしていて、外見もかなりちがう。しきたり、安息日、休日がちがう。狙いやすい相手よ。ソ連でもおなじだった」

「なるほど」ハーバートがいった。「この女の、コネ、隠れ家、習慣などはわかるかな?」

リズが、書類をさらに見ていった。〝肉体的特徴〟、〝経歴〟、〝手口〟にわかれている。

「この女は一匹狼《おおかみ》」と、リズがいった。「テロリストの用語では、それはつねに小人数で行動することを意味する。最大でも三人か四人。そして、彼女は自分の実行する作戦にはつねにみずから参加する」

「きょうの襲撃と合致する」ハーバートがいった。「これまでにわかっている襲撃は?」

リズがいった。「彼らは名乗り出ない――」

「それもきょうの事件と合致する」

「――でも、ボンのアラブ人所有のショッピング・モールの焼夷《しょうい》爆弾事件と、ベルリンの南アフリカ大使館に手榴弾《しゅりゅうだん》を仕掛けた酒を配達した事件は、目撃者の証言によって、ドリングの一味が犯人だとされている。いずれも去年よ」

「血も涙もない」ハーバートがいった。

「そうね」リズが答えた。「カーリン・ドリングのそういうところが、筋金入りのネオナチに訴求力があるのよ。でも妙だわね。モールで狙《ねら》われたのはメンズ・ショップだし、酒は独身男性のパーティに届けられたのよ」

「どうして妙なんだ？　たぶん男を憎んでいるんだろう」

「それはナチの思想とは合わない」リズがいった。

「たしかに」ハーバートが同意した。「戦争のときもジェノサイドのときも、ナチは男女平等を重んじる殺人者だった。連れ去られたアメリカ人女性が人質にされたのなら、これは朗報かもしれない。ひょっとして殺さないかもしれない」

「わたしならそれに全財産を賭《か》けはしない。女性を大目に見るのは、厳格な戒律ではなく礼儀にすぎないのよ。ここには、ドリングの識別をすることになっていた証人ふたりが、警察と話をした直後に死んだと書いてある。ひとりは車の衝突事故で死に、ひとりは強盗に殺された。車の事故で死んだほうは女性よ。ドリングの集団〈フォイヤー〉を抜けようとした女ひとりも――殺されている」

「泳がせてバラす」ハーバートがいった。「ギャングみたいに」

「とんでもない」リズがいった。「やめようとした女は、殴られ、切り裂かれて、便器で溺死《できし》させられたのよ。とんでもない女だわ。とにかく、女性に寛大とは、ぜったいにいえない」

リズは、カーリン・ドリングの経歴を遡《さかのぼ》っていった。

「ミズ・ドリングがどのあたりから出現したのかを、見ていきましょう」しばらく読んでから、こういった。「見つけた。六歳のときに母親が死に、父親に育てられた。千対一で賭けてもいいけど、悲惨なことが起きたにちがいない」

「虐待《ぎゃくたい》か」

「ええ。これもよくある類型ね。少女のころ、カーリンは殴られるか、性的虐待を受けた。あるいはその両方を。思春期にそれを昇華させようと懸命になり、やがて怒りを持っていく場所を捜す。共産主義をためすが、どういう理由か気に入らず——」

「それが死にかけていたからだ」ハーバートが推測を述べた。

「そして、ネオナチ運動を見出《みいだ》し、父親にはなかった父親らしい役割を果たそうとする」

「パパ・ドリングは、いまなにをしている？」

「死んだ。肝硬変で。カーリンが十五のときに。そのころ彼女は、政治活動家になっていた」

「わかった」ハーバートがいった。「われわれの敵の様子はだいたいわかった。男を殺すのが楽しく、女を殺すのもいとわない。テロリスト集団を組織し、ドイツのあちこちを徘徊《はいかい》して外国の権益に危害をくわえている。なぜだ？　おびえさせて追い払うためか？」

「それが無理だというのは承知しているのよ。それでも外国は大使館を引き揚げないし、ビジネスはまた行なわれる。まあ徴募のためのポスターみたいなものでしょうね。争うのが好きで社会に適応できない連中を集める手段よ。でもね、ボブ、それが効を奏しているようよ。四カ月前にこのファイルが更新されたとき、〈フォイヤー〉の隊員は千三百人で、去年と比較しての増加率は二〇パーセントにおよぶ。そのうち二十名は現役の職業軍人で、ドリングの動きに合わせて宿営地から宿営地へと移動している」

「それらの宿営地の所在はわかっているのか？」

「宿営地はつねに変わっている。ファイルに写真が三枚あるわ」ひとつずつ呼び出しては、キャプションを読んだ。「一枚目はメクレンブルクの湖で撮ったもの、二枚目はバイエルンの森のなか、三枚目はオーストリアとの国境のどこかの山のなか。どうやって移動しているのかはわからないけど、どこでも行ったところにテントを設営するんでしょう」

「おそらくマイクロバスかワゴン車で移動するんだろう」と、ハーバートがいった。がっかりした声になっていた。「そういうゲリラ集団は、一定の補給線を確保するために、かつては特定のパターンで動いていた。しかし、いまは携帯電話や一日で届く宅配便があるから、どこでも荷物の受け取りができる。これまでわかっている宿営地は何カ所ある?」

「この三カ所だけよ」リズがいった。

電話が鳴った。モニカがメッセージを聞くためにかけてきたのだろう。彼女が頭に来るかもしれないが、キャッチホンを切り換えるつもりはなかった。

「党幹部については?」ハーバートがきいた。「ドリングが信頼している人間は?」

「もっとも親密な副官は、マンフレート・ピパー。いっしょにハイスクールを卒業したときから、仲間にはいった。ドリングが軍事面を処理し、ピパーが資金集めや熱心な隊員の身許《みもと》調べなどをやっているらしい」

ハーバートは、しばらく沈黙していたが、やがてこういった。「わかっていることは、ずいぶんすくないみたいだな」

「彼女を理解する手がかりは、あるのよ」リズがいった。「捕らえる手がかりのほうは、あいにく見あたらない」

ややあって、ハーバートがいった。「リズ、われわれのドイツ側のホストは、カーリン・ドリングがこの強奪をやったのは、混沌《こんとん》の日々という、連中がここでひらく怨恨《えんこん》の告解火曜日《マルディグラ》の祭で、けちな記念品を配るためではないかと見ている。これまでの政治的目標の襲撃を考えると、つじつまは合うかな?」

「あなたがたは、まちがった方向に眼を向けていると思う」リズがいった。「なんの映画？」

「〈ティルピッツ〉。例の戦艦の話だろう」

リズが、〝撮影中の映画〟と打ち込んだ。世界各地で制作されている映画を網羅しているウェブ・サイトだ。〈ティルピッツ〉を見つけると、リズはいった。「それそのものが、政治的目標じゃないの、ボブ。米独共同制作よ」

ハーバートは、一瞬黙った。「ではナチの遺物は余禄《よろく》か。人質をとったのも」

「そうよ」

「なあ」ハーバートがいった。「これから、こっちの官憲の連中と話をしないといけない。あるいは、混沌の日々の祝賀会に行くことになるかもしれない」

「用心しなさいよ、ボブ」リズがいった。「ネオナチは、車椅子の人間のためにドアを押さえてはくれない。いい、あなたは彼らとちがう——」

「あたりまえだ」ハーバートがいった。「とにかく、この女と〈フォイヤー〉のことがまたわかったら、携帯電話にかけてくれ」

「わかった。気をつけてね。それから、またね《チャオ》」リズは、もうひとつの知っているイタリア語をつけくわえた。

11

木曜日　午前十一時五十二分　フランス　トゥールーズ

鏡板張りの部屋は広く、暗かった。明かりはただひとつ、巨大なマホガニーのデスクの脇《わき》の電気スタンドだけだった。デスクには、電話、ファクス、コンピュータのみが、小さな半円をなして置いてある。デスクの奥の本棚が、暗がりのなかでやっと見えている。棚にはミニチュアのギロチンがいくつもある。なかには木と鉄でできている動く模型もある。あとはガラスや金属で、アメリカで売っているプラスティックの模型もひとつあった。

ギロチンは、フランスで一九三九年まで公式の処刑に使われていた。ヴェルサイユのサンピエトロ刑務所の外で殺人犯ユーザン・ワイドマンが断頭されたのが最後になる。だが、ドミニクは、首を受けとめる大きく頑丈な桶《おけ》と、死刑執行人を血しぶきから護《まも》る衝立《ついたて》、刃のドスンという音を和らげるショック・アブソーバー付きのそういう後期のものが好きではなかった。最初の型のほうが好みだった。

不気味な闇《やみ》に隠れてよく見えないが、デスクの正面にはフランス革命の最中に使われた高さ八フィートのギロチンが置いてある。このギロチンは、修繕が行なわれていない。支柱がいくぶん腐り、マダム・ラ・ギロチンが何人もの体を抱いたために、架台がなめらかに磨《す》り減っている。てっぺんの横木近くまで引きあげられた刃が、雨と血で錆《さ》びている。これも最初の型のままの枝編みの籠《かご》はほつれている。だが、ドミニクは血を吸わせるふすまの細かい粉を見つけていたし、籠にはいまも毛髪がはいっている。首が転り込んだときに、枝にひっかかった髪の毛が。

なにもかも、一七九六年に死刑囚の腋《わき》の下の胴体と脚に革紐《かわひも》が巻きつけられたときのままだ。首穴の鉄輪《かなわ》は、その最後に処刑された男の頸《くび》をがっちりと押さえた——身動きできないように、完璧《かんぺき》な輪のなかに挟んだ。どれほど激しい恐怖に襲われようとも、重く鋭い刃から身を縮めて逃れることはできない。死刑執行人が綱を解けば、八十ポンドの死の打撃をとめることはできない。首が籠に落ち、体は横に押しやられて革の内張りの枝編みの籠に落ち、直立した板につぎの死刑囚を縛り付ける用意がされる。あまりにもすばやく片づくので、なかにはまだ息を吐いている死体があり、板からどけられるときに首の付け根から空気が漏れたりする。切り落とされた首のまだ生きている脳が、みずからの処刑のおぞましい結果を何秒か見聞きできるともいわれている。

恐怖時代のさなか、死刑執行人シャルル・アンリ-サンソンとその助手たちは、一分にひとりの死刑囚を処刑することができたという。彼らは三日間で三百名の男女をギロチンで処刑し、六週間で合計千三百人、一七九三年四月六日から一七九五年七月二十九日までに合計二千八百三十一人の処刑に手を貸した。

ヒトラー総統、あんたはどう思う？　と、ドミニクは頭のなかで問いかけた。トレブリンカのガス室は、十五分間で二百人を殺すように設計された。アウシュヴィッツのガス室は、二千人を殺せるように設計されていた。殺人の達人のヒトラーは、それに比べればしろうとくさいこのギロチンに感心するか、それとも馬鹿《ばか》にするか？

そのギロチンは、ドミニクの宝物だった。その奥の壁には、当時の新聞やエッチング、ジョルジュ・ジャック・ダントンをはじめとするフランス革命の指導者たちの署名入りの書類が、凝った額縁に収めて飾ってある。だが、彼にとってギロチンほど感動的なものはなかった。天井の照明を消して、カーテンを引いてあっても、それが感じられた。成功するには決断力がそなわっていなければならないことを思い出させる装置だった。高貴なものたちの子弟が、その恐ろしい刃に首を断ち切られたが、それは革命の代償だ。

電話が鳴った。それは第三の回線、秘書たちは出てはいけない秘密回線だった。ドミニクの仲間とオルヌだけが、番号を知っている。

ドミニクは、どっしりした革の椅子《いす》に座ったまま、身を乗り出した。ドミニクは、ひょろりと痩《や》せていて、大きな鼻、秀《ひい》でた額、がっしりした顎《あご》という風采《ふうさい》だった。髪は短く、漆黒で、白いタートルネックに白いズボンという服装とそれが、ひどく対照的だった。

ドミニクは、スピーカー・ボタンを押して、「ああ」と低い声でいった。

「おはようございます、ドミニク様」相手がいった。「ジャン-ミシェルです」

ドミニクは、時計に目をやった。「早いな」

「短い会見でした、ドミニク様」

「どうだったか話せ」

ジャン-ミシェルは話した。拷問《ごうもん》されながら演説を聞かされたこと、リヒターがドミニクを同輩だと見なしていることを告げた。カーリン・ドリングに関してつかんだことが、ほとんど皆無だということも話した。

ドミニクは、言葉を挟まずにじっと聞いた。ジャン-ミシェルの話が終わるとたずねた。「目はどんなぐあいだ？」

「心配ないと思います」ジャン-ミシェルが答えた。「午後に医者を予約しました」

「よし」ドミニクがいった。「アンリやイヴを置いていくべきではなかったな。そのためにつけてやったのだ」

「わかっております、ドミニク様」ジャン-ミシェルが答えた。「後悔しています。リヒターを恫喝《どうかつ》したくなかったものですから」

「じっさい恫喝できなかったわけだ」と、ドミニクがいった。落ち着き払った声で、大きな口は緊張していなかった。だが、こうきいたとき、黒い目は怒りに満ちていた。

「アンリはいるか？」

「はい」ジャン＝ミシェルが答えた。

「出せ」ドミニクがいった。「それから、ジャン＝ミシェル。今夜はちゃんと連れていけ」

「かしこまりました」と、ジャン＝ミシェルは答えた。

けちな総統が威張りくさって、とドミニクは思った。代理の人間をいじめるとは。だが、さして意外ではなかった。リヒターは虚栄心が強いから、当然、高飛車に出るのがいいと考えている。ましてやつはドイツ人だ。やつらは謙虚さという概念が理解できない。

アンリが電話に出ると、ドミニクはしばらく話をした。話が済むと、ドミニクはスピーカー・ボタンを切って、座りなおした。

リヒターは、いまのところドイツでは力が弱く、さしたる勢力とはいえないが、強力になる前に、立場をわきまえるよう思い知らせたほうがいい。はっきりと思い知らせる。やんわりやる必要はない。リヒターが第一の選択肢であることに変わりはないが、取り込めないなら、カーリン・ドリングを選ぶまでだ。これまた独立独歩の一派だが、ドリングのほうは金を必要としている。それに、リヒターの身に起きたことを見れば、物分りがよくなるだろう。

ギロチンの黒い輪郭を眺めているうちに、ドミニクの目から怒りが消えていった。はじめは穏健派として君主制に対抗して運動を進めていたダントンとおなじように、ドミニクもどんどん苛烈《かれつ》になっていった。さもないと、味方も敵も、弱虫だと見なすはずだ。

リヒターを放逐することなく懲らしめるには、かなりの手際《てぎわ》を要する。だが、一七九二年にダントンは一般防衛立法委員会の演説でこう述べている。『一に大胆、二に大胆、三に大胆！』ギロチンのごとく大胆に。確信をもって大胆に腹をくくる。昔もいまも、革命に勝つために必要なのはそれだ。

そして自分はこれに勝つ。それから昔の借りを返す。リヒターではなく、べつのドイツ人に対する借りを。あのはるか昔の夜に裏切った男に。すべてを動かした男に。

リヒャルト・ハウゼンを、破滅させる。

12

木曜日 午前十一時五十五分 ドイツ ヴンストルフ

バスルームの火災報知機が鳴るのを聞いて、ジョディは泣きやんだ。通風管から忍び込んだかすかな煙のために鳴り出したのだ。甲高い音が、パニックを起こしている意識を貫き、いまこの瞬間の状況へとジョディを引き戻した。ジョディは息を吸って気を静め、それから吐き出した。

あいつらはトレイラーを爆発させようとしている、とあらためて自分にいい聞かせた。銃を突きつけられたときとおなじように、いまこの瞬間にも最期《さいご》がおとずれるかもしれないというのを意識していた。すばやく窓のところへ行き、鉄格子《てつごうし》のあいだに手をつっこんだ。指先で掛け金をはずし、磨りガラスに掌《てのひら》をあてて押しあげた。鉄格子に顔を押しつけ、ねじった布が燃えているのを見守った。燃料タンクにねじ込まれてはいない。ただそこに置かれて、まわりの空気に酸素を供給されて燃えている。ジョディは手をのばし、その布をつかもうとした。あと一フィートが届かない。

「どうしよう！」

鉄格子から離れ、目にかかる髪を払って、まわりを見た。なにか届くように使えるものがあるはずだ。洗面台、便器。なにもない。

洗面台——

火を消そうかと思ったが、バケツやひしゃくの代わりに使えるものは、バスルームにはなかった。

「考えて！」叫び声をあげた。

ゆっくりとふりむいた。シャワーが目にはいったが、バスタオルはない。奥のタオル掛けをひっぱってはずそうとしたが、だめだった。そのとき、シャワーヘッドに気づいた。ホースにつながっている。

急いで水を出し、シャワーヘッドをフックからはずして、窓へひっぱっていった。届かない。何インチか短い。

炎は、燃料タンクの口を覆《おお》うほどになっていた。焦燥のあまりうなりながら、ジョディはシャワーヘッドをほうり出し、ハンドタオルをつかんだ。それを便器に突っ込み、窓のところへ戻った。手をのばし、濡《ぬ》れたタオルをふって落とした。ジュッという音を聞いて、窓からのぞいた。

炎の上の部分が消えていた。下のほうの一部はまだ燃えている。

タオルは一枚しかなく、それはもう使ってしまった。すばやくブラウスを脱ぎ、それを便器の水にひたした。そして、こんどはそれでトレイラーの車体を思い切り叩《たた》いた、ブラウスは落とさず、水が垂れてゆくようにした。そしてブラウスを引き込み、また濡らして、もっと強く車体に叩きつけた。水がかなりの流れになって落ちてゆき、最後の炎を消し、細い煙が立ちのぼった。それがなんともよい香りに思えた。

「くたばれ！」例の女の姿を頭に描き、ジョディはののしった。「なにが女を殺すのは嫌いだ。おまえには殺せなかったよ、くそばばあ！　あたしを殺れ《や》なかったよ！」

ジョディは腕を引っ込めて、濡れたブラウスを着た。冷たくて気持ちよかった。ドアのほうを見た。

「つぎはあんただよ」いましも湧《わ》いたばかりの自信をこめていった。

シャワー室のタオル掛けをはずすのに、じっくり時間をかけた。壁に背中を押しつけ、脚で蹴ってはずした。それから、バスルームのドアまで行き、肩で押した。タオル掛けが通るぐらいの隙間《すきま》をあけると、それを梃子《てこ》に使った。梃子に力をこめるたびに、押しつけられているものが動いて、ドアがじわじわとあいていった。何回かやると、通れるだけの隙間ができた。

裏返しにしたテーブルを乗り越え、ドアのほうへ駆けていって、あけた。

「おまえはあたしを殺れなかった！」顎を突き出し、拳《こぶし》をふりあげて、もう一度いった。

踵《きびす》を返し、トレイラーを見た。

激しい戦慄《せんりつ》が背すじを駆けおりた。

爆発の音が聞こえるのをあの連中が待っていたとしたら？　と自分に問いかけた。聞こえなかったら、ひきかえしてくるのではないか？

へとへとになっていたが、トレイラーの反対側に走っていった。小枝でくすぶっている布を燃料タンクから引き離し、運転台によじ登った。シガレット・ライターを押し込んだ。それが赤く熱するのを待つあいだに、トレイラーの車内に残っていたトランクの内張りの布を何枚か引き裂いた。ライターが熱くなると、それに火をつけ、燃料タンクのところへ歩いていった。

一枚を使って、あたりの水を吸い取り、べつの布を、半分タンクに入れて垂らした。燃えている布でそれに火をつけ、ほうりだすと、トレイラーから離れた森に駆け込んだ。映画をさんざん鑑賞し、車やトラックが爆破する場面はいくらでも見ている。しかし、映画の車は入念に爆発物を仕掛けたもので、タンクにガソリンがしこたまはいっているわけではない。この爆発がどれほど規模が大きく、やかましく、どこまですさまじい威力なのか、見当がつかない。

ふと気づいて、走りながら両手で耳をふさいだ。

一分とたたないうちに、ティンパニーの響きのようなくぐもった爆発音が聞こえ、つづいて金属の裂けるもっと大きな音がして、タイヤの破裂する音が耳朶《じだ》を打った。その直後、爆発の中心から押し寄せた衝撃をともなう熱波に襲われた。すさまじい熱が、濡れたブラウスを通り、頭皮を包むのがわかった。だが、ガラスの破片と鋭い金属片がふりそぐと、熱気などかまっていられなくなった。『十戒』の燃える雹《ひょう》を思い出した。その映画を見たとき、あんなものからはとうてい身を護《まも》ることができないと思ったのをおぼえている。ジョディは地面に突っ伏し、両腕で頭を覆い、体を丸めて膝《ひざ》を胸にくっつけた。フェンダーの大きな破片が林冠を貫いて、脚のすぐそばに落ちたので、ジョディはあわてて立ちあがった。

一本の木に向けて駆け出し、枝がトレイラーの大きな破片が落ちるのを妨げてくれることを願い、膝を突いて幹にぴったりと身を寄せた。その木にしがみつき、またもめそそ泣き出した。勇気はもう尽きてしまったようだった。破片の落下がやんでも、ジョディはまだそこにいた。腿《もも》がひどくふるえ、立てなかった。しばらくすると、木にしがみつく力もなくなった。

木から離れると、ジョディはしばらく歩いた。へとへとに疲れ、ぼうっとしていたので、休もうと思った。柔らかな緑の叢《くさむら》が招くようだったが、木に登った。間隔の狭い二本の枝のあいだにはいり込み、いっぽうの枝に頭を乗せて、目を閉じた。

あいつらはあたしをあのまま死なせようとした、と思った。何人か殺しているのだろう。いったいどういう権利があってそんなことをするのだろう。

涙がだんだんに出なくなった。恐怖は消えていない。しかし、自分がいかにきわどい状態にあったかを悟ったとき、自分がなんとか力を発揮したということも意識にのぼった。

やつらが殺そうとしたのをあたしは切り抜けたのよ、と自分にいい聞かせた。

カーリンの顔の鮮明な冷たい映像を頭に描いた。いかにもひとりよがりの自信たっぷりな態度が、ジョディはとことん憎かった。あたしの命を奪いかけたが、気魄までは奪えなかった。ジョディの半分は、それをあの怪物に教えてやりたいと思っていた。

あとの半分は、眠りたいと思っていた。何分かすると、眠りたいほうの半分が、抵抗は受けたものの勝利を収めた。

13

木曜日　午前六時四十分　ヴァージニア州　クォンテコー

マイク・ロジャーズは、七時前にビリー・スクワイアを訪ねるつもりはなかった。だが、六時過ぎにメリッサから電話をもらうと、軍服を着て、コミック・ブックを持った——なにかが必要だったし、ほかのものを用意する時間がなかった——そして、急いで出かけていった。

「べつに命に別状があるようなことじゃないの」メリッサが、電話でいった。「でも、もうすこし早く来られないかしら。お見せしたいものがあるの」ビリーがおなじ部屋にいるので、詳しい話はできない、とメリッサはいった。でも、ここへ来て、見れば、わかってもらえると思う。

ロジャーズは謎《なぞ》は嫌いだったので、車を走らせている四十五分のあいだ、蟻《あり》や蝙蝠《こうもり》の来襲からビリーがやりそうなことに至るまで、ありとあらゆることを想像していた。

ロジャーズの考えたことは、なにひとつ当たっていなかった。

ストライカー基地は、ヴァージニア州クォンテコーのFBIアカデミーに置かれている。チームのメンバーは、基地内の官舎に住んでいる。家族があるものにはタウンハウスが用意される。メリッサとビリーは、そのなかでもっとも広く、プールにいちばん近い家に住んでいる。規則によれば、新しいストライカー指揮官が任命されるまで、ふたりはその指揮官用官舎に住んでいてよいことになっている。ふたりは好きなだけそこにいて、新任の指揮官はよそに住まわせようというのが、ロジャーズの考えだった。ビリーの心構えができたとメリッサが判断するまでは、ビリーを友だちから引き離すことはできない。

ゲートの警衛に通行証を見せながら、ロジャーズは思った。ましていまのような捜し方では、新指揮官が見つかる前に紀元二〇〇〇年が来てしまう。その職務についてもらいたいとロジャーズが思っているブレット・オーガスト大佐は、もう二度も辞退している。後刻電話するつもりだが、十中八九、三度目の辞退をするだろう。いまのところは、アンドルーズ空軍基地から借りたシューター少佐が、一時的に指揮官になっている。シューターはだれにでも好かれていて、優秀な戦略家だが、実戦の経験はない。戦場で度を失うと考える理由はなにもないが、度を失わないと確信できる理由もない。北朝鮮やロシアでストライカーが実行してきたような世界の命運を左右する任務において、そういうリスクを見過ごすことはできない。

ロジャーズは、新車のアップル・レッドのシヴォレー・ブレイザーを駐車場にとめて、小走りに玄関へと向かった。着く前にメリッサがあけた。落ち着いた態度で、なんの心配もなさそうだったので、ロジャーズは歩度をゆるめた。

だが、だいたいメリッサは、なべてこの世はなにごともないという態度をするのが、習い性になっている。チャーリー・スクワイアが生きていたころも、彼がプールでのチキン・ファイト（訳注　肩車で相手を水に落とす遊び）やアイス・ホッケーで興奮したり、スクラブルで七文字の単語を置くスペースがなくて負けたりしたとき、メリッサは見るからに落ち着き払っていた。夫が亡《な》くなったいまも、ストライカーの他の家族とピクニックをしたり遊びに出かけたりして、息子の暮らしがいままでとなにひとつ変わらないように気を配っている。暗闇《くらやみ》で泣いているだろうというのは、ロジャーズも薄々察してはいた。しかし、肝心なのはその〝薄々察する〟という言葉だ。メリッサは、めったにひと前で悲しみを見せない。

ロジャーズが段々を駆けあがり、ふたりは心をこめて抱擁した。

「来てくだすってありがとう、マイク」メリッサがいった。

「いい香りだね」ロジャーズが、にっこり笑った。「アプリコット・シャンプー？」

メリッサがうなずいた。

「そういうのは、前には嗅《か》いだことがない」

「すこしは変えようと思ったの」メリッサが、目を伏せた。「だって」

ロジャーズは、メリッサの額にキスをした。「そうだね」

メリッサの横を通って、笑みを浮かべたままなかにはいった。朝のうちにこの家に来て、スクワイアがいつも飲んでいた凝ったコーヒーの芳香がしないのは、不思議な感じだった。

「ビリーはどこ？」ロジャーズがきいた。

「お風呂《ふろ》にはいっているわ。お風呂で遊んでエネルギーを消耗すると、学校でおとなしいのよ」

水をはねかす音が、二階から聞こえていた。ロジャーズは、メリッサのほうをふりかえった。「あばれたりするのか？」

「ここ二、三日だけ」メリッサがいった。「それで早めに来ていただきたかったの」

メリッサは狭い居間を横切り、一本指でロジャーズについてくるよう促した。ふたりは、額入りの軍用機の絵が掛かった遊戯室にはいった。テレビの上に、黒いリボンを角につけた写真立てがあって、スクワイアの写真がおさまっていた。家族のその他の写真は、マントルピースと本棚に飾ってある。

メリッサがコンピュータ・テーブルのところへ案内するあいだ、ロジャーズはそれらの写真を見ないようにつとめた。ロジャーズがコミック・ブックをプリンターの脇《わき》に置くと、メリッサがコンピュータを起動した。

「ビリーにインターネットをやらせれば、気晴らしになると思ったの」と、メリッサがいった。「これがゴーファー」

「なんだって？」

「これをやったことがないの？」

「ない」ロジャーズが答えた。「ハイテクに関してなまけてはいかんと厳しくいっているくせに、じつはこんなものだ」

メリッサがうなずいた。「ゴーファーは、比較的簡単なやりかたでインターネットのテキスト・データの書庫《アーカイヴ》にアクセスできるメニュー・システムなの」

「十進分類法のカードみたいなものだな」ロジャーズがいった。「ほんものの図書館の」

「そんなふうなものね」メリッサが、にっこり笑った。「つまりこういうことなの。ウェブ・サイト――フォーラム――があって、そこで親を亡くした子供たちが話ができるの。顔も人種もわからない。ビリーはそこにアクセスして、共通点がある偉い子供たちと知り合う。それで、きのうの晩、そのうちのジム・イーグルという十二歳の子が、ビリーを案内して、〈メッセージ・センター〉というサイトに連れていったの」

と知り合う。それで、きのうの晩、そのうちのジム・イーグルという十二歳の子が、ビ

コンピュータがブーンというなりを発し、メリッサがキイボードに向かってかがみ込んだ。〈メッセージ・センター〉に行くように打ち込んで、ログオンしたとたんに、

〃メッセージ〃とはなんであるかをロジャーズは知った。

〈メッセージ・センター〉のＳの字のロゴが、ナチス親衛隊《ＳＳ》のそれに似せてあった。最近アクセスしたものの質問を列記したＦＡＱ（初心者向けのＱ＆Ａ〔質問と回答〕）をメリッサが呼び出した。ロジャーズはそれを読んで、ますます嫌悪《けんお》にかられた。最初のＱ＆Ａは、〃ネチケット〃に関するもので、黒人、ユダヤ人、ホモセクシュアル、メキシコ人その他の少数民族をどう呼べばいいかが書いてあった。つぎのＱ＆Ａは歴史上の偉大な人物十人で、それらの人物の業績が短く書かれている。アドルフ・ヒトラーを筆頭に、殺されたアメリカ・ナチ党首ジョージ・リンカーン・ロックウェル、マーティン・ルーサー・キングを暗殺したジェイムズ・アール・レイ、南部連合軍のネイサン・ベドフォード・フォレスト騎兵隊将軍などにくわえ、『アンクル・トムの小屋』に登場する奴隷《どれい》監督サイモン・リグリーという架空の人物まで記してあった。

「ビリーは、このＦＡＱがどういう意味かわからず、ジム・イーグルについていって、会話に引き込まれたの」メリッサが説明した。「このジムという子は——果たして子供なのかどうか、疑わしいと思うけど——嘆き悲しんでいる孤独な子供を釣りあげて、運動に誘い込もうとしているのよ」

「あらたな母親像、父親像をあたえることによって」と、ロジャーズがいった。

「そのとおりよ」といって、メリッサはさらに現在進行中の討論の画面を呼び出して、ロジャーズに見せた。

特定の人間や集団に対する憎悪をあらわにした綴《つづ》りのまちがいの多い短いメールが、いっぱいならんでいた。古い歌に憎しみに満ちた歌詞をつけたものもあり、黒人の女を殺して切り身にする方法まで書いてあった。

「ビリーはこういうものを見たのよ」メリッサが、小声でいった。プリンターを指差した。「テキストに添付された絵まで送ってきたのよ。どういうことはないというふりをするために、そのままにしてあるの。ビリーを怖がらせたくないから」

ロジャーズは、プリンターのトレイをのぞき込んで、カラーのプリントアウトを見た。側面と上からの写真で、骨をはずして肉だけになった胴体に矢印と指示が記されていた。背景から判断して、死体公示所で撮影したものらしい。戦場で見た光景に胸が悪くなったことはあるが、そこではだいたい個々の人間の要素が薄い。だが、これはひとりの人間の遺体であり、きわめてサディスティックだ。憲法修正第一条（言論の自由）を細かく引きちぎりたい気分だったが、これもドイツのネオナチとなにか共通項があるのかもしれないと気づき、冷静になろうとした。

プリントアウトを取りあげ、たたんでズボンのポケットにしまった。

「オプ・センターの技術者に見せる」と、ロジャーズはいった。「オプ・センターには、ソフトウエアをダウンさせるサムソン・プログラムがある。これをやめさせられるかもしれない」

「またはじめるだけよ」メリッサがいった。「それに、もっとひどいのがあるのよ」

メリッサが、またキイボードにかがみ込んだ。ちがうウェブ・サイトへ行くと、そこでは十五秒単位の短いコンピュータ・ゲームがくりかえされていた。

輪にした縄を持って森のなかで黒人を追いかけている男の映像だった。その追っ手は、死体を跳び越え、リンチされて吊された黒人の脚をくぐって、獲物を捕らえなければならない。スクロールされている絵の上に、こういう文があった。〝首にかける縄をご用意しました！　たった九時間二十分後に販売開始。オンライン・ダウンロードできるWHOAの〈群集といっしょに縛り首〉。新製品続々登場！〟

ロジャーズがきいた。「WHOAがなにか、わかるか？」

「わかるよ」うしろで声があがった。「ジムが教えてくれた」

ロジャーズとメリッサがふりむくと、ビリーが立っていた。ビリーは、すたすたとふたりに近づいてきた。

「やあ、ビリー！」ロジャーズがいった。

ロジャーズがビリーに敬礼し、ビリーが答礼した。そこでロジャーズが身をかがめ、ふたりは固く抱き合った。

「おはようございます、ロジャーズ将軍」ビリーがいった。「WHOAは唯《ゆい》白人同盟のことだよ。ほかのはみんな食いとめるって、ジムがいってた。ただひとつＷＨＯＡあるのみって！」

「なるほど」ロジャーズは、ビリーの前でまだかがんでいた。「それをどう思う？」

ビリーが、肩を揺らした。「わかんない」

「わからないの？」メリッサがきいた。

「あのね」ビリーがいった。「きのうの夜、写真を見たときは、パパが殺されたことを考えたよ。それで頭が変になっちゃった」

「わかってほしい」ロジャーズがいった。「こういう連中は、ものすごく悪い。そして、ほとんどの人間が、こういう連中の信じている恐ろしいことを、いいとは思っていない」

「ジムは、みんなはいいと思っているんだけど、自分でそれがわかってないだけだっていってたよ」

「それはちがう。だれでも、ちょっとした腹が立つことがあるだろう。よく吠《ほ》える犬とか、車の警報装置とか。どこかの人間を嫌いなものもいる。会社の偉いひととか、近所のひととか――」

「パパは、インスタント・コーヒーを飲むひとが嫌いだった。味なんとかって」

「味も素っ気もないやつ」メリッサがいった。つと顔をそむけ、唇を引き結んだ。

ロジャーズは、ビリーに笑みを向けた。「べつに本気で嫌いなわけじゃなかったんだと思うよ。ほんとうに憎んでいないときも、その言葉をもっと広い意味で使うんだ。だいじなのは、ジムがまちがっていることだ。わたしはいろいろな人間を知っているが、たくさんの人間をひとまとめにして憎んでいるやつなんか、ひとりも知らない。ジムのようなやつは――他人をけなしてよろこぶんだ。どうしてもひとを憎まないではいられない。そういう病気にかかっているようなものだ。心の病気に。そういう連中は、たとえ移民やちがう宗教を信じているものを憎まないとしても、髪の色がちがうものを憎み、自分より小柄なものを憎み、ホットドッグではなくハンバーガーを食べるものを憎む」

ビリーが、くすくす笑った。

「つまり、わたしがいいたいのは、こういう連中はものすごく悪いから、いうことを信じてはいけないということだ。ウィンストン・チャーチルやフレデリック・ダグラスや、マハトマ・ガンジーの本やビデオが、わたしのところにはある」

「変な名前だね」

「名前は変に思えるかもしれないが、彼の理想はほんとうにすばらしい。こういうひとたちは、とってもいいことをいっている。こんどはそういうのを持ってこよう。本を読んだり、いっしょにビデオを見たりしよう」

「わかった」ビリーがいった。

ロジャーズが立ちあがり、プリンターのほうに親指をしゃくった。急に長髪のスーパーマンも、そう悪くないように思えてきた。

「その前に、きょうはコミック・ブックをすこし買ってきた。きょうはバットマン、こんどはガンジーだな」

「ありがとう!」ビリーがいった。母親のほうに視線を投げ、うなずくのを見た。そして飛び出していって、コミック・ブックのはいった袋を取った。

「学校から帰ってきてからにするのよ」ぱらぱらとめくりはじめたビリーに、メリッサがいった。

「そうだ」ロジャーズがいった。「支度ができたら、学校まで送ろう。食堂で朝食《Cレーション》を食べて、テレビゲームでもやろう。新車のブレイザーの助手席に乗るのは、きみがはじめてだよ」

「テレビゲーム?」ビリーがいった。「食堂には〈燃えるコンバトル〉があるよ」

「それはよかった」

ビリーは、ロジャーズにきびきびと敬礼し、もう一度コミック・ブックの礼をいって、走りだした。

ビリーがどたどたと階段を駆けあがるとき、メリッサはロジャーズの手首にそっと触れた。「ほんとうにお世話になります」といって、頬にキスをした。

意表を衝《つ》かれたロジャーズは、顔を赤らめた。ロジャーズがそっぽを向いたので、メリッサは手を放した。ロジャーズが、ビリーのあとを追った。

「マイク」メリッサがいった。

ロジャーズが立ちどまり、ふりかえった。

「いいのよ」メリッサがいった。「わたしもあなたをとても近しく感じているの。わたしたちがくぐり抜けたことを思えば――無理もないことでしょうね」

ロジャーズの首のまわりが、一段と赤くなった。亡くなったチャーリーもふくめた三人がどれほど好きか、言葉にしたいと思ったが、できなかった。いまの自分の気持ちが、はっきりとわからなかった。

「ありがとう」ロジャーズはいった。

笑みを浮かべたが、ロジャーズはもうなにもいわなかった。いかにもこの年頃の少年らしく朝から腹を空《す》かしているビリーが、階段をすさまじい勢いでおりてきたと思うと、バックパックを引きずって居間を突っ切り、駐車場へ飛びだしていった。ロジャーズは旋風に捕らわれた一本の藁《わら》のようについていった。

「お砂糖はなしよ、将軍!」ふたりのあとでばたんとしまった網戸ごしに、メリッサが叫んだ。「それから、テレビゲームであんまり興奮させないでね!」

14

木曜日　午前八時二分　ワシントンDC

バーバラ・フォックス上院議員と補佐官二名は、フォックスのメルセデスに乗ってアンドルーズ空軍基地に到着した。上級補佐官のニール・リペスがフォックスといっしょにうしろに乗り、ボビー・ウィンター下級補佐官が、助手席にブリーフケースを置いて運転した。

警衛が、車を通すときに、八時半の会合まではまだだいぶ時間がありますと、わざわざ教えた。

「時間なんかないわよ」そこを通過しながら、白髪の上院議員が窓ごしにいった。「二千五百万ドルの遅れをとったわ」

アンドルーズ空軍基地の海軍予備役飛行隊飛行列線《フライト・ライン》に近いなんの変哲もない二階建ての建物に向けて、三人の車は走っていった。冷戦のさなか、その象牙色《ぞうげいろ》の建物は受命室、つまり搭乗員の進発する中間準備地域の役割を果たしていた。核攻撃を受けたときに政府高官をワシントンDCから後送するのが、彼らの任務だった。

いまその建物は、一億ドルかけて改装され、NCMC(国家危機管理センター)、通称オプ・センターの本部となっている。そこにフルタイムで勤務する職員七十八名は、選りすぐりの技術者、補給管理の専門家、軍人、外交官、情報分析官、コンピュータ専門家、心理学者、偵察専門家、環境問題専門家、弁護士、マスコミとの連絡担当である。NCMCは、そのほかに四十二名の支援要員を国防総省およびCIA(中央情報局)と共有し、ストライカー戦術攻撃チームを指揮下に置いている。

予算関係の議員なら即座に念を押すはずだが、フォックスはNCMC設立の案を練ったうちのひとりだった。また、かつてはNCMCの作戦を支援していた。そもそもオプ・センターは、CIA、NSA(国家安全保障局)、ホワイトハウス、国務省、国防総省、DIA(国防情報局)、国家偵察室、情報脅威分析センターと連動し、予備の役割を果たすように創《つく》られた。だが、例のウェイコーの事件でおじけづいたFBI(連邦捜査局)に押しつけられたフィラデルフィアの人質事件をみごとに処理し、スペース・シャトルに対する破壊工作をあばいて未然に防いでから、オプ・センターはそれらの政府機関と同格の地位を得た——いや、それらをやや凌《しの》いだ。SWAT(特殊火器戦術部隊)能力を持つ情報センターとして設立されたオプ・センターは、いまや全世界における作戦を監視し、実行し、運営運用できるという、たぐいまれな力をそなえている。

そして、そのたぐいまれな力に、六千百万ドルというあらたな予算請求がついてきた。初年度より八パーセント多かっただけの二年目と比べて、四三パーセントの増加である。カリフォルニア選出、四期目のフォックス上院議員は、そんな予算を用立てるつもりはなかった。選挙が迫っているのにとんでもない。また、CIAやFBIの友人が、同列に扱うよう強くもとめている。ポール・フッドは永年の友人で、長官に就任させたのは、こっちが大統領に対して影響力を駆使したからだった。しかし、フッドとあの我の強いマイク・ロジャーズ副長官には、作戦の規模をもっと縮小してもらう。彼らの思惑よりもずっと小さな規模に。

テロリストの自動車爆弾を防ぐバリケードも兼ねたコンクリートのプランターの奥に、ウィンターが車をとめた。三人は車を降りて、短く刈った芝生に挟まれたスレートの歩道を通った。ガラス戸に達すると、監視カメラが三人を撮影した。ほどなくカメラの下のラウドスピーカーから、なかにはいるよう促す女性の声が聞こえた。ブザーが鳴り、ウィンターがドアを引きあけた。

なかにはいると、武装した警衛二名に迎えられた。ひとりは警衛所の前に立ち、もうひとりは防弾ガラスの奥にいる。外の警衛が上院の発行する写真付きの身分証明書を確認し、手持ちの金属探知機でブリーフケースを調べてから、一階の監理部に通された。廊下の突き当たりにエレベーターがあり、そこにさらに一名の警衛が立っていた。

「約五万ドル、経費を切り詰められるところが見つかったわね」エレベーターのドアが閉まると、フォックスがリペスにいった。

オプ・センターの本業がいとなまれている地下に向けて銀色の壁のエレベーターが速い速度でおりてゆくとき、リペスたちがからからと笑った。

エレベーターを降りると、そこにも警衛がひとりいた。「これで七万五千ドル」フォックスが補佐官たちにいった――三人の身分証明書を確認すると、女性の警衛が応接室に案内した。

フォックスが、警衛をにらみつけた、「わたしたちはロジャーズ将軍に会いにきたのよ。どうして待たせるの」

「申しわけございません。でも、将軍はここにおりませんので」

「いない？」フォックスは時計を見た。鼻から息を吐いた。「まったく、ここに住んでいるのかと思っていたのに」また警衛の顔を見た。「彼の車には電話があるわね」

「ええ」

「呼び出してくれる」

「申しわけございませんが、存じませんので。番号はエイブラムさんがご存じです」

「だったらそのひとを呼び出しなさいよ。わたしたちが会いたいといっていると伝えて。応接室で待つつもりはないといってちょうだい」

警衛が、副長官補に電話をかけた。エイブラムの当直は、正式には午前六時に終了するが、上司がいないときは代理をつとめる権限がある。

警衛が電話しているあいだに、エレベーターのドアがあき、マーサ・マッコール政策担当官が降りてきた。端整な容貌《ようぼう》の四十九歳の黒人女性は、早朝の不機嫌な顔をしていた。フォックスを目にしたとたんに、それが消えた。

「フォックス上院議員」マーサは顔いっぱいに笑みを浮かべた。「ご機嫌はいかがですか?」

「斜めよ」と、フォックスが答えた。

ふたりは握手を交わした。

マーサは、フォックスから若い警衛へと視線を移した。「どうなさったんですか?」

「あのスーパーマンが睡眠が必要だとは思わなかったのよ」と、フォックスがいった。

「スーパーマン?」

「ロジャーズ少将」

「ああ」マーサは笑った。「なるほど。将軍は、けさはスクワイア家に寄るといっていました」

「子供の世話をしにいったのね」と、フォックスがいった。

警衛が、居心地悪そうに目をそらした。

マーサが、腕を差しのべた。「わたしのオフィスでお待ちになりませんか、フォックス上院議員。コーヒーとクロワッサンを用意させます」

「クロワッサン？」フォックスは、にやりと笑った。リペスのほうを向いた。「七万五千と二ドル」

補佐官ふたりがにやにや笑い、マーサもほほえんだ。なんのことか知るはずもないのに、とフォックスは思った。ただ仲間入りしたふうをよそおうために笑ったのだ。それ自体は、べつに悪いことではない。しかし、彼女の笑みは、歯は何本も見せても、心の奥は相手に見せない。じっさい、マーサにユーモアのセンスがあるとは思えない。

絨毯《じゆうたん》敷きの廊下を歩いてゆくとき、マーサがたずねた。「議会統合情報監督委員会の様子はいかがですか？ ストライカーのロシア潜入に関する激しい反発は、ぜんぜん耳にしていないんですが」

「ストライカーはクーデターを食い止めたから、まあ当然だと思うけど」と、フォックスは答えた。

「わたしもそう思います」マーサがいった。

「それどころか、わたしが聞いたところでは、ジャーニン大統領は、例の橋を架け直す際には、スクワイア中佐の栄誉をたたえる碑を建てるようにと、クレムリンで補佐官に命じたそうよ」

「それは結構なことですね」マーサが、にっこり笑った。

オフィスのドアの前に来ると、マーサはドア脇《わき》のキイパッドに暗証を打ち込んだ。ドアのロックが解除されると、マーサはフォックスとその補佐官ふたりを先に通した。

マーサがフォックスに椅子《いす》を勧める間もなく、ビル・エイブラムがすたすたとはいってきた。

「みなさん、おはよう」口髭《くちひげ》をたくわえた快活な副長官補がいった。「ロジャーズ将軍がたったいま車から電話ですこし遅れると伝えてきたのを、お知らせしようと思いまして」

口をあけ、両眉《りょうまゆ》をあげたので、フォックス上院議員の長い顔が、いっそう長くなった。

「車がどうかしたの?」と、たずねた。

マーサが笑った。

エイブラムがいった。「渋滞に巻き込まれまして。こんなに遅くなるほど混んでいるとは思っていなかったそうです」

フォックスが、クッションの厚い肘《ひじ》掛け椅子に座った。補佐官ふたりはそのうしろに立った。「どうして遅くなったのか、ロジャーズ将軍は理由をいった? アポイントメントのことは知っているはずよ」

「ええ、将軍はちゃんとおぼえていましたよ」エイブラムがいった。細い口髭のかたほうが持ちあがった。「でも、その――ストライカーの隊員との戦闘シミュレーションがなかなか終わらなかったそうです」

マーサが、エイブラムをにらみつけた。「ロジャーズ将軍は、けさは戦闘シミュレーションの予定なんかなかったはずよ」一段と怖い顔になった。「プールでチキン・ファイトでもしていたんじゃないの――」

「それはちがう」エイブラムが、マーサに向かってきっぱりといった。ボウタイの端を、ぼんやりとまさぐった。「ほかのことだ。予定にはなかった」

フォックスが首をふった。「待つわ」

ボビー・ウィンターは、まだブリーフケースを持ったままだった。フォックスがそういったとき、はじめてブリーフケースを椅子の横に置いた。

「待つわ」フォックスが、なおもいった。「この話は早いほうがいいから。でも、いっておくけど、ロジャーズ将軍が現れたとき、オプ・センターはきのうまでのオプ・センターとは、がらりと変わっているのを知ることになるわよ」スキー場の斜面のような小さな鼻をつんとそらした。「がらりと変わり、未来永劫《えいごう》そのままよ」

15

木曜日　午後二時十分　ドイツ　ハンブルク

ポール・フッドの一行は、一時二十分にレストランをあとにした。映画セットへの襲撃に関して、さらに電話で情報を集めさせるために、ハーバートをホテルで降ろした。あとのものはそのまま、ハンブルクの北西へ向けて三十分ほど景色のいい道すじを走り、グリュックシュタットにあるマルティーン・ラングの〈ハウプトシュリューセル〉へ行った。

ハンブルクとおなじように、その街もエルベ川沿いにある。ハンブルクとはちがい、昔のヨーロッパらしい古風な趣があって、近代的なマイクロ・チップ工場があるとは、とうてい思えなかった。だいいち、建物が工場らしくない。てっぺんから下まで黒い鏡に覆《おお》われた円錐形《えんすいけい》のピラミッドのようだ。

「ステルス・グミキャンディだな」と、ストールが評した。

「なかなかいい表現だ」ラングがいった。「あれは周囲の事物の邪魔にならず、そういうものを映すように設計された」

ハウゼンがいった。「共産主義者が東ドイツの空気と水と美しさを汚《けが》したありさまをとっくりと見たあとで、われわれは周囲の環境を引き立たせるだけではなく、従業員もよろこぶような建物を作るように懸命に努力しているんです」

ハウゼンがアメリカの政治家とはちがって、こぎれいに話をまとめたりしないところはたいしたものだと、フッドも思った。三階建てのビルの内部は明るく、きちんと整頓《せいとん》された作業環境だった。メイン・フロアは三つに分かれている。ドアをはいってすぐの広々としたスペースは、コンピュータでひとりひとりが作業するように仕切られている。右手には、オフィスがならんでいる。それらの小部屋の奥に、無塵《むじん》室があった。ガラスのパーティションの奥では、白衣にマスクと帽子の男女が、フルサイズの青写真をマイクロ・サイズ・チップとプリント配線に変える複雑な写真縮小の作業をやっていた。

あいかわらず感じのいい物腰ではあるが、映画セットが攻撃された報《しら》せを聞いてから口数がすくなくなっているランググがいった。「従業員は、八時から五時まで、三十分間の休憩を二度と一時間の休憩を一度とりながら働いています。地下にジムとプールがあるし、休んだりさっぱりしたいもののために、ベッドとシャワー付きの個室もあります」

ストールがいった。「ワシントンの仕事場にもベッドとシャワーがあるといいな。きっとだれも仕事をちゃんとやらないだろうな」

あまり広くない一階をずっと案内してまわると、ラングはもっと広い二階へ一行を連れていった。そこへ着いたとたんに、ハウゼンの携帯電話が鳴った。

「襲撃に関して新しいことがわかったのかもしれない」といって、ハウゼンは隅のほうへ行った。

ハウゼンが離れてゆくと、音の静かなオートメーション化された機械でチップが大量生産される様子を、ラングが説明した。ストールはそこにそのまましばらくいて、制御盤を仔細《しさい》に眺め、かつては揺るぎない手やはんだごてや糸鋸《いとのこ》でやっていた作業を、カメラと型打機がやるのを見守った。バックパックをテーブルに置き、ひとりの技術者と話をした。その英語がわかる女性技術者は、完成されたチップを、顕微鏡で抜き取り検査していた。のぞかせてくれとストールが頼むと、彼女はラングのほうを見た。ラングがうなずいた。ストールはざっと見て、じつにすばらしい姿の音声デジタル処理チップだと褒めた。

二階の見学が終わると、一行はエレベーターのところでハウゼンを待った。ハウゼンは身をかがめ、一本指を耳につっこんで、あまりしゃべらずに相手の話を聞いていた。

そのあいだ、ストールはバックパックのなかをのぞきこんでいた。それから持ちあげ、フッドとラングのところへ行った。ストールがフッドに笑みを向け、フッドがウィンクを返した。

「あいにく」ラングがいった。「研究開発をやっている三階の研究室には案内できないんだ。わたし個人の考えではないんだが」ストールの顔を見ていった。「しかし、株主が嫌がると困る。なにしろコンピュータ産業にとって革命的な新しい科学技術を開発しているので」

「わかっています」ストールがいった。「それで、その新しい科学技術は、量子のかけらや、量子力学における重ね合わせ理論とは、関係がないとおっしゃるんでしょうね。ちがいますか？」

ラングが蒼《あお》ざめるのは、きょうはこれで二度目になる。なにかいおうとしたが、言葉が出てこないようだった。

ストールが、満面に笑みを浮かべた。「パンの容器のなかから腐ったのを吹っ飛ばす、とぼくがいったのをおぼえていますか？」

ラングは、まだ口が利《き》けないまま、うなずいた。

ストールは、手をぎゅっと握りしめて提げているバックパックを叩《たた》いた。「では、ラングさん。それになにができるか、ちょっと味わっていただきましょう」

研究室の片隅では、リヒャルト・ハウゼンが、世界が消滅するような心地を味わっていた。悪夢にも似た過去からの声をじっと聞いていても、それが現実のものとは思えなかった。

「もしもし、強気《オシュエ》」フランスなまりの強い声が耳に届いた。それはハウゼンがパリのソルボンヌ大学の経済学部の学生だったころの綽名《あだな》だった。強気とは、株で思惑買いをする人間をいう。その綽名を知っている人間は、数すくない。

「もしもし」ハウゼンは、用心深く答えた。「だれなんだ?」

電話をかけてきた男が、低い声でいった。「あんたの友だちで旧友だったジェラール・デュプレだよ」

ハウゼンの顔から血の気が引き、うつろな表情になった。記憶に残る声ほど荒々しくなく、溌溂《はつらつ》としていない。だが、デュプレの可能性はある、とハウゼンは思った。つかのま、いう言葉が見つからなかった。顔やさまざまな心像の悪夢のようなコラージュが、脳裏にあふれていた。

電話の相手が、その映像を破った。「そう、デュプレだ。あんたが脅迫した相手だ。二度と戻ってくるなと脅した男だ。だが、こうして戻ってきた。革命主義者ジェラール・ドミニクとして」

「あんたがデュプレだとは、とうてい信じられない」ハウゼンが、ようやく口をひらいた。

「例のカフェの名前をいおうか。通りの名を」声を強めた。「それとも女たちの名をいおうか」

「やめろ」ハウゼンが、吐き捨てるようにいった。「あれはおまえがやったことだ。わたしはやっていない!」

「怪しいものだな」

「ちがう! それが事実だ」

声の主が、ゆっくりともう一度いった。「怪しいものだな」

ハウゼンがいった。「どうやってこの番号を知った?」

「わたしにわからないことはない。わたしの手はすべての人間におよぶ」

ハウゼンは、首をふった。「なぜいまごろになって? もう二十五年になる——」

「神々の目から見れば、ほんの一瞬だよ」声の主は、からからと笑った。「ところで、その神々が、いまあんたを裁こうとしている」

「わたしを裁く? なんのために? おまえの犯罪について真実を述べたからか? わたしのやったことは正しかった——」

「正しかっただと」相手はハウゼンの言葉をさえぎった。「なにを抜かす。忠誠だ、強気《オシュユエ》。それが何事においても重要だ。楽なときばかりではなく、つらいときの忠誠。生きているときの忠誠、死に際しての忠誠。それが人間と人間以下(訳注 ナチの概念による劣等人種のこと)を分かつ。そして、人間以下を抹殺したいというわたしの強い願いを実行するにあたり、まずはオシュエ、おまえから抹殺するつもりだ」

「おまえはいまも昔と変わらない怪物だ」ハウゼンが、きっぱりといった。両手が汗ばんでいた。電話を落とさないように、ぎゅっと握らなければならなかった。

「ちがう。さらに大きな怪物になった。はるかに大きくなった。いまは、自分の望みを実行したいという熱望だけではなく、それをやる手段を築きあげた」

「おまえが？」ハウゼンはいった。「それを確立したのは、おまえの父親だろう――」

「いや、わたしだ！」電話の相手が、語気鋭くいい返した。「わたしが築きあげた。なにもかも。いま持っているものも、勝ち得たものも。おやじは、戦後、運がよかっただけだ。当時は、工場を持っているものは、だれでも金持ちになった。おやじは、おまえとおなじぐらい愚かだった、オシュエ。まあ、とにかく潔《いさぎよ》く死んでくれたが」

正気の沙汰《さた》ではない、とハウゼンは思った。「デュプレ、いや、ドミニクと呼んだほうがいいのか。おまえがどこにいるのか、何者になったのか、わたしは知らない。だが、こっちも昔よりは大きくなった。ずっと大きくなった。おまえがおぼえている学生とはちがう」

「ああ、知っているよ」電話の相手は笑った。「おまえの動きは見守ってきた。逐一。政府部内で出世し、マイノリティへの憎悪を煽る集団《ヘイト・グループ》に対抗する運動をやり、結婚し、子供が生まれ、離婚した。それはそうと、かわいいお嬢ちゃんじゃないか。あの子はずいぶんバレエが好きなんだろう？」

ハウゼンは、電話を握る手に力をこめた。「娘を傷つけたら、おまえを捜し出して殺す」

「慎重な政治家からそんな言葉を聞くとは。まあ、それが親のいいところだな。子供が危険なときは、ほかのことはいっさい意に介さない。財産も繁栄も」

ハウゼンはいった。「闘いたいなら、わたしとやれ」

「わかっているよ、オシュエ。だから《アロール》、ティーンエイジの女の子には近づかないようにしている。揉《も》める原因だからな。わたしのいう意味はわかるだろう？」

ハウゼンは、リノリウムの床を見つめていたが、目に映っていたのは若いジェラール・デュプレの姿だった。怒り、激しい言葉を吐き、憎悪《ぞうお》をほとばしらせていた。自分は怒りに負けてはいけない、とハウゼンは思った。たとえ娘のことで巧妙な脅迫を受けて反撃するためであろうと。

「それで、わたしを裁くというが」冷静になろうとつとめながら、ハウゼンはいった。

「わたしがどこまで没落しようが、おまえのほうがもっと没落するはずだ」

「いやいや、そうは思わない」電話の相手がいった。「だって、あんたとはちがって、こっちは自発的に行動する使用人が活動とわたしのあいだで幾重にも層をなしている。

わたしは、自分とおなじ考えかたの有権者の一大帝国を築きあげたんだ。リヒャルト・ハウゼンの生活と仕事の経過をたどるのに手を貸してくれる人間も雇ってある。そのものは、いまはちょっとよそへ行っているが、あんたについてずいぶんたくさん情報を集めてくれた」

「しかし、法律というものがある」ハウゼンはいった。「共犯者として捕らえる方法はいくらでもある」

「あんたもわかっているはずだよ」相手が指摘した。「例のパリでの事件は、いずれにせよ時効だ。おたがいに法律で裁かれることはない。しかし、国民に知られたら、あんたのイメージはどうなる。あの夜の写真がどこかから出てきたら」

写真？　ハウゼンは思った。あのカメラか――あのふたりが写っている写真があるのか？

「あんたをひきずりおろそうとしているのを、知ってもらいたかっただけだ」声の主がいった。「たっぷりと考えさせたかった。じっと待ちながら」

「いや」ハウゼンがいった。「わたしはおまえと闘う方法を見つける」

「それができたとして、こんどは十三歳のバレリーナのことを考えなければならなくなるぞ。わたしはティーンエイジャーの女の子には手を出さないと決めたが、わたしの仲間には――」

ハウゼンは終了ボタンを押して、電話を切った。電話をポケットにしまい、ふりむいた。心もとない笑みを浮かべ、近くにいた従業員に、洗面所の場所をきいた。それから、ラングに、先に行ってもらうよう手ぶりで示した。しばらく離れていて、どうするかを考えなければならない。

洗面所へ行くと、流しの上で身をかがめた。両手の掌《てのひら》をまるめて水をすくい、そこに顔を浸《つ》けた。そのまま水をゆっくりとしたたらせる。掌の水がなくなっても、そのまま顔を覆っていた。

ジェラール・デュプレ。

二度と耳にしたくないと思っていた名前、二度と見たくないと思っていた顔だった。たとえ心の目でも。

だが、彼は戻ってきた。ハウゼンも戻った――パリに、あの人生でもっとも暗い夜に、そこから脱け出すのに何年もかかった恐怖と罪悪感の不吉な帳《とばり》のなかに。

両手に顔をうずめたまま、ハウゼンは泣いた。恐怖と……恥辱の涙を流して。

16

木曜日　午前八時十六分　ワシントンDC

ビリーを学校で降ろし、二分ほどかけて〈燃えるコンバトル〉を二ゲームやった興奮をふりはらうと、ロジャーズは自動車電話でダレル・マキャスキーの自宅にかけた。オプ・センターのFBI連絡官であるマキャスキーは、すでに出勤途上だったので、自動車電話にかけ直した。話をしているあいだにふたりの車が横にならんでも不思議はない。

結局、この現代の科学技術は、強引なセールスマンが糸電話を何千ドルもの値段で売っているのとたいして変わらないのではないか、とロジャーズは思いはじめていた。もちろんこの糸電話には、音声信号を変調して盗聴を防ぐスクランブラーとそれを復調するディスクランブラーが組み込まれている。他の電話で傍受しても、内容はまったくわからない。

「おはよう、ダレル」ロジャーズがいった。

「おはよう、将軍」マキャスキーが答えた。いつもとおなじ朝の不機嫌な声で、つけくわえた。「きのうのバレーボールの試合のことはきかないでほしい。国防総省チームにこてんぱんにやられた」

「その話をするつもりはない」ロジャーズがいった。「しっかり聞いてくれ。調べてもらいたいことがあるんだ。ＷＨＯＡ——唯《ゆい》白人同盟という集団だが、聞いたことはあるか?」

「ああ、知っている。まさか〈バルティック・アヴェニュー〉のことが耳にはいったんじゃないだろうね。超極秘のはずだが」

「いや」ロジャーズはいった。「それは知らない」

〈バルティック・アヴェニュー〉とは、ＦＢＩの現在の暗号で、国内の敵に対して行なわれる実戦行動を指す。モノポリーからとったものだ。バルティック・アヴェニューは、〈進め〉を過ぎてから最初の行動——したがって任務開始を意味する。暗号は毎週変更されているので、毎週月曜日の朝にマキャスキーから教わるのを、ロジャーズは楽しみにしている。最近の気に入っている暗号は、〈モーゼス〉で、これは黒人霊歌〈いざ行け〉《ゴー・ダウン・モーゼス》の〝エジプト王《ファラオ》に告げよ、われらが民《たみ》を解き放てと〟という歌詞に由来する。もうひとつ気に入っている〈ペパーミント・ラウンジ〉は、いわゆるゴーゴー、一九六〇年代のディスコ・ミュージックの曲名だ。

「ＷＨＯＡが、バルティック・アヴェニューの対象になっているのか?」と、ロジャーズはたずねた。

「そうじゃない」マキャスキーが答えた。「いずれにせよ、直接の対象ではない」

この任務に関してマキャスキーからこれ以上聞かないほうがいいことを、ロジャーズは心得ていた。いくら秘話になっているといっても、それはたまたま通話を聞いたものに対して有効なだけだ。傍受して復調するのは可能だし、こうした白人至上主義者の集団は、きわめて進んだ科学技術を駆使している。

「WHOAについて知っていることを教えてくれ」と、ロジャーズはいった。

「かなり大きな組織だ」マキャスキーがいった。「南東部、南西部、北西部に準軍事訓練基地を数カ所持っている。弾薬を自分でこしらえる授業から、悪ガキの放課後の遊びにいたるまで、あらゆるものを提供する。総統《フューラー》に綴《つづ》りを似せた《ピューラー》という上質紙の雑誌まで出版していて、ニューヨーク、ロサンジェルス、シカゴに通信社と営業所まで置いている。AWED——全白人電気野郎——という売れているロック・バンドのスポンサーもやっている」

「そして、インターネットにもサイトがある」

「知っている」マキャスキーがたずねた。「いったいいつからネット・サーフィンをやっているんだ？」

「やっていない」ロジャーズが答えた。「だが、チャーリー・スクワイアの息子がやっている。それで黒人がリンチされるマイノリティ差別ゲームに行き当たった」

「くそ」

「わたしもそう思った」ロジャーズがいった。「知っていることを教えてくれ」

「ちょうどそれを聞かれるとは妙だな。デュッセルドルフの憲法擁護局の友人と、さっき話をしたばかりだ。ドイツの連中はみんな、ネオナチが集結する混沌《こんとん》の日々のことを心配している——隠れている連中があからさまになり、あからさまな連中が隠れる。意味はわかるだろう」

「よくわからないが」

マキャスキーがいった。「ネオナチは違法だから、ヒトラー主義者は公《おおやけ》には集会をひらけない。だから、あからさまに主義を主張する連中は、納屋《なや》や森や廃棄された工場に集まる。表向きはありきたりの政治活動をよそおいつつ、ナチ党に似た教義を唱導しているものは、公然と集会をひらくことができる」

「なるほど」ロジャーズがいった。「しかし、あからさまにヒトラー主義者を名乗るものは、監視されているはずだろう？」

「監視される。政府が発見すればの話だ。だが、仮に発見されたとしても——たとえば、この服役したことのあるリヒターという男の場合など——裁判所へ行って、嫌がらせを受けたと訴えれば、放置するしかない。スキンヘッドに対する国民の反発は強いが、リヒターのようにしっかりとものがいえて、こざっぱりした外見のやつは、ほうっておくべきだと思われている」

「政府は多数の有権者をおろそかにはできない」

「そうだ。それに、ネオナチが犠牲者のように見られる。ヒトラーになりたがっている連中のなかには、演説がうまく、カリスマ性があるものもいる。夜のニュースの視聴者に対して、みごとな演技を見せる」

ロジャーズにとっては不愉快なことばかりだった。マスコミが犯罪者に手玉にとられるのには、以前から憤懣《ふんまん》をおぼえている。リー・ハーヴィー・オズワルドは、テレビでも無実を訴えて世論という法廷で非難された最後の殺人犯であったかも知れない——それでも大衆という陪審は満場一致の評決は出せなかった。容疑者のおどおどした顔と検察官の決然とした表情には、負け犬を好む大衆に容疑者をひいきさせる強い力があるのだろう。

「それで、きみのそのドイツの友人は、どういっているんだ?」と、ロジャーズがたずねた。

マキャスキーがいった。「憲法擁護局は、混沌の日々にくわえて、トゥーレ・ネットワークという新しい事象があるのを懸念《けねん》している。ネオナチ集団とその細胞が連絡をとり、同盟を結ぶのに使われている、百個のメールボックスと掲示板だ。発信源を追跡する方法がないので、当局が阻止できない」

「トゥーレとはなんだ？」ロジャーズがきいた。

「伝説の島だ。ヨーロッパ文明における最北端の地」マキャスキーは笑った。「子供のころ、幻想的な小説をいっぱい読んだが、野蛮人が出てくるような冒険物語は、たいがいそこが舞台だった。『最極地トゥーレのウルスス』というようなやつさ」

「男らしさ、ヨーロッパ人の純潔」ロジャーズがいった。「心を惹《ひ》きつけてやまないシンボルだな」

「ああ。しかし、そんなにすばらしく思える島が、どうしてそんな汚《けが》らわしいものの象徴になったのか、さっぱりわからなかった」

ロジャーズがきいた。「このトゥーレ・ネットワークは、アメリカにもはいってきているんだろう？」

「それ自体は、はいってきていない。われわれが抱え込んでいるのは、アメリカで育った悪魔だ。二年ほど前から、ＦＢＩ、アラバマの南部貧窮者法律相談所、ナチ戦争犯罪告発機関のサイモン・ヴィーゼンタール資料センターが、情報ハイウェイに乗っているマイノリティ差別集団の侵略に目を光らせている。厄介なのは、ドイツでもおなじだが、そいつらがたいがい法律を守っていることだ。それに、そいつらは憲法修正第一条（言論の自由）にがっちり保護されている」

「憲法修正第一条は、暴力を煽《あお》る権利をそいつらにあたえてはいない」と、ロジャーズがいった。

「やつらはそこまではやらない。骨の髄まで腐っているが、じつに用心深い」

「きっとどこかで足を滑らせるだろう」ロジャーズが、自信をこめていった。「そのときこそ叩《たた》きつぶしてやる」

「これまでのところでは、やつらはそういうへまはやっていない」マキャスキーがいった。「それから、FBIはネオナチのサイトをすべてずっと監視している——インターネットのやつらの遊び場五カ所と、国内のコンピュータ通信の掲示板八カ所だ。また、オンライン上で見つけた情報はすべて交換するという相互協定をドイツと結んでいる」

「ドイツだけ?」ロジャーズがたずねた。

「ドイツ、イギリス、カナダ、イスラエル。あとの国は、ことを荒立てたがらない。これまでのところは、なんら違法行為は行なわれていない」

「社会的倫理には反している」と、ロジャーズがいった。

「そうだ」マキャスキーがいった。「しかし、われわれがWHOAもひっくるめたアメリカ人の言論の自由を守るために何度も戦争をやってきたことは、あんたも承知しているはずだ」

「ヒトラーがまちがっていることを証明するための戦争もやった。ヒトラーの思想は当時もまちがっていたし、いまもまちがっている。わたしの考えでは、われわれはいまもってこういう連中と戦争をしているんだよ」

「戦争といえば」マキャスキーがいった。「うちを出る前に、ボブ・ハーバートから電話があった。偶然にも、〈フォイヤー〉というドイツのテロリスト集団に関する情報がほしいそうだ。けさの襲撃事件のことは聞いたか？」

テレビのニュースは見なかった、とロジャーズがいうと、マキャスキーが説明した。何人もが殺されたその事件は、ネオナチが彼らに影響をおよぼしたヒトラーやハイドリヒやメンゲレとおなじぐらい冷酷な怪物だということを、ロジャーズにあらためて認識させた。建国の父たちが合衆国憲法を制定したときに、そんな連中のことが念頭にあったとは思えないし、そんなふうにはぜったいに思いたくなかった。

「ボブの必要なものをだれかに調べさせているのか？」と、ロジャーズはたずねた。

「リズが〈フォイヤー〉の情報をかなり持っている」マキャスキーが答えた。「着いたらリズと話をするつもりだ。情報を検討してから、重要な点をまとめたものをボブ、CIA、インターポールに送る。彼らが犯人と行方不明の若い女性を捜している」

「わかった。それが済んだら、データを持ってきてくれ。リズとわたしときみで話し合おう。フォックス上院議員との話は、そんなに長くかからないだろう」

「うへえ。あんたが彼女と会ったあとで、話し合いをしないといけないのか」

「わたしならだいじょうぶだよ」と、ロジャーズはいった。

「だといいが」

「だいじょうぶじゃないと思っているんだな」

「ポールは外交がうまい」マキャスキーはいった。「あんたは力ずくだ。上院議員というのは追従《ついしょう》にしか耳を貸さないものだからね」

「ポールとそれについて話をした」ロジャーズがいった。「われわれは朝鮮とロシアで力量を示したから、議会に対してすこし強く出たほうがいいとポールは思っている。ストライカーが成功を収め、犠牲も払っているから、そうすべきだとわれわれは考えている。われわれの要求している予算増額に、フォックス上院議員がノーというのは、難しかろう」

「予算増額？」マキャスキーがいった。「将軍、FBIのクレイトン副長官から聞いたんだが、予算を九パーセント削減しなければならないそうだ。それでも軽く済んだほうだ。噂《うわさ》では、議会はCIAには一二ないし一五パーセントの削減をもとめているらしい」

「わたしは上院議員と話をする」ロジャーズがいった。「現地のHUMINT《ヒューミント》（人間による情報収集）がもっと必要だ。ヨーロッパと中東、とりわけトルコで大きな変化が起きているから、資産を現場にもっと投入する必要がある。それはフォックスにもわかってもらえると思う」

「将軍」マキャスキーがいった。「そうならいいんだがね。あの女性は、娘が殺され、夫が銃で自殺してから、物の道理がわかった日は一日だってなかったと思う」

「しかし、フォックス上院議員は国を護《まも》るのが仕事の委員会にいるんだ。それが何事にも優先するんじゃないか」

「税金を払っている有権者に対する責任もある。とにかく、幸運を祈る」

「ありがとう」ロジャーズはいった。口でいうほどに自信はなかったし、幸運についてA・H・ハウスマンが述べた〝幸運は万にひとつの可能性だが、厄介事はまちがいなく起きる〟という言葉をマキャスキーに教えるつもりはなかった。それに、あの棘々《とげとげ》しいフォックスがなんらかの計画に口を出すときは、まちがいなく厄介事が起きる。

二分後、ロジャーズは高速道路を降りて、アンドルーズ空軍基地のゲートを目指した。勝手知った道路を走りながら、簡単な朝の確認のために、フッドに電話を入れた。ビリーの身に起きたことを報告し、ゲームの裏に何者がいるのかを調べるようマキャスキーに指示したことを告げた。フッドは、全面的に同意した。

電話を切ると、ロジャーズはマイノリティへの憎悪を煽る集団《ヘイト・グループ》について考え、彼らはこれまでにないほど勢力をひろげつつあるのだろうか、それともマスコミがリアルタイムに近い報道をするので大衆がよけい意識するようになったのだろうかといぶかった。あるいはその両方かもしれない、と思いながら、ゲートの警衛所を通過した。マスコミの報道により、似たような考えをもつマイノリティ差別主義者がそれぞれの集団を結成し、マスコミがそうした集団の増加を〝現象〟と呼ぶ。そうしてひとつの手の汚れがだんだんに伝染する。

ロジャーズは車をとめ、正面入口に向けてきびきびと歩いていった。フォックス上院議員との会合は、八時半の予定だった。もう八時二十五分だ。フォックスはいつも早く来る。また、自分と会うものが予定の時刻より早く来ないと怒る。

これでワン・ストライクとられた、と思いながら、ロジャーズはエレベーターで降りていった。フォックスがふだんにも増して機嫌が悪かったとしたら、ツー・ストライクに追い込まれる。

地下に着くと、警衛のアニタ・ミュイの同情するような視線が、やはりツー・ストライク・ナッシングであることを裏付けた。

まあいい、と廊下を進みながら思った。なんとか対処する方法を見つけるしかない。それが指揮官の仕事だし、自分はその仕事が好きなのだ。ストライカーを統括し、フッドが留守のときにオプ・センターを運営するのが好きなのだ。アメリカの役に立つことをする過程が好きなのだ。たとえ自分が巨大な機械のひとつの歯車であろうとも、名状しがたい誇りをおぼえるのだ。

歯車である以上、他の歯車と噛《か》み合わなければならない、と自分にいい聞かせた。たとえその歯車が政治家であろうと。

マーサ・マッコールのオフィスの前を通ったところで、ロジャーズははたと足をとめた。ドアがあいていて、フォックス上院議員が腰をおろしている。フォックスの怖い顔を見て、ロジャーズはバッターボックスにはいる前に三振をとられたことを知った。

時計を見た。八時三十二分。「申しわけない」と、ロジャーズはいった。

「おはいりなさい、将軍」フォックスがいった。こわばった口調でぴしりといった。「マッコールさんから、お父様の話をうかがっていたのよ。娘はマッコールさんのお父様の音楽の大ファンだった」

ロジャーズははいっていった。「みんなマックの歌は好きでしたよ」といって、ドアを閉めた。「ヴェトナムのころは、サイゴンのソウルと呼んでいました」

マーサは、生真面目《きまじめ》なプロらしい表情だった。ロジャーズにはよくわかっていた。マーサは、自分をひきたててくれる可能性のある人物の態度を真似《まね》する傾向がある。つまり、フォックス上院議員がロジャーズに厳しくあたれば、それに倣《なら》う。ふだんよりいっそう厳しい態度をとるはずだ。

ロジャーズは、マーサのデスクの端に腰かけた。フォックスがホームグラウンドでプレイする利を選ぶというのなら、下から見上げてもらうしかない。

「あいにく」フォックスがいった。「音楽の話をしにきたわけではないのよ、ロジャーズ将軍。予算の話をしにきたの。フッド長官の補佐官がきのう電話で、もっと重要な仕事のために――持ってもいないお金を無駄使いする仕事よ――手が離せないと伝えてきたので、ちょっと残念だった。でも、とにかく話をしにくることにしたの」

「ポールとわたしは予算については、ふたりで密接に検討した」ロジャーズがいった。「質問があれば、答えられると思う」

「質問はひとつだけよ」フォックスがいった。「政府印刷局は、いつからフィクションを出版するようになったの？」

ロジャーズの胃がきりきりと痛みはじめた。マキャスキーのいったとおりだ。こういうことはポールに任せたほうがいい。

フォックスが、ブリーフケースを膝《ひざ》に乗せて、掛け金をはずした。「政府の省庁が軒並み予算を減らしているときに、あなたがたは一八パーセントの増加を要求した」ロジャーズが作成した三百ページにおよぶ書類を渡した。「これはわたしが財務委員会に提出するつもりの予算よ。青鉛筆で訂正してあるけど、合計で三二パーセントの縮小」

ロジャーズの視線が、予算書類からフォックスのほうへ鋭く動いた。「縮小？」

「残る七〇パーセント弱の配分については話し合ってもいい」フォックスがなおもいった。「でも縮小は決まりよ」

ロジャーズは、予算書類を投げつけてやりたかった。その衝動が消えるまで、ひと呼吸置いた。向きを変え、マーサのデスクにそれを置いた。「いい度胸じゃないか、上院議員」

「あなたもよ、将軍」フォックスが、臆《おく》せず応じた。

「それはそうだ」ロジャーズが答えた。「北ヴェトナム、イラク、北朝鮮でためしたからね」

「あなたの勲章は、みんな見ているわよ」フォックスが、いちおうは敬意を表した。

「いまは勇気が問われているわけではないのよ」

「そのとおりだ」ロジャーズが、おだやかに同意した。「これは死刑宣告だ。これだけの最高の組織があっても、朝鮮ではバース・ムーアを、ロシアではチャーリー・スクワイアを失った。このうえ予算を削られたら、部下たちに必要な支援をあたえることができなくなる」

「なんのために？」フォックスがいった。「また海外で冒険をやるために？」

「ちがう」ロジャーズはいった。「わが国の政府の情報機関は、もっぱらＥＬＩＮＴ《エリント》つまり電子情報に集中している。スパイ衛星、傍受、偵察機による写真撮影、コンピュータによる情報収集。それらは道具としてはいいが、それだけでは不足だ。三、四十年前には、世界じゅうに人間が配置されていた。ＨＵＭＩＮＴ《ヒューミント》すなわち人間による情報収集がなされていた。外国政府やスパイ組織やテロリスト集団に浸透し、判断力、自発的な発想、独創性、勇気をもって、われわれに情報を届けてくれた。世界最高のカメラでも、抽斗《ひきだし》から青写真を抜き出すことはできない。オンライン化されていないコンピュータに侵入するのは、その場に人間がいないとできない。スパイ衛星は、テロリストの目をのぞきこんで、その男もしくは女が身も心も大義に捧《ささ》げているのか、それとも寝返る可能性があるかを判断することはできない。そういう資産をあらためて築きあげる必要がある」

「なかなかけっこうな演説ね」と、フォックスがいった。「でも、わたしの支援は得られない。アメリカの権益を護るために、そのＨＵＭＩＮＴとやらは必要ない。ストライカーは、北朝鮮の過激な一派が東京にミサイルを撃ち込むのを阻止した。われわれの同胞であるかどうかがまだ実証されていないロシアの大統領の政権を救った。そんな国際警察部隊をどうしてアメリカの納税者が支持しなければならないのよ」

「それができるのは、ストライカーだけだからだ」と、ロジャーズはいった。「われわれは癌《がん》と闘っているんだ、上院議員。どこであろうと、病気のものがいれば治しにいく」

マーサが、ロジャーズのうしろからいった。「わたしはフォックス上院議員のお考えに賛成よ。アメリカが海外の懸念《けねん》事項に名指しできる公共機関がほかにもある。国連や国際司法裁判所は、そうした目的のために設立され、資金を集めている。それに、ＮＡ

TOもある」

ロジャーズが、ふりむかずにいった。「その連中はどこにいた、マーサ？」

「なんですって？」

「ノドン・ミサイルが発射されたとき、国連はどこにいた？　日本が摂氏八〇〇万度の熱病にかかるのを防いだ外科医は、われわれだった」

「もう一度いうけれど」フォックスがいった。「たしかにお手柄だった。でも、あなたがたが背負いこむ必要のない仕事だった。ソ連軍がアフガニスタンで戦っても、イランとイラクが戦争しても、アメリカは生き延びてきた。こういう紛争をほうっておいても、アメリカは生き延びるわ」

「テロリストの犠牲になったアメリカ人の家族にそういってやれ」ロジャーズがいった。「なにも贅沢《ぜいたく》品や玩具《おもちゃ》をよこせといっているわけじゃないんだ、上院議員。アメリカ国民の安全を護るために頼んでいるんだ」

「完全な世界なら、ビルも飛行機も人間の命もすべて護ることができる」フォックスは、ブリーフケースを閉じた。「でも、世界は完全ではないし、さっきもいったように予算は削減しなければならない。議論も聴聞《ちようもん》もなし」

「結構」ロジャーズがいった。「ポールが戻ってきたら、まずわたしを馘《くび》にして給料を浮かすところからはじめるんだな」

フォックス上院議員が目を閉じた。「いいこと、将軍。スタンドプレイは抜きで、品よくやりましょう」

「べつに芝居がかったことをしているつもりはない」ロジャーズは立ちあがり、上着のへりをひっぱった。「ただ、なんでも中途半端《はんぱ》にやってはいけないという信念を持っているだけだ。あんたは孤立主義者だ、上院議員。フランスでの悲劇以来、ずっとそうだ」

「あれとは関係がない――」

「いや、当然、関係がある。それに、気持ちはよくわかる。フランスはお嬢さんを殺した下手人を見つけなかったし、たいして気にもかけなかった。そんな連中をどうして助けるのかと思うのは当然だ。しかし、国家の権益という、より大きな図式を考えるのに、そういう気持ちを差し挟んでいる」

マーサがいった。「将軍、わたしは海外で身内を亡《な》くしていないけど、上院議員のご意見に賛成なのよ。オプ・センターは、他の政府省庁を助けるために創《つく》られたのよ。他国を助けるためではなく。それを見失っているわ」

ロジャーズが向き直り、マーサを見おろした。「お父上は、〈明かりを消した少年〉という歌を歌っている。黒人の歌手が歌えるように、クラブの照明を切った白人の少年のことが歌われている――」

「父の歌なんか引用しないで」マーサが、語気荒くいった。「わたしがこのクラブにはいれたのは幸運だったなんていわないで。わたしはだれの助けも借りないでこのガラクタ組織に——」

「最後までいわせてくれないか」ロジャーズがいった。「そういうことをいおうとしていたんじゃない」落ち着いた口調だった。ロジャーズは、女性を相手に声を荒らげたりはしない。母親にそう育てられている。「わたしがいいかけていたのは、イギリスの昔の政治家ゴーシェンが、〝栄《は》えある孤立〟はもはや存在しないといったことだ。音楽の世界でも政治の世界でもおなじだ。ロシアが崩壊すれば、中国やバルト三国、ヨーロッパに影響がある。日本が大きな被害を受ければ——」

「ドミノ理論を習ったのは、小学校のときだったかしら」と、マーサがいった。

「そうよ、そんなことはみんな百も承知よ、将軍」フォックスがいった。「あなた、ほんとうに、マイク・ロジャーズ将軍とそのオプ・センターは、インフラを支えるテントの柱だと思っているわけ？」

「われわれは一生懸命役割を果たしている」ロジャーズがいった。「もっとそうしたい」

「もうやりすぎだ、そうわたしがいうのよ！」フォックスが切り返した。「上院議員になってまもないころ、トリポリやベンガジを空爆するのに、アメリカの軍用機はフランス上空の飛行を許可されなかった。フランスは同盟国でしょう！　そのときわたしは議会で、爆撃する首都がちがうんじゃないかといったのよ。本気だった。ついこのあいだは、ロシア人テロリストがニューヨークのトンネルを爆破した。ロシアの保安省がその犯人を国境を越えてまで追跡した？　ロシアのオプ・センターのあなたがたの新しい親友は、われわれに警告してくれた？　彼らの諜報員《ちようほういん》はやっとわれわれの沿岸でロシア・マフィアを狩り立ててくれるようになったの？　いいえ、将軍、ロシアの連中は、なにひとつやっていない」

「ポールが、向こうのオプ・センターとの関係を確立するために、ロシアへ行った」ロジャーズがいった。「彼らの協力が得られると信じている」

「ええ」フォックスがいった。「フッド長官の報告書は読んだわ。それで、協力が得られるのはいつ？　何千万ドルもかけて、ロシアのオプ・センターをわれわれのものとおなじ最新鋭の機器をそなえたものにしたあとよね。そのころには、オルロフ将軍は引退し、アメリカに敵意を持つものが引き継いで、われわれはふたたび、自分たちの手でより強力にした敵と相対することになる」

「アメリカの歴史は、一《いち》か八《ばち》かに賭《か》けては損をひっかぶるということだらけだ」ロジャーズがいった。「しかし、その歴史は、努力して築いてはしっかりと維持してきた信頼関係の歴史でもある。楽観主義と希望を捨てることは、われわれにはできない」

フォックス上院議員が立ちあがった。ブリーフケースを補佐官のひとりに渡し、黒いスカートをなでつけた。

「将軍。あなたが格言好きなのは有名だし、わたしは説教されるのが好きではない。わたしは楽観論者だし、アメリカの問題が解決されることを願ってやまない。でも、国際紛争を解決する役割としてのオプ・センターを支援するつもりはない。シンクタンクなら結構。情報源なら結構。国内の危機管理センターなら結構。テレビ・アニメのダドリー正しいことをする《ドゥー・ライト》風国際チームはだめ。そして、いまいったような組織であるなら、わたしがあげる予算でじゅうぶんに足りる」

フォックスは、ロジャーズに会釈《えしゃく》し、マーサに手を差し出して握手し、出ていこうとした。

「上院議員」ロジャーズが、うしろから呼んだ。

フォックスが足をとめた。ふりかえったとき、ロジャーズが数歩近づいていた。フォックスはロジャーズとおなじぐらいの背丈があり、澄んだブルー・グレーの目で彼を見据えた。

「ダレル・マキャスキーとリズ・ゴードンが、あるプロジェクトで協同して作業を進めることになっている」と、ロジャーズがいった。「テロリスト集団がドイツで映画のセットを襲撃したのは聞いたと思うが」

「いいえ」フォックスが答えた。「けさの《ポスト》には、なにも載っていなかった」

「知っている」《ワシントン・ポスト》とCNNニュースが、いまや政府の人間が新情報《ニューズ》を得るもととなっている。ロジャーズは、フォックスの知らない事実を武器に使おうとしていた。「起きたのは四時間前だ。数名が殺された。ボブ・ハーバートが向こうに出張していて、われわれの助力をもとめている」

「それであなたは、われわれがドイツの当局の捜査を手伝うべきだと思っているのね？いったいどんな重要なアメリカの権益が危険にさらされているの？　経費に見合う効果はあるの？　どこの納税者が気にかけるの？」

ロジャーズは、慎重に自分の言葉の重みを測った。仕掛けた罠《わな》に、フォックスが踏み込んだ。ここは思い切り強い衝撃をあたえるときだ。

「気にかける納税者はふたりだけだ」ロジャーズはいった。「テロリストに誘拐されたと思われる二十一歳のアメリカ人女性の両親」

フォックスの強いブルー・グレーの目が柔らかになった。かすかに身をふるわせ、まっすぐに立つのに努力がいるように見えた。言葉が出るまで、ほんの一瞬の間があった。

「あなたは敵を皆殺しにする男ね、将軍。捕虜をとらず」

「敵が降伏すれば、捕虜にしますよ、上院議員」

フォックスは、なおもロジャーズを見つめていた。その目には、この世の悲しみのすべてがあるようだった。ロジャーズは情けないことをしたと思った。

「わたしがどういうと思っていたのよ」フォックスがいった。「もちろん彼らがその子
を救うのを助けてあげなさい。その子はアメリカ人なんだから」
「ありがとう」ロジャーズはいった。「ほんとうに申しわけない。ときとして、アメリ
カ人がだいじにすべき事柄が、われわれの仕事の陰に隠れてしまうことがある」
フォックスは、いましばらくロジャーズの顔を見てから、マーサに視線を向けた。別
れの挨拶《あいさつ》をすると、静かにオフィスを出てゆき、ふたりの補佐官がそれに従った。
向きを変えて予算書類を持ったのを、ロジャーズはおぼえていなかったが、ドアに向
けて歩きはじめたとき、それを両手に抱えていた。

17

木曜日　午後二時三十分　ドイツ　ハンブルク

アンリ・トロンとイヴ・ランベスクは、疲れていなかった。もう疲れは吹き飛んでいた。ジャン-ミシェルが戻ってきてふたりを起こし、さらにドミニクからの電話を受けて、すっかり万全の警戒を保っている。

遅きに失した万全の警戒を。

もちろん、ジャン-ミシェルの過失だった。ふたりはジャン-ミシェルのボディガードとして派遣されたのだが、ザンクトパウリのクラブへひとりで行くことにしたのはジャン-ミシェル本人なのだ。三人はドイツに午前一時に到着し、アンリとイヴは二時半までブラックジャックをやっていた。ジャン-ミシェルが起こせば、いっしょに行ったはずだった——ドイツ野郎から彼を護《まも》るそなえで警戒しながら。しかし、そうしなかった。ジャン-ミシェルはふたりを寝かせておいた。怖がることなどなにもないと思って。

「ドミニクさんがなんのためにおれたちをよこしたと思っているんだ」ジャン-ミシェ

ルの姿を見て、アンリがどなった。「眠るためか？　それとも、あんたを護るためか？」

「危険があるとは思わなかった」と、ジャン－ミシェルが答えた。

「ドイツ人が相手のときは」アンリが、重々しくいった。「だれだっていつでも危険なんだよ」

イヴがジャン－ミシェルの目を冷やすためにハンド・タオルに氷をくるんでいると、ドミニクから電話がかかってきた。アンリが電話に出た。

ドミニクは、大声を出しはしなかった。ドミニクは、けっしてどなったりはしない。ただ指示をあたえ、送り出しただけだった。寝過ごしたことで、罰として、一カ月の余分な仕事をやらされるだろうというのを、アンリとイヴは知っていた。最初の違反には、それがふつうの罰だ。大義を二度ないがしろにしたものは追放される。ふたりにとって、ドミニクの期待を裏切るという不面目《ふめんぼく》は、彼の小さなギロチンで指先を切り落とされるよりもずっとつらかった。

そこで、ふたりはタクシーでザンクトパウリへ行き、〈取り替え《アウスヴエクセルン》〉の向かいにとまっている車に寄りかかっていた。通りは観光客がしだいに増えはじめていたが、ふたりのフランス人とクラブのあいだの二十ヤードは、だいたい見通すことができた。

胸板が厚く身長が六フィート四インチあるアンリは煙草《たばこ》を吸い、肩のがっしりしたイヴは、国産の風船ガムを嚙《か》んでいる。イヴはベレッタ92Fセミ・オートマティック・ピストルをジャケットのポケットに入れていた。アンリはベルギー製のFN－GPセミ・オートマティック・ピストル（訳注　ブローニング・ハイ・パワーとも呼ばれる）のダブル・アクション・モデルを持っている。ふたりの仕事はしごく単純だった。クラブへ行き、いかなる手段を使ってでも、リヒターに電話をかけさせる。

　これでもう二時間、アンリは煙草をたてつづけに吸っては、渦巻く煙を通してクラブのドアを見張っていた。ドアがようやくあくと、イヴの腕を叩《たた》き、急いで道路を渡った。丸太を半分に切ったような巨人が現われた。アンリとイヴは、前を通り過ぎるふうをよそおい、不意に踵《きびす》を返した。大男がドアを出る前に、アンリが拳銃《けんじゅう》を腹に押しつけ、なかに戻れと命じた。

「嫌《ナイン》だね」

　ボスに一身を捧《ささ》げているのか、それとも防弾チョッキを着ているのだろう。アンリは、命令をくりかえしもしなかった。大男の足の甲を思い切り踏みつけ、なかに押し戻した。大男はうめきながら、よろよろとバーまで後退し、アンリはその額に拳銃を突きつけた。イヴも拳銃を抜き、右手の闇《やみ》に姿を消した。

「リヒターは」アンリが大男にいった。「どこにいる《ヴ・エティル》？」

　用心棒の大男が、地獄に落ちろとドイツ語で毒づいた。アンリは地獄《フレ》という単語を知っていた。あとは口調から想像がついた。

アンリは銃口を用心棒の左眼まで下げた。「これが最後だ《ル・デルニエ・タン》。リヒター！　早くしろ《トゥ・ド・スイト》！」闇からフランス語が聞こえてきた。「銃を持って強引な要求をするやつは、わたしのクラブには入れない。エイヴァールトを放せ」

クラブの奥から、足音が近づいてきた。アンリは用心棒の目に銃を押しつけたままでいた。

影のような人物がバーの隅に現われ、スツールに腰をおろした。

「放せといったぞ」リヒターがくりかえした。「いますぐに」

イヴが、リヒターの右手から現われた。リヒターは、そっちを見なかった。アンリは動かない。

「リヒターさん」アンリがいった。「おれの相棒が、カウンターのその電話の番号ボタンを押して、あんたに渡す」

「わたしの従業員に銃を突きつけたままではだめだ」リヒターが、きっぱりといった。

イヴがリヒターのそばに達し、すぐうしろで足をとめた。リヒターはふりかえらなかった。

アンリは、薄暗がりでリヒターを見た。選択肢はふたつある。ひとつはエイヴァールトを放すというものだ。つまりはリヒターのやりかたに従うわけで、午後の行動に悪い先例を残すことになる。もうひとつの選択肢は、エイヴァールトを撃つというものだ。

リヒターは動揺するだろうが、警察が来るおそれがある。しかも、リヒターが指示どおりにするという保証はない。

じっさい、やるべきことはひとつしかなかった。リヒターを電話に出し、もうひとつの事柄を実行するというのが、ドミニクの指示だった。意地の張り合いに勝つために来たのではない。

アンリが一歩下がり、用心棒を放した。エイヴァールトが腹立たしげに身を起こし、アンリに怒りのこもった視線をちらりと向けて、リヒターを護ろうとするかのように近づいた。

「だいじょうぶだ、エイヴァールト」リヒターがいった。「この連中は、わたしに危害をくわえはしない。ドミニクと連絡をとらせるために来ただけだろう」

「リヒター様」用心棒がいった。「こいつらがいるあいだは帰れません」

「エイヴァールト、ほんとうに身の危険はない。こいつらはフランス人でも、馬鹿《ばか》ではない。帰れ。奥さんが待っているだろう。奥さんを心配させたくはないだろう」

エイヴァールトが、リヒターからイヴへと視線を移した。一瞬、イヴをにらみつけた。

「はい、リヒター様。ではあらためて、お先に失礼します」

「ごきげんよう」リヒターがいった。「またあした」

最後にもう一度、鋭い視線でイヴを見ると、エイヴァールトは向きを変えて、大股でクラブを出ていった。アンリのそばを通りしなに、わざと乱暴にぶつかった。

ドアが閉まる音がした。しんと静まり返り、腕時計の秒針の音がアンリの耳に届いた。バーの隅のオフィスにあるような黒い電話のほうに、アンリは顎《あご》をしゃくった。

「よし」と、イヴにいった。「かけろ」

イヴが受話器を取り、番号を押して、受話器をリヒターのほうに差し出した。

リヒターは、両手を膝《ひざ》に置いてじっとしていた。動こうとしない。

「スピーカーにしろ」アンリが渋い顔でいった。

イヴがスピーカー・ボタンを押し、受話器をかけた。呼び出し音が十数回鳴ってから、相手が出た。

「フェーリクスか?」電話に出た人間がいった。

「そうだ、ドミニク」リヒターがいった。「わたしだ」

「調子はどうだ?」

「順調だよ」リヒターは、煙草の火を新しい煙草に移しているアンリのほうを見た。

「あんたの子分がふたりいるのはべつとして。どうしてこんな力による恫喝《どうかつ》でわたしを侮辱するんだ、ムシュウ。電話に出ないとでも思ったのか?」

「いやいや、そんなことは思っていない」ドミニクが、温和な口調でいった。「そのふたりを派遣したのは、べつの理由だ。率直にいうと、フェーリクス、きみのクラブを閉めるために行かせたんだよ」

リヒターが背すじをのばす音が聞こえた、とアンリは思った。

「クラブを閉める」リヒターがおうむ返しにいった。「あんたの子羊オルヌ君の毛を刈ったからか？」

「ちがう」ドミニクがいった。「あれはひとりでいったあいつの過失だ。参入しろというわたしの提案を拒むのが、いかに無益であるかを示すのが目的だ」

「そのために、わたしをありきたりのギャングみたいに暴力で脅すとは、あんたには失望したよ」

「リヒター君、そこがきみの悪いところだ。わたしはきみとはちがって、虚勢を張らない。自分の持てるあらゆる手段を用いて影響力を維持するのがよいと考えている。それで思い出したが、今日の午後は、エスコート・サーヴィスに電話して今夜の予約状況を確認する必要はないぞ。女の子も男の子も、ライヴァルの事務所に移ってしまったからね」

「うちの連中は、そんなことには我慢しない」リヒターがいった。「棍棒《こんぼう》で脅されていうことをきいたりはしない」

アンリは、リヒターの声音の変化に気づいた。高慢な口調ではなくなっている。客の芳名録で煙草を揉《も》み消したとき、リヒターの視線が注がれるのを感じた。

「だろうな」ドミニクがいった。「暴力で脅しはしない。しかし、彼らはきみに従う。そして、きみは命じられたとおりにやる。さもないと、失うのは生計の資だけではない」

まもなく芳名録が煙をあげはじめた。リヒターが立ち、そちらへ一歩進みかけた。アンリが拳銃を構えた。リヒターはじっと立っていた。

「不愉快なことをやるじゃないか、ムシュウ。分別をわきまえろ」リヒターがいった。「たがいに血を流して、だれが儲《もう》かる。敵が得をするだけだ」

「最初に流血沙《ざ》汰《た》を起こしたのはおまえだ」ドミニクがいった。「これが最後になればいいが」

芳名録から炎があがり、オレンジ色の明かりがリヒターの顔を照らした。リヒターは眉《み》間《けん》に深い皺《しわ》を寄せ、口をへの字に結んだ。

ドミニクが、なおもいった。「おまえは新規蒔《ま》き直しできるくらい保険をかけているはずだ。それまでおまえの集団に金がまわるようにしてやる。大義が損なわれることはない。傷つくのはおまえの自尊心だけだ。それは、リヒター君、わたしの知ったことではない」

芳名録がすっかり燃えてめくれ、黒い灰のブーケと化すと、アンリはそれをカウンターに持っていった。カクテル・ナプキンを丸めて炎に投げ込み、炎の端がソーダ・ポンプの横の二酸化炭素ボンベに近づくようにした。

「さて、そろそろわたしの助手たちといっしょにそこを出たほうがいい」と、ドミニクがいった。「この手の炎《フオイヤー》には、きみはかかり合わないほうがいいだろう。ごきげんよう、フェーリクス」

電話が切れ、スピーカーからダイヤル・トーンが聞こえてきた。

アンリが、ドアに向かって歩を進めた。イヴとリヒターに手ぶりでついてくるよう促した。「信管が発火するまであと二分しかない。もう出たほうがいい」

イヴが、リヒターのうしろから進み出た。そのついでに口からガムを出して、カウンターの下にくっつけた。

リヒターは動かない。

「リヒターさんよ」アンリがいった。「あんたが火を消したくならないように店から出せとドミニクさんに命じられてるんだ——それとも、店から出られないようにしろと。どっちにする?」

燃える炎を映した目で、リヒターがアンリとイヴをにらみつけた。と、まるで教練の頭前《かしらまえ》のように、その目がさっと真正面を向き、リヒターは足早にクラブを出ていった。

アンリとイヴが、急いでつづいた。

通りをしばらく歩いてタクシーをとめるまで、リヒターはひとことも漏らさなかった。

アンリとイヴは、逆の方向へ進み、紺青《こんじょう》のエルベ川に向けて足早に歩いていった。爆発と残骸《ざんがい》の崩れる音がして、怪我《けが》をしたものや肝をつぶしたものの悲鳴や助けを呼ぶ声が聞こえても、彼らはふりかえらなかった……

爆発音を聞いて、タクシーの運転手が車をとめた。ふりかえり、毒づいて、飛び降りると、手伝えることはないかと眺めた。

フェーリクス・リヒターは、それにくわわらなかった。座席にかけたまま、前を見つめていた。ドミニクの顔は知らないので、脳裏には浮かばなかった。真っ赤な憎悪《ぞうお》が見えただけだった。そして、そのタクシーの狭い車内で、リヒターは甲高い叫びを発した。腹の底から叫び、腹のなかがすっかり空っぽになるまで叫びつづけた。魂が空っぽになるまで、魂の底から叫んだ。喉《のど》と両耳が痛くなるくらい叫んだ。息をすっかり吐き出すと、また吸い込んで叫び、憎悪と憤怒《ふんぬ》を声といっしょにほとばしらせた。

その息が出てしまうと、リヒターは沈黙した。額に汗がにじんでいた。それが目の隅に流れ落ちる。息は荒かったが、静かで、神経を集中していた。前方を見据えていると、火事を見物しようと集まってきた群集が目にはいった。なかにはじろじろ見るものもあったが、リヒターはびくとも動じず平然とにらみ返した。

群集を見て、リヒターは思った。大衆。総統の民。おれの心臓が国じゅうに送り出す血液。それが大衆だ……

いまとなっては、断じてドミニクの仲間になることはできない。あの男の歩《ポーン》や戦利品になってたまるか。それに、この憤怒をかきたてたドミニクを断じて見逃しはしない。

だが、やつを破滅させることはできない、とリヒターは思った。隷属《れいぞく》させる。油断しているところを。

大衆。人民。国家の体内を流れる血。それは強い心臓に導かれる。そして、政府も、その体も、人民という血の意思に従う。

バックミラーに目を向けて自分のクラブが炎に呑《の》み込まれるのを見守り、リヒターは自分がなにをやらねばならないかを悟った。

タクシーを降りて、二ブロック歩いた――いよいよ増えている群集から、渋々遠ざかった。べつのタクシーを拾い、電話を一本かけるために自分のアパートメントに向かった。その電話は、ドイツの歴史の流れを変えるはずだった……ひいては世界の歴史を。

18

木曜日　午前八時三十四分　ニューヨーク

ウェスト・ヴィレッジのクリストファー・ストリートにあるその三階建てのブラウンストーンの住宅は、一八四四年に建てられたものだった。ドアと窓枠、二段の階段は、建ったときのままのものだ。数十年前の茶色の塗装が剝《は》がれてはいるものの、あちこちが古びて風格がある。ハドソン川沿いの地盤の安定しないところにあるために、床がかすかに反り、塗装されていない化粧煉瓦《れんが》がだいぶずれている。そのために、ゆるやかに波打つ対称的な線が建物の正面を横切っている。漆喰が割れて落ちたところは、埋め込んで修理してある。

その家は、角の小さな花屋とキャンディ・ショップに挟まれていた。一九八〇年代の初めにアメリカに来たデ・ジュンという若い韓国人夫婦が花屋をやっていたが、百五十年あまり前のその家を出入りする男女には、まったく注意を払っていなかった。となりの〈ヴォルテアズ・キャンディ・ショップ〉を経営している中年の男たち、ダニエル・

テターとマティ・スティーヴンズも同様だった。店をはじめてから二十七年のあいだに、テターとスティーヴンズは、ピッツバーグに住んでいる不在家主を数えるほどしか見かけたことがなかった。

それが、三カ月前に、ＦＢＩニューヨーク地方局局長ダグラス・ディモンダ（三十二歳）と、ニューヨーク市警のピーター・アーデン部長（四十三歳）が、デ・ジュンとテターおよびスティーヴンズの自宅にやってきた。四カ月前にＦＢＩとニューヨーク市警による組織犯罪機動捜査班が編成され、隣のブラウンストーンの家の住民について調査している、と彼らはいわれた。花屋とキャンディ・ショップの経営者たちに明かされたのは、借家人のアール・ガーニーは白人至上主義者で、デトロイトおよびシカゴで反黒人・反ゲイの暴力活動をもくろんでいる疑いがある、ということのみだった。

もちろん伏せられたこともあった。じつは、ガーニーが所属する準軍事組織〈純血国家〉には、一年前からＦＢＩの秘密捜査官が潜入していた。ジョン・ウーリイと名乗るその捜査官は、アリゾナ州モホーク山地の〈純血国家〉訓練施設の模様と、他の白人至上主義組織や極右軍事組織《ミリシア》に彼らが自分たちを兵力として貸し出すというくわだてがあることを、カリフォルニア州グレンダ・ヒルズの〝母親〟宛《あ》ての手紙に暗号で記していた。これまでにデトロイトで黒人三人が殺され、シカゴでレズビアン五人が殺されたが、それらをしのぐなんらかの大がかりな作戦がニューヨークで実行される予定であることも、彼はつかんでいた。あいにくマンハッタンに派遣される攻撃部隊にはくわわれなかったし、〈純血国家〉がなにをもくろんでいるかもわからなかった。それを知るのはガーニー指揮官だけだ。

何カ月ものあいだ、通りや駐車した車から監視し、ゴミ袋の空き壜《びん》や空き缶から指紋を採取し、身上調査を行なった末に、〈純血国家〉のもっとも危険なメンバーからなるチームが自分たちの担当区域のどまんなかにいることを、ディモンダとアーデンは確信した。その家に住む七人の男のうちの六人と、ふたりの女のうちひとりは、前科があり、そのほとんどが暴力犯罪だった。しかし、組織犯罪機動捜査班は、ガーニーがなにを計画しているのかということは、つかんでいなかった。電話の盗聴では、天気や仕事や家族の話しか傍受できなかったし、ファクスは送られてこない。捜索令状をとって郵便物と宅配物を調べたが、やはりなにも出てこなかった。住人たちは、監視され、盗聴されているのを、まちがいなく意識している。それ自体が重大事件の存在を暗黙のうちに物語っている。

やがて、デ・ジュン、テター、スティーヴンズの三人に接触する二週間前に、張り込みチームが、強硬な手段をとらざるを得ないような事柄を目撃した。ブラウンストーンの家に住む九人が、箱やダッフル・バッグやスーツケースを、どんどん運び込みはじめたのだ。ふたりでやってきて、つねにひとりがなにも持たず、ジャケットを着て、ポケットに両手を突っ込んでいる。張り込みチームは、ポケットと箱とダッフル・バッグとスーツケースには、まちがいなく銃があるはずだと踏んだ。だが、ディモンダとアーデンは、銃器だけを押収《おうしゅう》したいわけではなかった。上の階が武器の隠し場所になっているのなら、そこにあるものをすべて押収したい。

捜索令状をとって家のなかを調べるという案は斥《しりぞ》けられた。チームが三階にたっしたときには――指揮所はだいたい最上階に置かれる――犯罪の証拠となる書類やフロッピー・ディスクは、破壊されているだろう。それに、ディモンダとアーデンは、この連中をやんわりと扱うつもりはなかった。ＦＢＩニューヨーク地方局のモー・ゲイラー長官補（訳注　ニューヨーク、ロサンジェルス、ワシントンＤＣの三大地方局では、局長の上に長官補が配される）もおなじ考えで、急襲チームを目立たないようにひそかに配備させるのを許可した。

花屋とキャンディ・ショップは、自分たちの店を出撃準備地域に使用することに、よろこんで同意した。急襲そのものもだが、報復が恐ろしかった。しかし、四人とも一九九五年のスキンヘッドの襲撃に抗議してヴィレッジでデモ行進に参加した経験があり、自分たちが行動を怠ったために他人が死ぬようなことがあってはならないと思うと述べた。自宅および店で身に危険の及ばないように、ニューヨーク市警に保護させると、ディモンダが約束した。

チームの配置は、入念に時間をかけてなされた。韓国系アメリカ人のパークＦＢＩ捜査官が派遣されて、デ・ジュンの店で働いた。テターとスティーヴンズは、ニューヨーク市警のジョンズという黒人刑事を雇った。どちらも店の外で煙草《たばこ》を吸ったりして、出入りする人間に姿を見られるようにした。二週間後には、それぞれの店にさらに三人の店員が雇われ、これで現場の捜査官が八名増強された。いずれもブラウンストーンの家の活動が激しい日中の勤務だった。ふたつの店のほんものの従業員は、手当てを支給されて、自宅で過ごしていた。

新しい偽《にせ》従業員たちはみんな、ブラウンストーンの家を出入りする人間の目につくようにした。頻繁に見られれば、それだけ見えない人間になる。

そこが巡回区域の巡査は異動になり、アーデンが引き継いだ。だぶだぶの服でボディビルダーの体を隠したディモンダが、ホームレスに化けて通りをうろつき、ときどきブラウンストーンの家の階段で寝て、押しのけられたり、蹴《け》られたりした。ガーニーがアーデンに向かって、『この糞《くそ》のにおいのする役立たず』をどこかへどけてくれと、文句をいったことがあった。せいぜいやってみる、とアーデンは答えた。

ＦＢＩの捜査官が家を買いたいようなそぶりをして、家主から屋内の見取り図を手に入れていた。その青写真がスキャナーでニューヨーク地方局のコンピュータに取り込まれた。それから屋内の三次元映像が作成され、急襲計画が立案された。日が決まり、狭い一方通行の通りの人通りがもっともすくない早朝がいいということになった。出勤するものは、すでに出かけているし、観光客はまだグリニッチ・ヴィレッジに来ていない。動員の朝《Mモーニング》まだき、暗いうちから、秘密捜査官たちは二軒の店にはいっていった。燻《いぶ》し出された害獣をひっ捕らえる役割の捜査官が、それぞれの店に五名ずつ配置された。

二軒の店で準備していた八名の主力急襲班は、ディモンダが〝おい！〟となるのを合図に行動を開始するよう命じられていた。だれかに押しのけられるか、あるいはアーデンが階段からどかそうとしたときに、ディモンダは叫ぶことになっている。主力急襲班が動き出したら、十二名から成る支援チームが、角を曲がった先のブリーカー・ストリートにとめてあるワゴン車から出てくる。そのうち六名は、銃声を聞いたときだけ突入する。予備チームが行動を開始したら、警察が通りを封鎖し、近所の人間が家から出ないようにする。ネオナチがブラウンストーンの家から出ようとしたときは、支援チームの残る六名が通りの所定の位置について捕らえる。救急車が必要になった場合にそなえて、一台がブリーカー・ストリートにとまっている。

開始されたのは、八時三十四分だった。コーヒーとベーグルを持ったディモンダが、階段に腰をおろした。ここ数週間、最初のふたりが家を出るのは、十時から十時半のあいだで、PATH《パス》の電車に乗って三十三丁目まで行き、六番街の事務所まで歩く。その事務所は、そこがマイノリティ差別雑誌《ピューラー》の編集室および営業所であるのを隠そうともしていない。事務所を出るものは、ヴィレッジの家に運ぶように指示されているものを持ってそこを出る。FBIは《ピューラー》に配達される段ボール箱を調べたが、武器はひとつも見つからなかった。武器弾薬やナイフは幹部が街で買って事務所に保管し、〈純血国家〉その他、それを必要とするものに分配しているのだろうと判断するほかはなかった。

ブラウンストーンの家のドアが、八時四十四分にあいた。そのとたんにディモンダがコーヒーの紙コップを右手のキャンディ・ショップの前に投げ、仰向けにロビーに倒れ込んだ。キャンディ・ショップで待機していたアーデンが、コップが飛んできたのを見て、表に出た。

髪をブロンドに染めた手強《てごわ》そうな若い女が、ディモンダをまたいだ。

「おまわりさん!」女が叫んだ。「こいつをどかしてよ!」

口髭《くちひげ》を生やした長身の男が、ずっと小柄なディモンダのシャツをつかんで、歩道へひきずっていこうとした。

「おい!」ディモンダがどなった。

花屋からひとりの捜査官が出てきて、女のうしろに立った。女がディモンダに襲いかかろうとしたとき、捜査官があいだにはいり、女を花屋のほうへ押し戻した。女がわめくと、もうひとりの捜査官が出てきて、逮捕すると告げた。女が抵抗すると、ふたりの捜査官は彼女に手錠をかけ、奥の部屋に連れ込んだ。

いっぽう、アーデンはロビーに踏み込んでいた。

「なにをしてる？」長身のネオナチは、アーデンにどなっているあいだにも、いうことをきかないディモンダともみ合いつつ、道路を進んでいった。そちらのキャンディ・ショップで待機していた捜査官が、すぐにネオナチを引きずり込んだ。

「ご心配なく」アーデンが大声でいった。「この浮浪者が二度とお宅をわずらわせないようにしますから」二階で聞いているものがいた場合のための台詞《せりふ》だった。アーデンは早くもしゃれた形のＳＩＧザウエルＰ２２６九ミリ口径セミ・オートマティック・ピストルを抜き、階段の左側の壁にくっついていた。

ディモンダは、コルト45セミ・オートマティック・ピストルを持ち、右側へ進んだ。

そして、残る八名の捜査官が、ふたりずつ突入する。最初のふたりが、階段の奥にある一階の部屋を制圧した。ひとりがドアの脇《わき》にしゃがみ、もうひとりが階段の近くにとどまって、最初の踊り場を視界に収める。つぎのふたりは、ディモンダとアーデンのあいだを通って、最初の踊り場に陣取った。そのふたりは、段のまんなかを踏み、上半身を起こしたまま、用心深くそこまで階段を登った。体重を段のまんなかにかけると、動きやすいだけではなく、古い階段をあまりきしませずにすむ。

つづいて三組目のふたりが進み、踊り場から階段を半分登ったところでとまる。つぎの四組目が、二階の踊り場まで登って、そこを確保する。ひとりがドアを、ひとりが階段を射界に収めた。この最後のふたりは、三階に通じる階段を半分まで登った。そこでディモンダとアーデンが、最後の階段を登った。ディモンダがドアの正面に立ち、アーデンが階段の脇、ドアの右側の位置につく。銃口を上に向け、ディモンダのほうに視線を据える。ディモンダの動きに合わせるからだ。ディモンダが突入したら、即座につづく。ディモンダがしりぞいたときは、退却を掩護《えんご》し、あとにつづく。

ディモンダがぼろぼろのジャケットのポケットに手を入れ、十セント玉を三つ重ねたような容器がくっついた、注射器に似た小さな装置を出した。拳銃《けんじゅう》を右手に握ったまま腰をかがめ、その装置の細い先端をそろそろと鍵穴《かぎあな》に差し込んだ。そして、装置の端に目をくっつけた。

FOALSAC――光ファイバー自然光スコープ&カメラ――は、光や音を発せずに部屋のなかの映像を魚眼レンズで捉《とら》えることができる。小さな容器にはカドミウム電池と、カメラの捕らえた映像を記録するフィルムがはいっている。ディモンダは、FOALSACを慎重に左から右へと動かし、撮影したいところでは、フィルム・カートリッジの底を指先で叩《たた》いた。こいつらを裁判にかけるときには、写真という証拠が重要になる。ましていま、FOALSACからは、山と積まれた機関銃、M79擲弾《てきだん》発射機二挺、三角錐《すい》に組んだFMKサブ・マシンガン数挺が見えている。部屋のなかには三人がいた。右手の角のテーブルで、男がひとりと女がひとり、朝食を食べている。もうひとり――

ガーニー――は、ドアの正面のコンピュータ・テーブルに向かって、ラップトップでなにかをやっている。つまり、他の四人のネオナチは、下のベッドルームにいる。ディモンダは、指を三本立てて、部屋を指差した。アーデンが、階段のほうをふりかえった。三本の指を示して、部屋を指差した。それから、下の捜査官たちがそれぞれの担当の部屋を調べるのを待った。

〈純血国家〉の他の悪党どもの所在がすべて確認された、二部屋にそれぞれふたりずついる、という合図が返ってきた。ディモンダは、親指を立てて、つぎの段階に進むよう指示した。

部屋のなかの連中が新聞を買ったり散歩をしたりするために出てくるといけないので、捜査官たちはすばやく行動した。

ディモンダは、FOALSACをしまった。ドアは閂《かんぬき》がかかっている可能性が高いので、捜査官たちは蹴りあけようとはしなかった。プラスティック爆薬をドアノブの左側に仕掛けた。錠前が脇柱ごと吹っ飛ぶほど強力な爆薬である。爆薬には爆風をそらすための小さな金属板が上に付いていて、二十五セント玉の大きさの磁石つき時計がそこに取り付けられた。時計の上からプラスティックの小片が突き出している。それを引き抜くと、十秒のカウントダウンがはじまる。カウントダウンが終わると、時計から金属板を通して雷管に電流が流れ、起爆される。

ディモンダは、首を曲げた。踊り場の捜査官が、こっちに目を向けている。ディモンダがうなずくと、その捜査官もうなずいた。下の階段の捜査官もうなずいた。ディモンダが首を縦にふって三つカウントし、時計からプラスティック片を抜いた。

無言でカウントダウンしながら、二カ所の踊り場の捜査官がドアを目指した。急襲の計画を立てているとき、〈純血国家〉のものたちの配置について、ありとあらゆる可能性を考慮に入れた。いま、それに従って捜査官たちは分散配置されている。この態勢では、パークとジョンズが三階へ行く。パークがディモンダのうしろに立ち、ジョンズがアーデンと並んで階段に立つ。さらに二名の捜査官が、一階と二階の部屋の脇に陣取る。爆発したときにドアノブが飛んでくるといけないので、ディモンダは左手に移動した。

自分を指差してから、パークとジョンズを指差した。なかにはいったら、その順序で、左から右へならび、敵に狙《ねら》いをつける。アーデンは遊軍で、応援が必要なものを手助けする。

時計のカウントダウンが終わり、プラスティック爆薬が爆発した。紙袋を割ったようなボンという音とともに、真鍮《しんちゅう》のノブが吹っ飛び、ドアが内側に倒れた。

ディモンダが最初に飛び込み、パーク、ジョンズ、アーデンがつづいた。爆発で生じた煙が部屋に流れ込み、四人の捜査官は横一列にひろがりながら突進した。走りながら、それぞれが「動くな！」と叫んだ。腹の底からの荒々しい大声には、相手をできるだけひるませるという目的もある。

ふたりの白人至上主義者——男ひとり女ひとりは、爆発とともに立ちあがったが、動かなかった。ガーニーはちがった。立ちあがると、ラップトップをパークに向けて投げ、右手をテーブルの下に突っ込んだ。

パークが銃をおろして、コンピュータを受けとめた。「やつをやれ！」とアーデンに叫んだ。

そういわれる前に、アーデンは九ミリ口径をそちらに向けた。それと同時にガーニーがコンピュータ・テーブルの下に取り付けたホルスターから、ソコロフスキー四五口径セミ・オートマティック・ピストルを抜いた。四五口径が先に火を噴き、初弾がアーデンのケヴラー製防弾チョッキのふちに当たった。左肩が砕けたが、衝撃で投げ出されたおかげで、扇状に撃ち出された弾丸を食らわずにすんだ。それがうしろの壁に突き刺さったとき、アーデンはたてつづけに引き金を絞った。膝射《しつしゃ》の姿勢をとっていたパークも、コンピュータを置いて撃った。

アーデンの放ったうちの一発がガーニーの左腰に、もう一発が右脚に当たった。パークの撃った一発は、ガーニーの右前腕を貫いた。

痛みのあまり獰猛《どうもう》なうなり声をあげながら、ガーニーが四五口径を落とし、左側に倒れた。パークが駆け寄り、こめかみに銃口を突きつける。四秒間の突入のあいだ、テーブルの男と女はじっとしていた。

階下から銃声は聞こえなかったが、三階の短い銃撃戦を聞きつけて、支援チームが家のなかに飛び込んできた。彼らが到着したとき、パークが血を流しているガーニーに手錠をかけていた。ディモンダとジョンズもそれぞれ逮捕した相手を壁に向けて押し付け、両手をうしろで組ませていた。ふたりに手錠をかけるとき、女がディモンダに自分の人種を裏切るのかとどなり、男のほうは、家族に報復すると脅した。ふたりとも、ジョンズには目もくれなかった。

支援チームの三名は、二・一フォーメーションで突入《エントリー》した——二名が走りこんで左右に分かれ、もうひとりがドアの前で伏せて、ふたりを掩護する。アーデンと白人至上主義者ひとりが硬材の床に倒れ、ほか二名のネオナチが手錠をかけられているのを見て、支援チームが救急車を呼んだ。

支援チームが逮捕者を引き受けると、ディモンダはアーデンのそばへ行った。

「信じられない」アーデンが、苦しそうにいった。

「しゃべるな」ディモンダがいった。アーデンの顔の横で膝を突いた。「どこかが折れていたら、それ以上ずれたら困るだろう」

「もちろんどこかが折れているさ」アーデンがあえぎながらいった。「この肩がな。警察にはいって二十年間、一度も負傷しなかった。なあ、そいつにヒットを打たれるまで、ノーヒットで押さえていたんだ。それも反則のパンチでやられた。テーブルの下の拳銃なんていう古い手口で」

ひどい怪我《けが》をしているにもかかわらず、ガーニーが口をきいた。「てめえは死ぬんだ。てめえらはみんな死ぬ」

ストレッチャーに乗せられるときに、ディモンダがそっちを見た。「ああ、みんないずれは死ぬ。それまでわれわれは、藪《やぶ》をつきまわして、おまえらみたいな蛇を追い出す」

ガーニーが笑った。「追い出す必要はねえよ」咳《せ》き込み、歯を食いしばっていった。

「おれたちがおまえらを咬《か》みにいく」

19

木曜日　午後二時四十五分　ドイツ　ハンブルク

ハウゼンが戻ってきて、もう行かなければならないといったので、フッドとマルティーン・ラングは驚いた。

「のちほど事務所でお目にかかりましょう」といって、ハウゼンはフッドの手を握った。それから、ラングとストールに軽く会釈《えしゃく》して離れていった。フッドもラングも、なにが起きたのかとはきかなかった。車をとめてある駐車場に向けてハウゼンがすたすたと歩いてゆくのを、黙って見送った。

車が出てゆくと、ストールがいった。「あのひとはスーパーマンかなにかですかね。これはどうも超《ユーベルメンシュ》人的な仕事ぶりだな」

「あんな様子を見るのは、はじめてだ」ラングがいった。「だいぶ動揺しているようだった。それに、あの日に気づいただろう？」

「どういうことだ？」フッドがたずねた。

「血走っていた。まるで泣いていたように」

「だれかが亡《な》くなったのかもしれない」と、フッドがいった。

「そうかもしれない。しかし、それならわれわれに話すだろう。会合を延期するはずだ」ラングが、ゆっくりと首をふった。「どう考えてもおかしい」

理由がわからなくても、フッドは心配だった。ハウゼン外務次官とは知り合ったばかりだが、たぐいまれな力と思いやりの持ち主だという印象を受けた。自分の国にとって最善だと信じたら、それをとことん擁護する人物だ。リズ・ゴードンの用意したブリーフィング書類によれば、ハウゼンは数年前の最初の混沌《こんとん》の日々でネオナチを論破し、強制収容所で死亡したものを記したゲシュタポの名簿『アウシュヴィッツの死の帳簿』を出版しろと新聞の連載論説に書いて、たいそう不評をこうむっている。ハウゼンがなにかから逃げ出すというのは、その性格からして考えられない。

だが、フッドらにはまだ仕事が残っていたので、ラングは何事もないような顔をよそおい、自分のオフィスへ案内した。

「プレゼンテイションには、なにが必要かな?」ラングがストールにたずねた。

「平らな場所さえあればいいです」と、ストールがいった。「デスクでも床でもいいです」

窓のないそのオフィスは、意外なほど狭かった。窪《くぼ》みの奥にある蛍光灯に照らされ、調度品は向き合うように置いた白い革のソファしかない。白い大理石の台に置いた長いガラス板が、ラングのデスクだった。壁は白、床も白いリノリウムだった。

「白が好きなんですね」と、ストールがいった。

「心理療法的な効果があるそうだ」と、ラングがいった。

ストールが、バックパックを差しあげた。「どこに設置しましょうか?」

「デスクでいいよ。かなりじょうぶだし、表面も傷がつかない」

ストールは、白い電話機の横にバックパックをおろした。「心理療法的な効果というのは、黒みたいに陰気じゃないし、青みたいに悲しくない——というようなことですか?」

「そのとおりだ」と、ラングがいった。

「オプ・センターをすべて白に塗り替える費用をくれと自分がフォックス上院議員に頼んでいるところが、目に浮かぶようだ」と、フッドがいった。

「彼女はかっとする《シー・レッド》」ストールがやり返した。「長官は進めの信号《グリーン》がもらえない」

フッドが渋い顔をして、ラングが真剣に見守るなか、ストールはバックパックをあけた。

最初に取り出したのは、靴箱ほどの大きさの銀色の箱だった。カメラの虹彩《こうさい》絞りのようなシャッターが前面にあり、裏に接眼レンズがある。「ファインダーつきのソリッドステート・レーザーです」と、説明した。つぎのものは、小型ファクス機のような感じだった。「光学・電子プローブ映像システムです」三番目に出したのは、ケーブルつきの白いプラスティックの箱だった。最初の箱より、やや小さい。「電源ボックスですよ」ストールがいった。「いつなんどき山野で回転をあげる必要が出てこないともかぎりませんからね。あるいは研究室でも」

「回転をあげる……なんの？」熱心に見守っていたラングがきいた。

「ごく簡単にいうなら、Tバードとわれわれが呼んでいるやつなんですが」ストールがいった。「こいつは高速レーザーをソリッドステート装置に当てて、レーザー・パルスを発生させます。このレーザー・パルスはたった——えー、百フェムト秒だけ持続します。フェムトというのは一千兆分の一のことです」電源パックの裏の四角い赤いボタンを押した。「スペクトルの赤外線と無線の周波数の範囲のあいだをもぞもぞしているテラヘルツ（百万メガヘルツ）の振動が、それで得られる。それでなにが得られるかというと、薄いもの——紙、木、プラスティックなど、ほとんどあらゆるもの——の内部もしくは蔭《かげ》になにがあるかを知る能力です。波形の変化を分析するだけで、向こうになにがあるかを知ることができる。それにこいつを組ませれば——」映像システムを軽く叩いた。「——なかになにがあるかを、目でたしかめられる」

「X線のように」ラングがいった。

「しかもX線を使わずに」と、ストールがいった。「物体の化学構造を知るのにも使える――たとえば、ひと切れのハムの脂肪分とか。それに、X線を使う装置より、ずっと小さい」ラングのそばへ行き、手を差し出した。「財布を貸してもらえますか？」

ラングが上着の胸ポケットに手を入れて、財布をストールに渡した。ストールがそれをデスクの遠い端に置いた。それから戻ってきて、白いボタンの横のグリーンのボタンを押した。

銀色の箱がつかのま低いうなりを発し、ほどなくファクスのような機械からプリントアウトが出てきた。

「まったく静かだ」ストールがいった。「おたくの研究所でこれをやっても、となりの席の技術者にすら聞こえませんよ」

プリントアウトの紙がとまると、ストールがそれを取って、ちらと見た。そしてラングに渡した。

「奥さんとお子さんたちですね？」と、ストールはたずねた。

ラングが、すこしぼやけた家族のモノクロ画像を見おろした。「すばらしい。じつに驚異的だ」

「コンピュータでこの画像を処理すれば、どれだけのことがわかるか、考えてみてください」ストールがいった。「粗い部分をきれいにして、細かい部分をはっきりさせたら」

フッドが口をひらいた。「われわれの研究室がこの技術を最初に開発したとき、爆弾の内部の気体や液体の種類を特定しようとしたんだ。それがわかれば、爆弾に近づかずに処理できる。そのときは、T線が発生したときに分析する装置を、対象物の向こう側に置かなければならないというのが、難点だった。やがて研究開発チームが、発信装置によって分析する方法を考え出した。それでTバードは監視機器として使えるようになった」

ラングがきいた。「有効距離は？」

「月まで」フッドが答えた。「とにかく実験はそこまでしかやっていない。アポロ11号着陸機《ランダー》の内部を見た。アームストロングもオールドリンも、じつにきちょうめんに片付ける人間だったようだ。理論的には、レーザーの届く範囲なら、どこまでも有効だ」

「たまげたな」ラングがいった。「じつにすごい」

フッドは、それまでずっと隅のほうに立っていたが、近寄ってきた。「Tバードは、地域オプ・センターに欠かせない機材となる。しかし、現場で諜報員《ちょうほういん》が携帯するには、もっと小型軽量で、なおかつ解像度がずっといいものにしなければならない。壁のなかの柱のような不要な画像も消去できるようにする必要がある」

「そこで御社の優秀なチップが必要になるんですよ」と、ストールがいった。「大使館の外に立った人間が屋内の郵便物を読めるようにね」

「要するに、技術の交換だ」フッドが語を継いだ。「そちらはあの箱の中身を得る……われわれはそちらのチップを得る」

ラングがいった。「じつにすばらしい。Tバードが見通せないものは?」

「金属がいちばんの問題です」ストールがいった。「でも、いま解決しようとしているところです」

「すばらしい」ラングがくりかえし、写真をじっと見つめた。

「いちばんいいことを教えましょう」ストールがいった。「その問題を解決するまで、金属箔《はく》の裏地をつけた財布を売ったら、どれだけ儲《もう》かるでしょうね」

20

木曜日　午前八時四十七分　ワシントンＤＣ

「あなたって、どうしようもない欠陥人間ね」

マーサ・マッコールの辛辣《しんらつ》な批評は、マイク・ロジャーズが反応するまで、数秒のあいだ宙に浮いていた。ロジャーズは、ドアの数歩手前で足をとめた。口から出てきたのは、穏やかな言葉だった。ロジャーズは、人間はたんに人間同士として相手に接することができないというのが事実だ。嘆かわしいことだが、マーサは、一対一の対決でロジャーズをしのぐ力をじゅうぶんに持っている。だが、白人の男が黒人の女とまともにやりあうのは、法的な災難をみずから招くのとおなじだ。そうした振り子の揺れ（訳注　社会的な激しい変動）はまぬがれない、いや自然の流れとして不可避だが、ＷＨＯＡのようなやからが受け継いできたものをいっそう煽《あお》ることになる。

「そんなふうに思うきみをとっても気の毒に思う」ロジャーズはいった。「やらなければならないことだったとはいえ、フォックス上院議員を動揺させたのも、気の毒だったと思っている」

「率直にいって、あんなことをする必要はなかった。あなたはフォックス上院議員のお嬢さんが死んだことを利用したうえに、彼女を敵呼ばわりしたのよ。それでとっても気の毒だというなんて、ずいぶん厚かましいわね」

「きみのいうとおりだ。しかし、厚かましいわけじゃない、マーサ。後悔しているんだ。こうしなければならなかったのが残念でならない」

「ほんとうかしら」と、マーサがいった。

ロジャーズは出ていこうとしたが、マーサがさっと立ちあがった。ロジャーズとドアのあいだにはいり、つかつかと近づいて、顔と顔がくっつきそうになるほどに詰め寄った。

「ひとつききたいわ、マイク」マーサがいった。「ジャック・チャンやジェド・リーのような男の上院議員が相手だったら、あんな派手な芝居を打った？　あんなに冷酷にやれた？」

マーサの口調を聞いて、ロジャーズはまるで裁判にかけられているような心地がした。罵倒《ばとう》したかったが、そうはせずにこういった。「十中八九、ああいうふうにはやらなかっただろうな」

「そうよ。十中八九そうだったはずよ」マーサがいった。「男の子のクラブでは、男同士、かばいあうのよ」

「それはちがう」ロジャーズがいった。「チャンやリーのときにおなじようにやらないのは、彼らがわたしを屈服させようとはしないからだ」

「へえ、それじゃこれはあなたに対する敵愾心《てきがいしん》があるからだというの？　フォックス上院議員がわたしたちの予算を削ろうとするのは、マイク・ロジャーズに恨みがあるからなの？」

「そういう一面もある。もっとも、わたしの性別や性格とは関係がない。残存する唯一《ゆいいつ》の超大国としてのアメリカが、いつどこであろうと介入する責任を負うべきだと、わたしが信じているからだ。オプ・センターは、そのために重要かつ迅速な攻撃を行なう役割を担《にな》っている。マーサ、きみはわたしが自分を売り込んでいたと本気で思っているのか？」

「ええ。そう思っている。はっきりとそういう口ぶりに聞こえた」

「ちがう。わたしはわれわれを売り込んだんだ。きみ、わたし、ポール、アン、リズ、チャールズ・スクワイアの霊。わたしはオプ・センターとストライカー・チームを護《まも》っていたんだ。朝鮮戦争がふたたび起きていたら、どれだけの命が失われ、どれだけ金がかかっていただろう。あるいは新ソ連が再建されて軍備拡大の競争がはじまっていたら。われわれは、国家予算を何十億ドルも節約したんだよ」

ロジャーズは、話しながら、マーサがいくぶん態度を和らげたのに気づいた。ほんのすこしではあったが。

「それじゃ、どうしていまわたしにいっているようなことを、フォックス上院議員にはいわなかったの？」と、マーサがたずねた。

「既成事実を突きつけられたからだ」ロジャーズはいった。「わたしの反論は、フリー・バッティングとおなじように扱われた。本番ではなく練習のように」

「ポールにもっとひどい扱いをされるのを見たことがある」

「わたしは彼の部下だ」

「それなら、オプ・センターは、フォックス上院議員やチャンやリーその他議会統合情報監督委員会のメンバーの部下ではないの？」

「ある程度までは部下だ」ロジャーズは認めた。「しかし、ここで肝心な言葉は、『委員会』だよ。チャンやリーは、絶対的な孤立主義者ではない。予算削減について、ポールやわたしと話し合い、議論する機会をあたえてくれる」

マーサが、拳《こぶし》を頰の高さまで持ちあげてふった。「密室政治にどうぞご声援を」

「物事はそうして進んでゆく」

「男の手でね」マーサがいった。「女が決めて男にやらせるのは神が禁じている。女がそれをやると、男が女を殴る」

「さっき彼女がわたしを殴ったぐらい手ひどく」と、ロジャーズがいった。「きみはわたしがひどい男だと思っているのか？　多くの場合に平等を願っているのはいったいだれかね？」

　マーサは黙っていた。

　ロジャーズが、目を伏せた。「これは行き過ぎだと思う。われわれの抱えている問題は、ほかにいくらでもある。どこかの汚《けが》らわしいやつが、白人が黒人をリンチするゲームソフトをネットで販売しようとしている。それを妨害できないかどうかを考えるために、あとでダレルやリズと会うことになっている。きみの意見が聞きたい」

　マーサはうなずいた。

　ロジャーズは、マーサの顔を見た。みじめな気分だった。「よく聞いてほしい。自分の所属する集団を護ろうとして狭い考えかたに凝り固まるのはよくないと、わたしは思っている。ことに自分がそうならないように気をつけている。テリトリーの意識からくるんだろうな。陸軍や海兵隊が仲間をかばって馴《な》れ合い——」

「女同士もね」マーサが、そっといった。

　ロジャーズがにっこり笑った。「一本取られた。心の底では、われわれはいまなおテリトリーを護ろうとする肉食動物なんだろう」

「そういう分析の筋道もある」と、マーサが応じた。

「ほかの筋道もある」と、ロジャーズがいった。「『わたしは独裁者である。それがわたしの生きかたである。神はわたしに寛容であろう。それが神の生きかたである』いったのは女性だ。女帝エカチェリーナ一世の言葉だ。つまり、マーサ、わたしはときどき独裁者になる。そういうときは、きみに寛容になってもらうことを願うしかない」

マーサが鋭い目つきをした。怒りをたもとうとしたが、だめだった。

「一本返されたわ」にやりと笑った。

ロジャーズがまた笑顔になり、時計を見た。「電話をかけないといけない。リズとダレルの説明を聞いてくれないか。あとで会おう」

マーサが肩の力を抜き、脇《わき》にどいた。

「マイク」ロジャーズが通ったときにいった。

ロジャーズが足をとめた。「なに？」

「あなたがフォックス上院議員にあたえた打撃が大きかったことに変わりはないわ。あとで電話してくれる？ 元気かどうか、たしかめるだけでいいから」

「そのつもりだ」といって、ロジャーズがドアをあけた。「わたしだって寛容なところはあるんだ」

21

木曜日　午後二時五十五分　ドイツ　ハンブルク

ボブ・ハーバートは、電話に一時間以上かかりきりで、焦燥にかられていた。

そのうち数十分は、車椅子《くるまいす》に座ったままで専用電話回線を使い、オプ・センターにいるアシスタントのアルバート・グリモーツと話をした。アルバートは、ジョンズ・ホプキンズ大学を出たばかりの秀才で、博士号を持つ着想の豊かな心理学者だった。なにしろまだ若くて人生経験は豊富ではないが、熱心に働くので、ハーバートは弟のように見なしている。

ハーバートはいった。問題その一は、ドイツのテロリストに関する最新情報を、どの同盟国の情報機関から入手できるかを判断することだ。それらのテロリスト集団の動きを克明に追っているのは、イスラエル、イギリス、ポーランドだけだと、ふたりは考えた。他の国は、ドイツに対してそこまで根強い本能的な恐怖を抱いていない。

ハーバートとの電話を接続したまま、アルバートはＨＵＭＩＮＴデータベースを調べた。現場諜報員《ちょうほういん》のよこす情報は、ハーバートがオプ・センターの獣皮《ペルト》と呼んでいるFUR——海外秘密情報源ファイル——に収められている情報のかけらをよそからもらうたびにハーバートは屈辱を味わうのだが、なにしろドイツ国内の情報源は貧弱だった。東西ドイツが統一される前は、アメリカは西ドイツに手を貸して東から侵入するテロリスト集団を狩り出すのに力を入れていた。ドイツ統一以来、アメリカの情報機関はほとんどドイツから撤退している。ドイツ国内のテロリスト集団はアメリカの問題ではなくヨーロッパの問題だ、というわけである。骨まで削るような予算削減によって、CIAや国家偵察室などの情報収集組織は、中国、ロシア、西半球の状況を把握するだけで手いっぱいになった。

つぎにトラブルが起きる場所を占う水晶球がなくなってしまった、とハーバートは苦々しく思った。

もちろん、他の国がドイツにおけるHUMINTを有していたとしても、それらの情報を進んで提供してくれるとはかぎらない。一九八〇年代のアメリカの情報機関の秘密漏洩《ろうえい》がことさらに喧伝《けんでん》されたせいもあって、他の国は自分たちの知っていることをあまり教えたがらない。

「ハブとシュロモが、それぞれ四名と十名を現地に配置しています」と、アルバートがいった。イギリス情報部のハバード課長と、モサドのウリ・シュロモ・ゾハールのことだ。

秘話回線ではないので、ハーバートは詳細を要求しなかった。だが、ドイツにいるハバードの諜報員がロシアからの武器密輸を阻止する活動に従事し、それらの武器がアラブ・ゲリラに流れるのをイスラエルの諜報員が監視しているのは知っていた。

「ボグのところの若い衆は、まだロシアのゴミを片付けている最中のようです」と、アルバートがいった。ボグとはポーランド情報部のボグデン・ローテ将軍のことで、ゴミとは先ごろロシアとのあいだに戦争が起こりかけたことを指している。「ジョークが聞きたくないですか？」

「聞いてもいい」と、ハーバートがいった。

「リストを見ていったところ、われわれが協力を得られる相手は、ベルナールだけですね」

これほど深刻な状況でなかったら、たしかにハーバートはジョークと見なして笑っただろう。「連中が協力？　そんなことがあってたまるか。ぜったいに無理だ」

「かもしれません」アルバートがいった。「でも、このダレルの報告書を読むまで待ってもらえますか」

ハーバートは、〈アラバミー・バウンド〉のリズムで肘掛《ひじかけ》を叩《たた》きながら待った。

ベルナールとは、フランスＧＩＧＮ（国家憲兵隊対テロ部隊）のベルナール・ベンザマン・バローン大佐のことである。これまでのところ、この法執行機関は、マイノリティへの差別に根ざす犯罪、ことにユダヤ人や移民に対する犯罪には、見て見ぬふりをしてきた。また、GIGNは、ドイツ側との暗黙の了解に達している。フランスの諜報員がドイツに手を出さなければ、ドイツは戦時中にナチ党に協力した何千人もの反逆者の名は明かさない。こうしたナチ協力者の一部はいまでは政財界の大立者になっていて、無用の手出しをしないようにフランスの情報機関に圧力をかけている。

しかし、四十代のバローン大佐は、正義にもとることは容赦なく攻撃するという、ハーバートもめったにお目にかかったことがないような急進的人物で、暴れ馬のごとく、GIGNを見ざる言わざる聞かざるの泥沼から引きずり出そうとしている。

とはいえ、バローンもフランス政府には服従している。しかもフランスはアメリカを嫌っている。フランスでは激しいナショナリズムの発作が再発して、英語を語彙《ごい》から捨て、アメリカの料理をメニューからはずし、ハリウッド映画を劇場から追放するという極端なことまでしている。そのフランスがアメリカに手を貸せる立場にあるというのは、ぞっとしない。アメリカ叩きをするやつらにお願いしなければならないと思うと、なおいっそう気持ちが萎《な》える。やつらがアメリカに手を貸すなどと考えるのは、あまりにも馬鹿《ばか》げている。

アルバートがいった。「ベルナールは国内に問題を抱えていて、フランスとドイツの反政府組織が連携している可能性があると見ているんです。それで先月、ビッグI《アイ》にベルナールが接触し、そこからダレルに接触があったんです。ダレルは、ベルナールが必要な情報を得られるよう手を貸しました」

ビッグIは、インターポールを指す隠語で、秘話でない回線のときに使う。ダレル・マキャスキーは、FBIとの連絡担当だけではなく、インターポールその他の国際犯罪捜査機関とも接触がある。

「ベルナールは、どういうたぐいの情報をほしがったんだ？」と、ハーバートがきいた。肘掛をまだ叩いていた。なんとしても、ぜったいにバローンには頼みたくなかった。

「そのデータはファイルにはありません」アルバートがいった。「〈披見のみ《アイズ・オンリー》〉（訳注 コピーや音読が許されないという最高機密区分）になっています。ダレルにきくしかないですね」

「ではきけ。なにかつかんだら、すぐに連絡してくれ」

「わかりました。使える秘話回線はないんですか？」

「用意しているひまがない」ハーバートはいった。「危険はわかっているが、車椅子の電話にかけてもらうしかない。それから、ロジャーズ将軍に話をしておいてくれ」

「もちろんやります。きっと将軍にきかれるでしょうが、そちらの行き先はどう伝えましょうか？」

ハーバートが答えた。「混沌《カオス》理論をちょいと調べてみると伝えてくれ」

「なるほど」アルバートがいった。「もうそんな時季でしたか」

「そうだ」ハーバートがいった。「頭のいかれた伝染病持ちが毎年コンヴェンションをやる時季だ。それで思い出したが、問題その一だ。混沌《こんとん》の日々の活動の中心が通常はどこなのか、把握しているか?」

「接待用の特別室ですね?」と、アルバートがいった。

「つまらないことをいうな」ハーバートが叱った。

「すみません。いま捜しています」

コンピュータのキイボードを叩く音が、ハーバートの耳に届いた。

「ありました」アルバートがいった。「二年前から、コンヴェンション参加者多数がハノーファーのその名も〈ビヤホール〉という店で午後六時に乾杯するのが、行事の幕開きになっています」

「意外でもなんでもないな」と、ハーバートはいった。一九二三年、失敗に終わったヒトラーの最初のドイツ支配のもくろみは、ビヤホールの暴動からはじまった。ただ、ヒトラーはそこで頓挫《とんざ》したが、この連中は成功させるつもりでいるらしい。

ハーバートのその他の時間は、アクセルとブレーキを手で操作できる車を捜すための電話に費やされた。身体障害者用に運転手つきの車を貸し出している会社はいくつかあったが、ハーバートはそういうものは借りたくなかった。混沌の日々のどまんなかで情報収集をするつもりなので、運転手を危険にさらしたくない。

　ようやく一台持っているレンタカー会社を見つけだした。防弾ガラスと射出座席はついていないが——ユーモアのわからない社員に、ハーバートはジョークだといわなければならなかった——その車をホテルまで持ってきてもらった。くだけた服装にすることにして、ネクタイをはずし、白いシャツを脱いで、妹にもらった〈わたしはハーバート……ボブ・ハーバート〉と描いてあるスウェットシャツを着た。その上にブレザーを着て、ロビーにおりていった。ドアマンに手伝ってもらい、車椅子を折り畳まないままで、座席をはずしてある後部に載せた。そして、助手席に地図をひろげ、車椅子から取り外した電話機をその横に置き、マット・ストールの電子辞書をならべて置いてから、その真新しいメルセデスで出発した。

　限られた機動性しか持たない人間が、ドイツにおける唯一《ゆいいつ》のＨＵＭＩＮＴ情報源だというのは皮肉だ——皮肉で嘆かわしい——と、ハーバートは思った。とはいえ、自分には経験と熱意があり、確固たる組織のうしろだてがある。そういうものがとぼしくても現場に行く場合もあるのだ。これよりもはるかにとぼしくても。また、怪しまれることはないだろうと思ってはいたが、〝ひとの知識を軽んじてはいけない。ひとが不注意だったり、愚かだったり、酔っていたりするときにしゃべることを軽んじてはいけない〟という情報の世界の金言にはおおいに同感だった。〈ビヤホール〉では、そうした事柄をたっぷりと耳にできるはずだ。

独立独歩も楽しいが、それよりふたたび危険な現場に復帰したことが刺激的だった。朝鮮でマイク・ロジャーズが戦闘部隊を指揮したときの気持ちがよくわかる。

ホテルから、車で二時間足らずの行程だった。南北にのびるA1アウトバーンをまっすぐ南下するだけだ。走行速度は時速百キロないし百三十キロが望ましいと表示されているが、百三十キロ以下で走れば伯爵夫人《グレーフィン》、すなわちのろくさく威張り腐っているおばさんと見なされる。

ハーバートは、時速九十マイル——つまり時速百五十キロ弱——ですっ飛ばした。窓をあけて、さわやかな烈風を受けた。だが、そんなに速く走っていても、ザクセン南部の青々とした美しい山野の風景は見逃さなかった。あの胸をときめかせる森や何百年もたっている村が、文明がはじまって以来もっとも悪意に満ちた、マイノリティへの憎悪を煽る運動《ヘイト・ムーヴメント》の本拠地になっていると思うと、がっかりした。

だが、楽園とはそういうものだ。どの木にも、蛇が一匹や二匹はいる。

レバノンにはじめて妻とともに着任したとき、ハーバートは人間や美しい景色のことを、そんなふうには考えていなかった。すばらしい青空、粗末なものから壮麗なものにいたる古代からの建物。敬虔《けいけん》なキリスト教徒とイスラム教徒。一九四六年にフランスが撤退すると、宗教的には兄弟といえる両者が激しく戦った。一九五八年にアメリカ海兵隊が戦火を消すのに手を貸したが、一九七〇年にそれが突然また燃えあがった。ほどなくアメリカが戻ってきた。一九八三年、ベイルートのアメリカ大使館をイスラム教徒の自爆攻撃が襲ったときも、空はやはり青く、建物はなおも荘厳《そうごん》だった。五十人が死亡、多数が負傷した。爾来《じらい》、ハーバートにとって美しい景色はもはや純粋無垢《むく》ではなく、さして魅力が感じられなくなった。かつてはあれほど豊かで希望に満ちていた人生そのものも、いまでは妻と再会する日まで時をしのいでいるにすぎない。

ハノーファーは、田園地帯とは対照的だった――いや、街そのものが対照的な一対をなしていた。ハンブルクとおなじように、ハノーファーは第二次世界大戦中に爆撃でかなりひどく破壊された。近代的なビルと広い大通りのあいだに、十六世紀の建築物や狭い通りに建つ丸太壁の家並み、古いバロック様式の庭が、ぽつりぽつりと孤立して残っている。ハーバートの好みではない。好きなのは自分が育った純然たる田舎だ。池、虻《あぶ》、蛙《かえる》、角のドラッグストア。だが、通りに車を走らせるうちに、ハーバートはこのハノーファーのふたつの異なる顔に驚きをおぼえた。

ラーテナウ広場に向けて進み、ハーバートは考えた。それがまさにふさわしい。この街は、ふたつのまったくちがう人間の顔を持っている。

皮肉なことに、街の古風な趣のある個所に、カフェやレストランが集中している。魅力的な部分に毒蛇が潜んでいる。バイクに乗ったスキンヘッド三人に目を留め、ついていくだけで、目的の場所に行き着いた。彼らがモダン・アートを展示する教区《シュプレンゲル》美術館へ行くはずがない。

そこまで十分かかった。到着すると、見まごうはずもない〈ビヤホール〉があった。コーヒー・ハウスやバーのならぶまんなかにあり、周囲の店はたいがい閉まっていた。白い化粧煉瓦《れんが》の正面に、店名だけが記された看板があった。活字体の字は黒、地は赤だった。

「まあ当然だろうな」つぶやきながら、ハーバートは通り過ぎた。赤と黒はナチス・ドイツの色である。鉤十字《かぎじゅうじ》を飾るのはドイツでは違法だが、こうした連中は、法を破らない範囲で似たようなものを使う。昼食のときにハウゼンがいったように、むろんネオナチズムそのものは違法なので、それを信奉する集団は、〈狼《おおかみ》の息子〉だの〈二十一世紀国家社会主義〉だの、ありとあらゆる婉曲《えんきょく》な名称を名乗って、禁止令をくぐり抜けている。

しかし、〈ビヤホール〉そのものは意外でなかったにせよ、その前に集まっているひとびとの様子は意外だった。

店の前の丸いピクニック・テーブル十脚では席が足りず、ハーバートが見守っているあいだにも、人数が増えていった。大半が若い男の集団が三百人近く、立ったり、歩道や縁石や道路に座ったり、車に寄りかかったりしている。それらの車の持ち主は、どかすのが間に合わなかったのだろう。コンヴェンションが終わるまで、あと三日間、置いたままにするしかない。数すくない通行人は、群集のあいだを足早に通り過ぎる。向こうでは、警官が車を迂回《うかい》させている。〈ビヤホール〉のまわりにたむろして飲んでいる群集を、車が用心深く避けながら通っている。

ハーバートは、スキンヘッドや茶色のシャツの面々を予想していた——剃《そ》りあげた頭、刺青《いれずみ》、きちんとプレスした、腕章付きのナチまがいの軍服。ちんぴらまがいのものも、ここに十人、あちらに五、六人、というように、ちらほら混じってはいる。だが、男の大半と、少数の女は、デザイナー・ブランドのくだけた服を着て、髪型もいくぶん地味めではあるが、流行のものだった。彼らは笑い声をたて、くつろいだ態度で、まるでハノーファーにコンヴェンションのために来た株式仲買人か弁護士のようだった。そうした整然としたところが、じつに恐ろしかった。ハーバートの愛する故郷の町と、どこも変わらない。

ハーバートは熟練した目で、その綴《つづ》れ織りのような光景を処理しやすい断片に切り分け、個々の人間をじっくり見ることなく全体の映像を把握した。あとで必要が生じたときには、記憶から重要な細部を引き出せばいい。

のろのろと進むあいだ、ハーバートはあいた窓から耳を澄ましていた。ドイツ語はさほど流暢《りゅうちょう》にはしゃべれないが、ある程度のことは聞けばわかる。群集は、政治、コンピユータ、そしてなんと料理の話までしていた。想像していたのとはまったくちがう。若者が古いドイツの酒飲みの歌をがなっていると思っていた。官憲が混沌の日々と距離を置くのも無理はない。厳重な取り締まりを行なったら、ドイツを代表するような医師、弁護士、株式仲買人、ジャーナリスト、外交官、いったいだれを勾留《こうりゅう》することになるか、わかったものではない。こうしたものたちが本気で反政府運動を起こしたら、いったいどうなることか。彼らはまだしっかりと連合する力は持っていない。しかし、そういう力を彼らが得たとき、ドイツの統治はあっというまにほどけて、世界各国があらゆる理由から恐れるような綴れ織りに織り直されるだろう。

下腹に力がはいった。この若者どもにそんな権利はない、と心のどこかで叫んでいた。しかし、べつのどこかでは、彼らにその権利があることをはっきりと承知していた。皮肉なことに、ヒトラーの敗北、ひいては民主主義が、彼らに発言の自由とかなりの行動の自由をあたえたのだ。人種や宗教にまつわる煽動《せんどう》や、ホロコーストの公式な否定さえしなければいい。

通りのはずれに受付があり、五、六人の男女がいた。テーブルの前の群集は増えていたが、押したり文句をいったり、親睦《しんぼく》の雰囲気を乱したりするようなことをするものは、ひとりもいない。ハーバートは車の速度をゆるめ、オルグが金を受け取って案内書を渡し、あるいは黒と赤のステッカーやバッジを売るのを見守った。

やつら、しっかりと家内工業までやっている。ハーバートは感心した。じつに巧妙で、有害で、なおかつ合法的だ。もちろん、それが問題なのだ。ネオナチのなかでも低いカーストと見られ、こうした連中に蔑《さげす》まれているスキンヘッドとはちがい、ここにいる男たちと少数の女は、抜け目なく法律の埒《らち》を越えないようにしている。そして、候補者を立てて票を集められるようになったら、法律を変えようとするにちがいない。一九三三年三月の授権法がヒトラーに独裁の権限をあたえたときのように。

受付のうちのひとり、くすんだブロンドの髪の背の高い青年が、テーブルのうしろにしゃちほこばって立っていた。その青年が、参加者のひとりひとりと握手をしていた。相手がこざっぱりした身なりのものではなく薄汚いスキンヘッドのときは、あまりいい顔をしなかった。

悪党のなかにもカーストがある、そうハーバートは意識にとどめた。ことにみすぼらしい身なりの参加者が握手のあとに腕を差しあげて昔ながらのナチの敬礼をしたので、ハーバートは瞠目《どうもく》した。その仕種《しぐさ》は感傷的で、その場にそぐわなかった。まわりのものは、落ち着かない様子だった。まるで公式行事の有料のバーに酔っ払いがやってきたような感じだ。彼らは敬礼に黙って耐えたが、答礼はしなかった。旧第三帝国とおなじで、新第三帝国にも派閥の不和があるらしい。外部のものが利用できるような亀裂《きれつ》が。

うしろで車が詰まりはじめた。ハーバートはパーキングブレーキを放し、掌《てのひら》でアクセルを強く押して、一気に通りを走り抜けた。腹が立っていた。あのめかした怪物どもに、戦争とジェノサイドの継承者に、そしてそれらの存在を許している社会体制に、憤《いきどお》りを感じていた。

角を曲がると、その脇道《わきみち》は駐車禁止になっていた。指示棒を持って車を誘導しているものがいなかったので、ほっとした。郡共進会《カウンティ・フェア》ではあるまいし、そんなものがいたら腹に据えかねていただろう。

ある通りに曲がると、駐車する場所が見つかった。そこでラジオの横のボタンを押した。左側の後部ドアがあき、車椅子《くるまいす》をおさめたくぼみがせり出してきた。そのバケットがそのままずっとのびて、車椅子を地面におろした。ハーバートはうしろに手をのばし、車椅子を引き寄せた。この装置をアメリカにも輸出するよう、メーカーを説得しようと思った。これがあれば、毎日がずいぶん楽になる。

車椅子に座ると、ハーバートは腕の立つ射手のようにもぞもぞと位置を定めた。そして、バケットを格納するボタンを押した。格納されるとドアを閉め、〈ビヤホール〉に向けて車椅子を動かしていった。

22

木曜日　午後三時二十八分　フランス　トゥールーズ

　ドミニクは勝利を感じていた。それはずっしりと重く、存在感があり、目の前まで来ていた。ほんのすぐ目の前に。

　いまいっそうそれが強く感じられるのは、ニューヨーク市警とＦＢＩが餌《えさ》に食いついたことをニューヨークの弁護士が報《しら》せてきたからでもあった。彼らは、ドミニクが長期間にわたって資金をあたえていた〈純血国家〉チームを逮捕した。ガーニーとその配下は、ほんもののネオナチよろしく、誇りをもち、怖《おそ》れることなく逮捕と公判に耐えるはずだ。さらに彼らは武器の隠し場所と印刷物のありかをＦＢＩに教え、シカゴでレスビアンをレイプした男を密告する。ＦＢＩはさぞかし自分たちの手柄を自慢することだろう。

　なにが手柄なものか。ドミニクはにんまりと笑った。じつは走り使いをやらされているとも知らずに。そのために時間と人員をとられ、捜査官はまちがった方向へ誘導される。

　FBIをだますのは、びっくりするほど簡単だった。FBIは潜入捜査官を送り込んできた。いつもの手だ。その男は、他のメンバーとともに入党を許された。だが、ジョン・ウーリイというその潜入捜査官は、二十代後半なのに、他の組織にいた経歴がないので、〈純血国家〉の党員二名がカリフォルニアへ行き、ウーリイが手紙を出している〝母親〟を調べた。FBIは彼女に家を用意して、偽装の身分をあたえていたが、彼女は近くの食料品店の公衆電話から、一日に二度か三度、電話をかけていた。プッシュボタンが見える位置に仕掛けたビデオ・カメラの映像から、FBIフェニックス地方局にかけていることがわかった。〈純血国家〉のリック・マイアズ党首は、ウーリイ夫人もヴェテランの捜査官だろうと考えた。FBIに偽《にせ》情報を流すために、〈純血国家〉はウーリイをそのままにしておいた。

　いっぽうドミニクは、自分の望む仕事をやってくれるアメリカ国内のネオナチを捜していた。ジャン゠ミシェルが〈純血国家〉を見つけ、ウーリイの存在によって、それがドミニクの計画にぴったりとあてはまった。

　ウーリイ夫人とその〝息子〟は、いずれ始末しよう、とドミニクは思った。数週間後にアメリカが混沌《こんとん》に陥るとき、彼らは最初の犠牲者となる。夫人のほうはカリフォルニアの家でレイプして目をつぶし、潜入捜査官は去勢して生かしておき、英雄になろうとする連中のための見せしめにする。

ドミニクは、オフィスの隣の会議室のマジックミラーをのぞいた。そこから地下工場を見おろすことができる。十三世紀のアルビジョワ十字軍の時代に甲冑《かっちゅう》や武器を製造していたその場所で、いまは工員がテレビゲームのカートリッジを組み立て、ゲームソフトのCD-ROMをプレスしている。川に近いので厳重な防湿措置がほどこされているべつの区画では、技術者が世界中の直販業者にゲームソフトの見本をネット配信している。消費者は、そうしたあらゆる形式《フォーマット》で、ソフトを購入できる。

〈ドゥマン〉の製造するゲームの大部分は、大衆娯楽《エンタテインメント》の主流に乗っている。画像、音声、ゲームそのものが、いずれも非常に品質が高いので、一九八〇年に最初のゲーム〈忘れえぬ騎士〉を販売してから、〈ドゥマン〉は一貫して世界でもっとも成功を収めたソフトウエア・メーカーの座を維持している。

だが、それよりもずっとドミニクの意にかなうのは、ちがうたぐいのゲームだった。そういうものこそ、彼の組織の未来を決定づける。むろん、世界の未来を決定する重要な鍵《かぎ》も握っている。

わたしの世界、とドミニクは思った。わたしが闇《やみ》から支配する世界だ。

〈脱ぎっ子ジプシー〉が、ドミニクにとって最初の重要なゲームだった。九カ月前に発売されたもので、ふしだらなジプシー女が登場する。ゲームの目的は、村人を殴って情報を聞き出し、淫乱な女を見つけだして、山野に彼女がばらまいた服を一枚一枚見つけるというものだ。〈ドゥマン〉は、それを世界各国で一万本売った。すべて通信販売で、どういうゲームを売ろうが商売の邪魔をしないように当局を買収できるメキシコの会社から発送した。ウェブ・サイトでも掲示し、白人至上主義者の雑誌に広告を出した。〈脱ぎっ子ジプシー〉のつぎは〈ゲットー爆破人〉で、これは第二次世界大戦中のワルシャワを舞台にしている。〈不具者の川《クリップル・クリーク》〉は、身体障害者をひっぱっていって溺《おぼ》れさせるというものだ。〈再教育〉というグラフィック・ゲームでは、アジア人の顔を西洋人の顔に変える。〈ホモ撃ち《フルート・シュート》〉は、パレードをしているゲイの男たちを狙《そ》撃《げき》するゲームだった。

だが、ドミニクが気に入っているのは、もっと新しいゲームだ。〈強制収容所〉と〈群集といっしょに縛り首〉は、他のゲームよりずっと洗練されている。〈強制収容所〉は恐ろしいほど教育的だし、〈群集といっしょに縛り首〉は、ゲームをやる人間が、黒人を狩る男女の顔を自分たちの顔に変えられる。〈群集といっしょに縛り首〉は、アメリカではすでにネットで発売前の見本を公開して、相当数の注文がはいっている。〈強制収容所〉は、フランス、ポーランド、ドイツで見本が公開される予定で——ことにドイツではある特別な場所で発表される。

これらのゲームは、マイノリティに対する不寛容のメッセージをひろめる役に立つはずだが、それはほんの手はじめだった。ドミニクは、もっと大胆なゲームの開発をもくろんでいた。それは彼のライフワークの成就《じょうじゅ》でもあり、まずはあるゲームをオンラインで無料頒布《はんぷ》することからはじまる。ゲームの名は〈RIOTS〉——〝復讐はほんの手はじめ〟の頭語——で、悪夢のなかの悪夢でしか想像できないような危機を、アメリカにもたらすきっかけとなる。そして、アメリカがそれに気をとられ、ドイツが殺到するネオナチと格闘している隙《すき》に、ドミニクとその同胞がビジネスの帝国を拡大する。

拡大？　ドミニクは思った。ちがう、もともとわれわれのものだったのを奪還するのだ。

一九八〇年代、ミッテラン大統領は政府の歳入を増やすために、フランスの企業の多くを国営化した。一九九〇年代にそうした事業が、福利厚生費、退職金や年金、ゆりかごから墓場まで世話をされるのに慣れたフランス国民への迎合によって、経費増大のために崩壊しはじめた。倒産した企業がたくさんの銀行を道連れにして、フランスの失業率は、一九九五年に一一・五パーセントという信じがたい数字になり、さらに現在では一五パーセントにおよんでいる——高い教育を受けた知的職業人では、それが倍になる。しかも、その間、国民議会は手をつかねていた。大統領と側近の補佐官の望むことを承認するだけだった。

ドミニクは、そうした企業の多くを買収して民間企業にすることで、そうした物事を変革するつもりだった。従業員の特権の一部は消滅するが、失業者は職を得るし、それまでの従業員は安定を得る。また、フランスの銀行の権益も制御しなければならない。〈ドゥマン〉の資金で銀行を支援し、海外の支店を利用して、ありとあらゆる事業を展開する。資金を動かし、課税されるのを避け、通貨を有利に交換する。ドミニクはすでに、イギリスの映画会社、中国の煙草《たばこ》産業、カナダの製薬会社、ドイツの保険会社と、吸収合併の交渉にはいっていた。外国で重要な産業を支配するのは、その政府の喉首《のどくび》を足で押さえつけるのにひとしい。

個人や中小企業は、そういうふうには動かせないが、国際複合企業ならそれができる。ドミニクの父は、かつてこういったことがある。『十万フランを百万フランにするのは容易ではない。だが、一億フランはかならず二億フランになる』

日本が八〇年代にやろうとして失敗した世界経済の支配を、フランスが二十一世紀に成就する。その闇の摂政《せっしょう》にドミニクはなるつもりだった。

「ドイツなんぞ」ドミニクは、軽蔑《けいべつ》をこめてつぶやいた。紀元前五五年にカエサルに叩《たた》きのめされ、征服された民族として、歴史がはじまっている。それを救ったのがフランク王国のシャルルマーニュ大王だ。

ドミニクは、数週間前に、自分が書いた〈ヒトラ・ラップ〉という歌をフランスの歌手にレコーディングさせる契約を結んでいた。アヒルの足踏みのようなタランテラのリズムで、ドイツがユーモアのわからない田舎者の国であることを笑いものにする歌だ。フランスで目標を達成した暁には、ドイツ人に自分たちの立場をわからせてやる――とはいえ、ハウゼンに関してもくろんでいることを先にやりたいという誘惑には勝てなかった。

アンリが電話してきて、作戦が成功したことを報告した。火事のニュースは、現地でさかんに報じられた。消防士たちが火を鎮《しず》めるまでに、ザンクトパウリの歴史的建造物の半分が焼けた。それは結構だが、あの高慢なリヒターがどう反応するだろうと、ドミニクは首をかしげた。今夜の大会へいく途中で、ジャン＝ミシェルを殺すだろうか？ドイツの〈ドゥマン〉製品の販売店を襲うか？　それはなかろう、と思った。それでは利害関係が危険な領域に達するし、こちらもたいした被害をこうむるわけではない。リヒターは降参して命令に従うか？　それもないだろう。あれだけ高慢な男だから、完全に折れるということはありえない。では、こちらの秘密活動をマスコミにばらすか？それもありそうにない。リヒターが知っている程度のことでは不足だし、だいいちだれが信じるものか。やつはセックス商売をしているネオナチなのだ。いずれにせよ、こちらまで糸をたどれはしない。

だが、リヒターはなにかをやるはずだ。ぜったいに。名誉がそうさせる。

窓に背を向けると、ドミニクはオフィスに戻った。憶測はいつでも楽しいが、結局は無意味だ。確実にわかっているのはたったひとつ。自分がリピターの立場ではなく、この地位にいてよかったということだけだ。

23

木曜日　午後三時二十三分　ドイツ　ライネ川

林を抜けて前方を見たとき、カーリン・ドリングは、めったに見せない笑みを浮かべた。

その宿営地ほど美しいものは、これまで見たことがないと思った。ライネ河畔のその土地は、マンフレートの家族が十年以上前に買ったものだった。そこは二十エーカーにおよぶ芳香を放つ森林で、東に川があり、西は高い山がすぐうしろまで迫っている。北は深い廊下《ゴルジュ》（訳注　岩壁に挟まれた深い谷）に護《まも》られ、樹林が空のスパイの視線をさえぎっている。カーリンの信奉者たちが設営した宿営地は、五張りのテントが四列にならび、テントひと張りに二名が起居している。林冠に上を覆《おお》われているので、盗まれた小道具トレイラーを官憲が捜索したときも、空から見られるおそれはなかった。ここまで来るのに使った乗用車その他の車は、南側にとめてカムフラージュしてある。

付近で町といえるようなものはガーブセンだけで、南に二十マイル離れている。映画セットを襲ったテロリストの地上捜索は、そこから開始され、混沌の日々の活動の中枢《ちゆうすう》であるハノーファーに向かうにちがいない。ハノーファーははるか東南だ。官憲はこのグリム兄弟のお伽噺《とぎばなし》の国のどまんなかを捜そうとはしないだろう。そのために割く人手がない。とにかくこの三日間は無理なはずだし、混沌の日々が終わるころには、こっちは姿を消す。よしんば襲撃はこっちの仕業だという結論に達して警察がこの宿営地を発見したとしても、容易には捕らえられない。歩哨《ほしよう》が警報を発し、獰猛《どうもう》な犬が警察官を襲って時間を稼ぐあいだに、遺品は湖に投げ込むか燃やす。悲しいことだが、映画セット襲撃に結びつく証拠を残してはならないから、必要な措置だ。

捕まえられるものなら捕まえてみろ、カーリンは心のなかで挑んだ。必要とあれば、われわれは最後の一兵に至るまで戦う。ドイツ政府は、謝罪する法案を通過させ、過去を否定し、アメリカやヨーロッパ諸国にぺこぺこ頭を下げている。われわれは昂然《こうぜん》と胸を張っている。そしてじきに、自分が保存しておいた遺産を全ドイツがありがたく抱擁する。

ここに来た〈フォイヤー〉隊員四十名は、カーリンの信奉者のなかでも、もっとも献身的なものたちだった。ワゴン車がとまると、周辺防御に近いものたちのあいだに歓声が湧《わ》き起こった。南側の車の列の脇《わき》にロルフがワゴン車をとめると、カーリンが炎の男たち《フォイヤーメンシエン》と呼ぶ配下が、その前に半円を描いて整列した。彼らは右腕を斜めに突き出し、親指を上にして拳《こぶし》を掲げ、何度も「勝利者炎《ジーゲル・フォイヤー》！」とくりかえし叫んだ。

カーリンは、無言でワゴン車から降りた。後部にまわり、扉をあけて、鉄兜《てつかぶと》をつかんだ。かすかに錆《さ》びが浮き、顎紐《あごひも》は罅《ひび》がいってもろくなっていた。だが、右側の赤と白と黒のナチ党の紋章と、黒い楯《たて》に銀白の鷲《わし》と鉤十字《かぎじゅうじ》をあしらった国防軍《ヴェールマハト》の鷲徽章《アドラーきしょう》は、くっきりと残っていた。

カーリンは、それを両手に持ち、王に冠を授けるような仕種《しぐさ》で高々と差しあげた。

「大義の闘士たち」カーリンはいった。「きょう、われわれは大きな勝利を味わった。これら第三帝国の装備を、骨董《こっとう》マニアや大学教授、戦いをあきらめた闘士から奪ってきたのである。これらのものは、ふたたび戦士の手に戻される。ふたたび愛国者の手に戻される」

炎の男たちが声をそろえて「ジーゲル・フォイヤー！」と叫ぶと、カーリンは近くの若い男に、ヘルメットを渡した。男はふるえながらそれにキスをして、カーリンが他のものに遺品を配ると、さらにもらおうと手を差し出した。カーリンは、突撃隊の短剣を自分のものに取っておいた。

「きちんと保管すること」カーリンはいった。「今夜、それらを現役に復帰させる。今夜、それらはふたたび戦いの道具となる」

ロルフに手伝わせて品物を配っていると、マンフレートが運転席から近づいてきた。

「あんたに電話だ」マンフレートがいった。

だれから？　と問いかけるような顔で、カーリンがマンフレートを見た。

「フェーリクス・リヒター」マンフレートがいった。

カーリンの表情は変わらなかった。めったに表情を変えることはない。だが、内心では驚いていた。今夜のハノーファーの大会で口を利《き》くことはないだろうと思っていたし、ましてその前に話をするなど予想外だった。

カーリンは、持っていた小銃をマンフレートに渡した。ひとことも漏らさずにワゴン車の運転席の側にまわり、乗り込んでドアを閉めた。マンフレートは、携帯電話を座席に置いていた。それを手にしたところで、カーリンはためらった。

カーリンは、リヒターを嫌っていた。昔からの宿敵だからそう思うのではない――リヒターの政治運動に対して、カーリンは戦闘的な運動を行なっている。一九三三年にヒトラーがドイツ首相に就任したときにはじまった夢の実現、アーリア人の世界というひとつの目標に向けて、異なった手段をとっている。いずれも、無敵のナショナリズムを築き、外国資本と他国の文化を電撃戦《ブリッツクリーク》で叩きつぶすことによってのみ、それが成就できると考えている。自分たちの現在の組織や手段をもっとひろげないと、それには不足だというのを、いずれも知っている。

リヒターについてカーリンがいちばん気になっているのは、彼のナチズムへの献身がはたしてほんものなのか、確信が持てないという点だった。リヒターは、独裁者になることのほうに関心があるのではないか。そして、その独裁者とは、どんなものでもかまわないのではないか。自分はドイツを命よりもたいせつに思っている。しかし、リヒターは、治めるのがミャンマーやウガンダやイラクでも満足なのではないか、という気がしてならない。

カーリンは、ボタンを押して保留を解除した。「こんにちは、フェーリクス」

「カーリン、こんにちは。聞いたか？」

「なにを？」

「つまり聞いていないし、質問もしないだろうな。われわれは攻撃された。ドイツが。運動が」

「いったいなんの話？ だれに攻撃されたのよ？」

「フランス人だ」と、リヒターがいった。

それを聞いただけで、カーリンの一日は暗澹《あんたん》としたものになった。カーリンの祖父は医療部隊の軍医中佐《オベルストフエルトアルツ》で、占領下のフランスにいたが、サンソヴォユー陥落の際にドイツ兵の手当てをしているとき、フランス人に殺された。子供のころ、カーリンはベッドに寝ながら、両親やその友人たちが、フランス人の卑劣さや不忠や祖国に対する背信の話をするのに耳を澄ましたものだった。

「話して」カーリンがいった。

「けさ、ドミニクが混沌《こんとん》の日々によこした使いのものに会った。そいつが、ドミニクの組織にはいれというんだ。断ると、クラブを完全に破壊された。放火されて」

カーリンは、いっこうにかまわなかった。あのクラブは恥さらしだから、消滅するのはおおいに結構だった。「あなたはどこにいたの？」

「銃を突きつけられて、外に連れ出された」

カーリンは、木立を抜けて行進してゆく炎の男たち《フオイヤーメンシエン》を見送った。どの兵士も、第三帝国の象徴を持っている。銃を突きつけられようがなにをされようが、フランス人から逃げ出したりはしない。

「いまどこにいるの？」

「自分のアパートメントに帰ってきたところだ。カーリン、あいつらは自分に隷従《れいじゅう》させる組織網を作ろうとしている。われわれを自分たちのコーラスの一員にすぎないと思っている」

「そう思わせておけばいいじゃない」カーリンはいった。「総統は、他国の政府がどう思おうが気にかけなかった。そして、自分の意向に力で従わせた」

「どうやって？」リヒターがたずねた。

「なにをいってるの。総統は自分の意志の力でそれをやったのよ。武力を用いて」

「ちがう」リヒターがいった。「大衆の力でやったんだ。わからないのか？　一九二三年、ビヤホールの暴動で、ヒトラー総統はバイエルン政府を倒そうとした。支援がじゅうぶんに得られず、逮捕された。獄中で『我が闘争』を書き、新たなドイツを築く計画に着手した。それから十年にして、国を統《す》べていた。以前とおなじことをいい、おなじことをやっていたが、『我が闘争』によって大衆の心を勝ち得た。大衆を支配したとき、祖父の地ドイツを支配していた。そうなってしまえば、他国の思惑や行動など、気にする必要はなかった」

カーリンは、まごついていた。「フェーリクス、歴史の講釈は結構よ」

「これは歴史ではない」リヒターがいった。「未来だ。われわれは人民を制御しなければならない。そして人民はいまここにいるんだ、カーリン。今夜を歴史上忘れられない夜にする計画がわたしにはある」

カーリンは、リヒターを高く買っていなかった。リヒターはうぬぼれが強く手前勝手な気取り屋だ。総統に似ているのは尊大なところと多少の先見の明だけで、勇気にとぼしい。

ほんとうにそうだろうか？　とカーリンは思った。クラブを燃やされたことで変わったのではないか？

「わかった、フェーリクス」カーリンはいった。「話を聞きましょう。そちらの提案は？」

リヒターは話した。カーリンはじっくりと聞き、興味をそそられ、リヒターに対する敬意が、ほんのちょっと高まった。

ドイツおよびフェーリクス・リヒターの栄光が、リヒターのあらゆる観念と言葉に浸透していた。だが、リヒターの意見は筋が通っていた。そして、三十九回の作戦をすべて結果を念頭におきながら計画に従って実行したカーリンですら、リヒターの衝動的な思いつきに心を動かされたことは、認めざるをえなかった。思いもよらない案だった。大胆で、ほんとうに歴史的な重みがそなわっている。

カーリンは、テントの列、自分の戦士たち、彼らが持っている第三帝国の遺物に目を向けた。それが彼女の愛しているもので、それだけがあればよかった。しかし、リヒターの話は、それにくわえてフランスを攻撃する好機をあたえてくれるものだった。フランスと……そして全世界を。

「いいわ、フェーリクス」カーリンはいった。「これをやるべきだというのに同意する。大会の前にわたしの宿営地に来てもらって、手はずを決めましょう。今夜、フランス人に、炎をもって〈炎《フオイヤー》〉と戦うことはできないというのを思い知らせてやるのよ」

「うまいことをいう」リヒターがいった。「なかなかいい言葉だ。だが、その前に、フランス人のうちのひとりに思い知らせてやる、カーリン。その前に」

リピターが電話を切った。カーリンがじっと座ったままダイヤル・トーンを聞いていると、マンフレートがぶらぶらとやってきた。「なにも問題はないか?」「問題がないことなんかあった?」カーリンが、鋭い口調できき返した。カーリンが携帯電話を返すと、マンフレートがウィンドブレーカーにしまった。カーリンは車を降りて、武器を信奉者たちに渡し、その心に炎を燃やしつけるといういちばん楽しい仕事を再開した。

24

木曜日　午後三時四十五分　ドイツ　ハンブルク

フッドとストールは、昼過ぎから、技術面の要件と財政面の数字のおおよそを、マルティーン・ラングと話し合った。オプ・センターの要求がどこまで実現可能かを確認するために、ラングが技術顧問のトップ数人を呼んだ。なかば予想していたとおり、自分たちの必要とする技術の大部分が計画段階までこぎつけていると知って、フッドはよろこんだ。研究開発の費用を出して副産物を産みだすアポロ宇宙計画のようなものの後押しがない民間企業は、自分でそういう重荷を背負わなければならない。そうした事業は費用がかさむが、成功すれば数十億の利益が見込める。重要な新科学技術やソフトウェアの特許をものにした最初の企業が、つぎのアップル・コンピュータやマイクロソフトになる。

ROC（地域オプ・センター）の経費について両者が煮詰めているとき、やかましいゴングの音が、工場に鳴り響いた。

フッドとストールが腰を浮かした。

ラングが、フッドの手首に手を置いた。「すみません。前もって教えておけばよかった。あれはうちのデジタル鐘楼なんだ。十時、十二時、三時に鳴って、休憩時間を告げる」

「それはいい」フッドがいった。心臓がどきどきしていた。

「昔の陽気なヨーロッパの雰囲気があるとわれわれは思っているんだ」と、ラングがいった。「同胞意識を築くために、ドイツじゅうの工場で同時に鳴る。光ファイバーで接続されている」

「なるほど」ストールがいった。「あれがあなたの鐘つき男カジモドというわけですね」

フッドが、それを聞いて眉間《みけん》に深い皺《しわ》を寄せた。

会議を終え、車で三十分かけてハンブルクの中心に戻ると、フッド、ストール、ラングの三人は、三マイル北東の近代的な北地区《シティ・ノルト》に向かった。公共機関と民間企業の本部ビル二十棟が、楕円形《だえんけい》に近い海外環状道路《ウーベルゼー》に囲まれている。つややかな美しい建物に、ハンブルク電気工事公社から海外のコンピュータ・メーカーにいたる各社や、店舗、レストラン、ホテルがある。平日には二万人以上の人間が、仕事や娯楽のためにシティ・ノルトに通ってくる。

そこに着くと、こざっぱりした身なりのライナーというハウゼンの若い男性秘書が、さっそく外務次官事務所へ一行を招き入れた。ストールは、ライナーの事務所の壁にかかっている額入りの立体画をしげしげと見た。

「オーケストラの指揮者たち」ストールがいった。「よくできている。こういうのははじめて見る」

「わたしのデザインです」ライナーが、誇らしげにいった。

ハウゼンのハンブルク事務所は、四百四十五エーカーの広さの市営公園を見おろす南東の区画の複合施設の最上階にあった。一行がはいってゆくと、ハウゼンは電話をかけているところだった。ストールは腰をおろして、ハウゼンのコンピュータの設定を眺め、ラングがその肩ごしにのぞいた。フッドは大きなはめ殺しの窓のほうへ行った。夕方近くの濃い金色の陽光のなかで、プールと運動場と野外劇場、それに有名な鳥類観察場が見えた。

フッドの見るかぎりでは、ハウゼンはもとの力強く歯切れのよい態度を取り戻していた。先刻気に病んでいたことがなんであれ、処理されたか、あるいは先送りにされたようだ。

フッドはわびしくなった。自分もおなじようにできれば、どれだけいいだろう。オプ・センターにいれば、心痛をまぎらすことができる。チャーリーの死になんとか耐えているのは、部下に対してしっかりしたところを示さなければならないからだ。ビリー・スクワイアのアクセスしたマイノリティへの差別を煽《あお》るゲームのことをマイク・ロジャーズに聞いて、不快になりはしたが、ロサンジェルスにいたころにもそういうものはさんざん目にしているので、いまはもうショックをおぼえるほどではなくなっている。そうしたことはすべて耐えられる。しかし、ホテルのロビーでの出来事が、いまも気にかかっている。シャロンやアン・ファリスや不倫にまつわる微妙な考えもそれに似ている。ただの考え。馬鹿《ばか》な考えと言葉。

数週間が過ぎて、スクワイアの死は受け入れることができた。しかし、二十年近くたっているのに、彼女のことはいまなお気にかかっている。ドアマンに話しかけたとき、あんなに動転し、あせり、パニックを起こしかけたことに、自分でも驚いた。

まったく。彼女を憎みたいとどんなに思ったことか。だが、憎めない。これまでの歳月、ずっとそうだったが、いまもなお、彼女を憎もうとしても、最後には自己嫌悪《けんお》をおぼえるだけだ。いまも当時も、なぜか悪かったのは自分のほうだと思っている。

いや、そこまでの確信はない、とフッドは自分にいい聞かせた。それが起きたこと自体よりもいっそうこたえている。そうなった理由がわからないことが。

フッドは、ぼんやりと替え上着の内ポケットをなぞった。財布を入れたポケット。財布には切符がはいっている。思い出の切符が。

窓から公園を眺めて、自分に問いかけた。あれが彼女だとして、自分はどうしていただろう? こうたずねるのか。『で、元気だった? 幸せ? そうそう。ところで、きみは——どうしてわたしの心臓に弾丸を撃ち込んで始末をつけなかったんだ?』

「なかなかいい眺めでしょう?」ハウゼンがきいた。

フッドは不意を衝《つ》かれた。必死で現実に戻った。「壮大な眺めですね。われわれのところには、窓もない」

ハウゼンが、にっこり笑った。「われわれの仕事はちがいますからね、フッドさん。わたしは奉仕している民衆に目を向けなければいけない。乳母車を押している若い夫婦に目を向けなければいけない。手に手をとって歩いている年配の夫婦に目を向けなければいけない。遊んでいる子供に目を向けなければいけない」

「うらやましいですね」フッドはいった。「わたしは日がな一日、コンピュータで作成した地図を眺め、集束爆弾《クラスター》とその他の兵器の利点を比較評価している」

「腐敗と暴政を打ち砕くのが、あなたがたの仕事だ。いっぽうわたしの闘いの場は——」言葉を切り、木から林檎《りんご》をもぎとるような仕種《しぐさ》をして、宙から言葉を引き出した。「わたしの闘いの場は、それとは正反対です。わたしは、発展と協力を育てようとしています」

「いっしょにやれば」フッドがいった。「われわれはすばらしい聖書の家父長になれますね」

ハウゼンが、顔を輝かせた。「士師《ジャッジ》のことですね」

フッドが、ハウゼンの顔を見た。「えっ？」

「士師です」ハウゼンがくりかえした。「すみません。まちがいだというのではないのです。しかし、聖書の研究が趣味なのです。カトリックの寄宿学校以来、ずっと熱中しています。ことに旧約聖書が好きなのですよ。士師について詳しくご存じですか？」

あまりよく知らないのを、フッドは認めざるをえなかった。現在の判事に似たようなものだろうと思ったが、口には出さなかった。ロサンジェルス市長だったころ、〈自信がないときは黙っていろ〉と書いた楯《たて》を壁に掲げていた。その方針は、これまでずっと効を奏してきた。

「士師とは」ハウゼンがいった。「ヘブライ人の部族の上流階級から出た英雄です。いわば自然になった統治者で、その前の指導者とは、なんのつながりもありません。しかし、いったん指揮をとれば、あらゆる争いを収める倫理的権限をあたえられます」

ハウゼンが、また窓の外を眺めた。すこし気分が暗くなっていた。フッドは、ネオナチを心底憎み、ヘブライの歴史を知り、ゲイリー・ムーア司会の昔のクイズ番組〈わたしの秘密〉ではないが、〝秘密を持っている〟この人物に、興味をそそられた。

「フッドさん、わたしは若いころ、この士師がこのうえなく正しい指導者のありかただと信じていました。『ヒトラーもそれを理解していた。彼は士師だった。あるいは神の勅命を受けていたのかもしれない』とまで思ったものです」

フッドは、ハウゼンの顔を見た。「ヒトラーが神の掟《おきて》にかなった行いをしていた、そう思っていたのですか？　ひとを殺し、戦争をやることを」

「士師は多くの人間を殺し、戦争も何度となくやっています。理解していただきたいですが、フッドさん、ヒトラーはわれわれを第一次世界大戦の敗北から救いあげ、不景気を終わらせ、多くの人間が当然自分たちのものだと思っていた国土を取り戻し、多くのドイツ人が憎む連中を攻撃したのです。どうしてこんにちのネオナチ運動が、これほど活発なのだと思いますか？　ヒトラーは正しかったといまなお思っているドイツ人が、おおぜいいるからです」

「しかし、次官はいまそうした連中と戦っている」フッドはいった。「ヒトラーがまちがっていると思ったきっかけはなんです？」

ハウゼンは、声をすこし落とし、沈鬱《ちんうつ》な厳しい口ぶりでいった。「失礼なことをするつもりはないのですが、フッドさん、それについてはだれとも話をしたことがないのです。友人になったばかりのかたに、そのような重荷を負わせたくはありません」

「べつにかまわないと思いますよ」フッドがいった。「新しい友人が、新しい展望をひらくかもしれない」

「これに関しては無理です」ハウゼンがいい張った。

ハウゼンがやや半眼になったので、もう公園のひとびとを見てはいないことを、フッドは知った。ハウゼンは、どこかもっと暗いべつのところにいる。フッドは、自分がまちがっていたことを知った。ふたりとも家父長や士師にはなれない。ふたりとも、何年も前に起きた事柄が心を離れないのだ。

「でも、長官は思いやり深いかただから」ハウゼンがいった。「ひとつだけ心の思いをお教えしましょう」

うしろからストールがいった。「ねえねえ、審判員《ジャッジ》がどうとかいってるスポーツ・ファンのみなさん。これはなんだ？」

フッドがふりかえった。ハウゼンがその肩に手をかけて、ストールのほうへ行こうとするのを制した。

「ヤコブ書第二章第十節にこうあります。『人、律法全体を守《おきて》るとも、その一つに躓《つまず》かば、是《これ》すべてを犯すなり』」ハウゼンは、フッドの肩から手を離した。「わたしは聖書を信じていますが、とりわけこの一節を信じます」

「みなさん……おのおのがた《マイン・ヘルレン》」ストールがいった。「ちょっと来てもらえませんか」

フッドは、ハウゼンへの興味をいよいよつのらせたが、ストールが例によって異変が起きたときのせっぱつまった声になっているのに気づいた。さらに、車がぶつかるのを見たかのように、ラングが口に手を当てているのが目にはいった。

フッドは、自分に厳しいハウゼンをなぐさめるように肩を叩《たた》き、向きを変えて、コンピュータのほうへ急いだ。

25

木曜日　午前九時五十分　ワシントンＤＣ

「ありがとう、将軍。心からありがたいと思います。でも、辞退します」

自分のオフィスでゆったりと椅子《いす》に座っているマイク・ロジャーズは、秘話電話回線で話をしている相手が心からそう思っていることを承知していた。その力強い声の主が、いったん口にしたことは、めったに撤回しないことも知っていた。ブレット・オーガストは、物心がついてからずっとそうなのだ。

だが、ロジャーズも心から願っていた――オーガスト大佐をストライカーの指揮官に据えたいと、真剣に願っていた。まして、ロジャーズはなにごとにせよ途中であきらめるような人間ではない。相手の弱みと自分のゆずれない一点がわかっているときては、なおさらである。

空軍特殊作戦軍団に所属する勤続十年の老練な軍人、オーガスト大佐は、ロジャーズの幼なじみで、ロジャーズが活劇映画が好きなのに対して、それよりさらに強く飛行機を愛していた。週末になるとふたりの少年は自転車でルート22を走って、コネティカット州ブラッドレイ・フィールドへ行った。そこでだだっぴろい飛行場に座り、飛行機の離着陸を眺めた。プロペラ機がジェット機に道を譲るのがわかるくらいの齢《とし》にはなっていたし、新型のボーイングC−135が轟々《ごうごう》と頭上を飛ぶときに興奮したのを、ロジャーズはおぼえている。オーガストは、それはもう発狂したようになった。

放課後にはふたりはいっしょに宿題をやり、数学の難しい問題や科学の疑問を半分ずつやって、早く片づけようとした。それから、塗装を実物とおなじにして転写《デカール》マークを正しい場所に貼《は》るように気を配りながら、模型飛行機をこしらえた。じつはふたりがたった一度だけ殴り合いの喧嘩《けんか》をしたのは、F4H−1ファントムの星の標章をどこにつけるかということで口論したときだけだった。箱の絵は水平尾翼の下になっていたのだが、ロジャーズはまちがっていると思った。喧嘩のあとどちらが正しいのかをたしかめるために、ふたりはよろよろしながら図書館へ行った。ロジャーズが正しかった。星は垂直尾翼と主翼の中間にあった。オーガストは、男らしくあやまった。

また、オーガストは宇宙飛行士を偶像のように崇《あが》め、アメリカの宇宙開発計画の足踏みも成功も逐一追っていた。アメリカの最初の宇宙猿ハムが広報活動のためにハートフォードに来たときほどオーガストが大喜びしたのを見たことがない、とロジャーズは思った。宇宙旅行をした猿を目の前にして、オーガストは有頂天になっていた。バーブ・

マサイアスをついにベッドに連れ込んだとロジャーズに明かしたときですら、そのときほど満悦してはいなかった。

軍隊はといえば、ロジャーズは陸軍に、オーガストは空軍にはいった。そしてふたりともヴェトナムに行った。ロジャーズは地上で何度か勤務期間をこなし、オーガストは北ヴェトナムの偵察飛行を行なった。フエの北西でそうした飛行を行なった際に、オーガストは乗機を撃墜されて、捕虜になった。一年あまり捕虜収容所にいて、もうひとりといっしょに一九七〇年に脱走した。南ヴェトナムにたどり着くまで三カ月かかり、ようやく海兵隊の斥候に発見された。

オーガストは、そんな経験をしても世をすねることがなかった。それどころか、捕虜のアメリカ兵の勇気を目《ま》の当たりにして、力づけられた。アメリカに帰り、体力が回復すると、ヴェトナムに戻って、捕虜のアメリカ兵を捜索するスパイ網を組織した。アメリカが撤退してからも一年間潜伏し、さらにフィリピンに三年間いて、マルコス大統領がモロ族の分離独立派と戦うのを手伝った。その後、ＮＡＳＡの空軍連絡将校をつとめ、スパイ衛星の任務の秘密保全を担当し、さらに対テロ活動の専門家としてＳＯＣ（特殊作戦軍団）に移った。

ロジャーズとオーガストは、ヴェトナム戦争以降は、たまにしか会っていなかったが、話をしたりいっしょに遊んだりするときは、時の流れなどなかったかのようになる。いっぽうが模型飛行機を持ってくれば、もういっぽうが塗料と接着剤を持ってきて、人生のひとときをともに過ごす、というあんばいである。

そんなわけなので、オーガストが心からありがたいといったのを、ロジャーズは信じた。だが、〝辞退する〟という言葉は、受け入れられなかった。

「ブレット」ロジャーズはいった。「こういうふうに考えてくれ。この四半世紀、きみはアメリカにいるより、外国にいるほうが多かった。ヴェトナム、フィリピン、ケープ・カナヴェラル——」

「冗談じゃないですよ、将軍」

「——こんどはイタリアだ。それも、最新の装備がそろっているとはいいがたいNATOの基地じゃないか」

「一六〇〇時には豪勢な空母アイゼンハワーに乗って、フランスやイタリアの腕っこきの連中との会談ですよ。将軍はわたしを捕まえられて幸運でしたね」

「わたしはきみを捕まえられたのかね?」ロジャーズがきいた。

「どういう意味でいったか、わかっているでしょう」オーガストが答えた。「将軍——」

「マイクだ、ブレット」

「マイク」オーガストがいった。「ここが気に入っているんだ。イタリア人はいい連中だし」

「こっちに帰ってきてくれたら、いっしょに楽しくやれるというのを考えてくれよ」ロジャーズは強引にいった。「くそ。黙っていようと思っていたんだが、びっくりさせることがある」

「どうしても見つけられなかったメッサーシュミットＢｆ１０９の〈レヴェル〉のプラモデルでもないかぎり、わたしの心を動かすようなものは――」

「バーブ・マサイアスはどうだ」

電話の向こうで大海原のような深い沈黙がひろがった。

「いどころを突き止めたんだよ」ロジャーズがいった。「離婚して、子供はいない。コネティカットのエンフィールドに住んでいる。新聞の広告部にいて、ぜひきみに会いたいそうだ」

「あいかわらずカードのいかさま仕込みがうまいなあ、将軍」

「なあ、ブレット、せめて戻ってきて、この一件にまともにぶつかってくれないか。それとも、だれかをそっちへやって、帰ってくるように命令させようか」

「将軍」オーガストがいった。「ストライカーのようなチームを指揮するのは、たいへん栄誉ある仕事ですよ。しかし、クォンテコーのような陸の孤島にずっと閉じ込められていたら、頭がおかしくなってしまう。いまはとにかくヨーロッパじゅうを旅行できるし、いろいろな計画にささやかな《ツー・センツ》意見を述べることもできる」

「ささやかな意見？」ロジャーズがいった。「きみの頭には百万ドルの値打ちのある意見が詰まっているんだ。それをわたしのために使わせてくれよ。いったいそっちの人間が、きみの意見に耳を傾けることがどれほどあるというんだ」

「めったにないね」オーガストが白状した。

「そうだろう。きみは制服組きっての戦術および戦略用の頭の持ち主じゃないか。そっちこそ耳を傾けるべきだぞ」

「そうかもしれない」オーガストが認めた。「でも、空軍とはそういうものだ。それに、もう四十五だ。北朝鮮の金剛山を走りまわってノドン・ミサイルを撃ち落としたり、シベリアで列車を追いかけたりするのは無理だ」

「馬鹿《ばか》をいえ」ロジャーズはなおも説いた。「ブラッドレイで飛行機を待つあいだにやった片手腕立て伏せが、いまもできるにちがいない。自分ひとりで宇宙飛行士訓練と称するものをやっていたじゃないか」

「いまでもできる」オーガストがいった。「前ほどの回数ではないが」

「そうかもしれないが、わたしよりはずっとたくさんできるはずだ。たぶん、ストライカーの若者たちにも勝てるんじゃないかな」ロジャーズは、デスクに身を乗り出した。「ブレット、戻ってこい。こっちで話をしよう。きみがなんとしても必要なんだ。だいたい、軍にはいってから、一度だっていっしょにやったことがないじゃないか」

「二年前に、Ｆ‐14Ａトムキャットの模型をいっしょにこしらえた」

「わたしのいう意味はわかっているはずだ。きみにうってつけだと思ったからこそ、頼んでいるんだ。おい、ヴェトナムのことを書いて本にしたいといっていたじゃないか。そういう時間をやろう。ピアノも習いたかったんだろう。いつやるつもりだ？」

「そのうちに。まだ四十五だよ」

ロジャーズは、顔をしかめた。「まだといったり、もうといったり、便利な齢だな」

「そんなものですよ」

ロジャーズは、デスクを指でこつこつ叩いた。残る切り札は一枚。それで勝負をつけるつもりだった。「ホームシックにかかっているんだろう。前にこっちに来たときに、そういったじゃないか。陸の孤島に閉じ込めたりはしないと約束する。世界各地へストライカーを送り込み、他の特殊部隊とともに作戦行動を行なわせたいと、前から思っていたんだ。それをやろう。いまわれわれは、地域オプ・センターの設備の準備をしている。それができあがって稼動すれば、きみとストライカーをあちこちに派遣できる。イタリア人の友人たちとイタリアで一カ月いっしょに仕事をするのもよし、ドイツやノルウェイへ行くもよし――」

「それならいまとおなじだ」

「だが、所属しているチームがよくない。とにかく、何日か、こっちに来てくれ。話をしよう。チームを見てくれ。接着剤を持ってこい。プラモデルはこっちが用意する」

オーガストは、沈黙していた。

「わかった」長い間を置いて、ようやくいった。「ディファテ将軍に休暇をもらうよう交渉する。だが、話をしてプラモデルを作りに帰るだけだ。なにも約束はできない」

「それでいい」ロジャーズは同意した。

「それから、バーブと食事をする手配をしてほしい。どうやってワシントンへ来てもらうかは、そっちで考えてくれ」

「わかった」

オーガストが礼をいって、電話を切った。

ロジャーズは、椅子にもたれた。安心してにっこりと笑った。フォックス上院議員およびマーサ・マッコールとの論争のあと、自分がストライカーの指揮をとろうかと思った。このビルを離れ、くだらない政争から遠ざかって、体を張ってなにかをやりたかった。オーガストといっしょに仕事ができると思うと、気分が明るくなった。自分の少年らしいところにいともたやすく触れられるのをよろこぶべきなのか、それとも恥ずかしく思うべきなのか、よくわからなかった。

電話が鳴った。

気分よく仕事ができれば、四十五歳の気分だろうが五歳の気分だろうがいっこうにかまわない、という結論に達した。なぜなら、受話器を取ったとたんに、その幸せな気分が消滅することがわかっていたからだ。

26

木曜日　午後三時五十一分　ドイツ　ハノーファー

車椅子《くるまいす》で車から離れるとき、ボブ・ハーバートはすこし息を切らしていた。ハーバートは車椅子にモーターをつけていないし、これからもつけるつもりはない。九十になって体力が弱り、遠くまで動かせなくなったら、遠くへ行かなければいい。ハーバートは、歩けないから無能力だとは、思っていなかった。何年も前にリハビリテーション・センターで見た若者とはちがって、この齢ではウィリー走行はできないが、自分で車椅子を動かせるのにモーターで走るのは嫌だった。妻が死んだのに自分が生きているから、自分を鞭打《むちう》つためにそうしているのだと、リズ・ゴードンにいわれたことがある。だが、そうは思わなかった。自分の力で動くほうが好きなのだし、石臼《いしうす》のように重い車輪をまわすことでエンドルフィンが分泌《ぶんぴつ》されるのが心地よいのだ。一九八三年の爆弾事件の前は、筋力トレーニングなどやったことがなかったが、レバノンで危機の際に覚醒《かくせい》していられるようにみんなが服用していたビフェタミンのような薬品より、こっちのほうがずっといい。そもそもベイルートでは、危機でないときなどなかった。いくぶん坂になっている通りを登っているときに、ハーバートは受付で参加申し込みをするのはやめようと腹を決めた。ドイツの法律はよく知らないが、こうしたひとびとに嫌がらせをする権利は自分にはない。だが、バーにはいって酒を飲む権利はある。それをやればいい。それから、カーリン・ドリングの所在について、できる範囲で探る。情報を聞き出そうとしても無理だろうが、口を滑らせれば船が沈むという俚諺《りげん》もある。門外漢には意外かもしれないが、軒下で盗み聞きしているだけでも、かなりの情報が得られるものだ。

もちろん、盗み聞きをするには、まず軒下へ行かなければならない。前方の群集に阻止されるかもしれない。車椅子に座っているからではない。これは生まれつきではなく、国のために尽くしてこうなったのだ。ドイツ人ではなく、ナチではないから、追い返されるおそれがある。だが、いくらこの気負い込んだ連中がそう望んだところで、ドイツは自由な国だ。〈ビヤホール〉にはいるのを邪魔すれば、国際的な事件になる。

ハーバートは、〈ビヤホール〉の裏手の道を進み、逆の方向から近づいた。そうすれば、受付の前を通らず、しゃちほこばった敬礼を見ないですむ。

角を曲がり、店の正面で二百人ほどが飲んでは歌っている〈ビヤホール〉に向けて車椅子を走らせた。近くの数人がふりむいて、ハーバートのほうを見た。小突いて教えるのがだんだんに伝わり、粗暴な若者のあいだに蔑《さげす》みのまなざしと意地の悪い笑い声がひろがった。

「おいみんな、あれを見ろよ！　フランクリン・ルーズヴェルトがヤルタを捜しているぜ」

体の不自由なことをだれもいわないだろうと思ったのは甘かった、とハーバートは思った。いや、どんな集団にも、ひとりやふたりふざけた人間がいるものだ。しかし、どうして英語でそういったのだろうと怪訝《けげん》に思った。そこで、自分の着ているスウェットシャツのことを思い出した。

べつの男が、陶のジョッキを掲げた。「ローズヴェルトさん、間に合ったぜ！　新たな戦争がはじまったばかりだ！」

「ヤー」くだんの男がいった。「だが、今度の戦争はちがう終わりかたをする」

ハーバートは進みつづけた。〈ビヤホール〉へ行くのは、その身ぎれいなヒトラー・ユーゲントたちのあいだを通らなければならない。そのいちばん近いものまで、あと二十ヤードとない。

ハーバートは左に視線を投げた。警官がひとり、彼らの二百ヤードばかり向こうの道路のまんなかにいる。通行する車がとまらないようにするのに手いっぱいで、ちがう方向を向いている。

この馬鹿ものどものいったことが聞こえないのか、とハーバートは思った。それとも、なにが起きようが手を出すまいとしているのか。

正面の群集は、いろいろな方向を向いていた。ハーバートが五ヤードまで近づくと、その連中がくるりと彼のほうを向いた。あと二ヤード。一ヤード。何人かはすでに酔っ払っていて、群れ意識を楽しんでいることを、ボディランゲージが物語っている。たとえねじ曲がった信念であろうと、信念を持つ人間に特有の激しい顔をしているのは、わずか四分の一ほどだと、ハーバートは推察した。あとはただついていくだけの人間の顔をしている。こういうことは、スパイ衛星ではわからない。

ネオナチの群れは動かなかった。ハーバートは彼らのローファーや高価なランニング・シューズまで数インチのところまで車椅子を進めて、そこでとめた。レバノンその他の紛争地域で膠着《こうちやく》状態に陥ったとき、ハーバートはつねに静かなやりかたをしてきた。膠着状態があまり早く終わると、相互確証破壊の要素がくわわる。たとえば、ハイジャックされた飛行機に突入すれば、ハイジャック犯を捕らえることはできても、人質が何人か死ぬかもしれない。だが、人質を押さえておくのも、前に立ちふさがるのも、永遠にはつづけられない。長く時間をかければ、いずれは妥協に達するものだ。

「通してくれ」ハーバートはいった。

ひとりが見おろした。「だめだ。この通りは閉鎖されている。内輪のパーティだ」

息が酒臭い。ハーバートはその男を説得する気はなかった。べつの男の顔を見た。

「さっきひとが歩いて通ったのを見た。通してくれないか」

最初の男がいった。「そのとおり。歩いて通った。おまえは歩いていないから通れない」

ハーバートは、その男の足を轢《ひ》いて通りたい気持ちをこらえた。そんなことをすれば、ジョッキと拳《こぶし》が雨あられと降ってくるだろう。

「揉《も》めたくはない」ハーバートはいった。「ただ喉《のど》が渇いていて、なにか飲みたいだけだ」

数人が笑った。ハーバートは、町の外でディロン連邦保安官とともに法を執行しようとしているチェスター・グッド保安官助手のような気分だった（訳注　いずれもラジオとテレビで人気を博した西部劇〈ガンスモーク〉の登場人物）。

ジョッキを持ったひとりの男が、人垣を肩で押し分けてきた。ひとだかりの前に立ち、ビールのジョッキをまっすぐ前に突き出して、ハーバートの頭の上で掲げた。

「喉が渇いたのか」その男がいった。「おれのビールを飲むか？」

「ありがとう」ハーバートがいった。「でもアルコールがはいっているものは飲まない」

「それじゃ、おまえは男じゃない」

「勇ましい口をきくじゃないか」と、ハーバートはいった。自分の声を聞いて、ひどく平静なのに驚いた。この男は、二、三百人がうしろに控えているから強がることができる弱虫だ。ミシシッピでかつて父が侮辱した人間を相手にやった一対一の決闘を挑んだらどうなるだろう、とハーバートは思った。

ドイツ人たちは、あいかわらずハーバートのほうを見おろしている。ジョッキを突き出した男は、にやにやしているが、内心ではおもしろくないはずだ。目を見てハーバートにはそれがわかった。

ビールをわたしにかけても勝ち誇れないと悟ったからだ、とハーバートは思った。男じゃないといった相手に襲いかかるのは体面が悪い。とはいえ、ビールで酔って荒っぽくなっている。重いジョッキをこっちの頭に叩《たた》きつけるかもしれない。ゲシュタポもユダヤ人を人間以下と見なしていた。それでも、通りを歩いているユダヤ人をとめて、顎《あご》鬚《ひげ》をやっとこ《プライヤー》でひっこぬいた。

やがて、男がジョッキを口もとへ持っていった。ひと口飲んで、吐き出そうかどうしようか迷うように、口のなかにしばらく溜《た》めていた。それから飲み込んだ。

男が車椅子の右側に来た。そして、電話のついている肘掛《ひじかけ》に片手を突いて体重をかけた。

「これがごく内輪のパーティだというのは聞いたはずだ」男がいった。「おまえは招待されていない」

ハーバートは、もう我慢できなくなった。ここへ来たのは偵察のため、情報を集めるためだ。しかし、この男たちは〝予期せぬ反応〟を示した。それもHUMINT作戦のひとつの要素ではある。そこでハーバートにはいくつかの選択肢がある。ひきかえせば、仕事は達成できず、自尊心を傷つけられる。あるいはここにとどまる。その場合は、まずまちがいなくこてんぱんに叩きのめされるだろう。しかし、ひょっとして――万に一つぐらいは――この馬《ば》鹿《か》者《もの》どもに、かつて彼らに公然と立ち向かった力がいまも健在であることを、思い知らせることができるかもしれない。

ハーバートは、とどまることにした。

ハーバートは男の目をのぞきこんだ。「あのな、おまえのパーティに呼ばれたとしても、わたしは行かないね。わたしがつきあうのは指導者だけだ。ひとの尻《しり》についていくような人間とはつきあわない」

男は片手を車椅子の肘掛に突いたままだった。もういっぽうの手にはジョッキを差しあげている。だが、男のくすんだグレーの目を見て、意気が萎《な》え、穴のあいた風船から空気が漏れるように不遜《ふそん》な態度がしぼみつつあるのがわかった。

なにが起きるか、ハーバートは読んでいた。肘掛の下にそっと右手を入れた。

男に残された武器は、ビールだけだった。馬鹿にするような目つきで、男はジョッキを傾け、ビールをゆっくりとハーバートの膝《ひざ》にこぼした。

ハーバートはその侮辱を受けた。それをじっと受けられるのを見せつけるのが重要だった。ネオナチの男がビールをかけ終え、まばらな拍手を受けて身を起こしたとき、ハーバートは短く切った箒《ほうき》の柄を肘掛の下から抜いた。手首を返してそれを男のほうに向け、股間《こかん》を突いた。男が悲鳴をあげ、体を折って、仲間のほうへよろけた。ジョッキの柄をお守りの兎《うさぎ》の足のようにとっさに握りしめ、そのまま持っていた。

群集が喚声をあげ、詰め寄って、暴徒になりそうな雰囲気を示した。海外のアメリカ大使館の外などでそういうことが起きるのを、ハーバートは何度も目《ま》の当たりにしてきたが、じつに恐ろしい光景だった。それは文明の崩壊の縮図であり、人間がテリトリーを護《まも》る肉食獣に退化することでもある。ハーバートは後退しはじめた。壁に達し、それに側面を護られて、サムソンのように驢馬《ろば》の腮骨《あぎとぼね》でこのペリシテ人《びと》どもを打ちのめすのだ。

だが、離れはじめると、車椅子の背もたれをひっぱられた。自分で動かしているよりも速く、後退している。

「やめろ！」背後《ハルト》からかすれた声が聞こえた。

ハーバートはふりかえった。五十がらみの痩《や》せた警官が、交通整理をやめて駆けつけていた。警官はうしろに立って、車椅子のハンドルをつかみ、息を切らしていた。茶色の目だけは力強かったが、あとはいくぶん恐れおののいているようだった。
群衆のなかの数人が、大声でなにかをいった。警官がそれに答える。口調と知ってい
るわずかな言葉からハーバートが察したところでは、彼らはハーバートがやったことを
いって、警官に手出しをするな、これはおまえの仕事じゃないといっているようだった。
警官は、これこそ自分の仕事だといい返していた。車道だけではなく、歩道の秩序も守
らなければならない、と。
警官は野次を浴びせられ、脅された。
しばらくやりとりがあったあとで、警官はハーバートに英語できいた。「車はありま
すか？」
ある、とハーバートは答えた。
「どこにとめてあるんですか？」
ハーバートは教えた。
警官は、ハーバートの車椅子を引いて、どんどん遠ざかった。ハーバートは車輪を手
で押さえ、まわらないようにした。
「どうして立ち去らないといけないんだ？」ハーバートがいった。「不当な扱いを受け
たのはこっちなんだぞ！」
「わたしの仕事は治安を維持することです」警官がいった。「それにはこうするしかな

い。ボン、ベルリン、ハンブルクでも大会があるので、人数を分散しているため、手薄なんです。申しわけないが、ひとりの事件にかまけているひまがない。車までお送りしますから、この区域を離れてもらえますね」

「しかし、あいつらがわたしを襲ったんだぞ」ハーバートはまだ箒の柄を握っていた。警官が取りあげようと思わないように、それをしまった。「わたしが告訴してやつらの正体をあばいてやるといったら？」

「あなたが負けますよ」警官が車椅子をまわして、群集とは反対の方向に向けた。「あの男があなたに手を貸して〈ビヤホール〉に連れていこうとしたら、あなたが殴ったと――」

「ああ、そうだな」

「ビールをこぼしたのはあなたのせいだと、彼らはいうでしょう。とにかくそれを弁償させようとするでしょうね」

「そんなことを信じているのか？」

「わたしがなにを信じようが関係ない」警官がいった。「ふりむいたとき、あの男がやられ、あなたが棒を持っていた。わたしが見たのはそれだけだし、報告書にもそう書く」

「なるほど」ハーバートはいった。「車椅子の中年男がひとり、二百人の若い健常者のナチと対峙《たいじ》しているのを見て、ひとりのほうを悪者と見なすわけだ」

「法律上はそういうことになる」と、警官がいった。

ハーバートはその言葉を聞いて、状況を呑《の》み込んだ。アメリカでも犯罪者やチンピラに関して何度となく聞かされたが、それでも愕然《がくぜん》とした。あの馬鹿者どもが嘘《うそ》をついているのはたがいに知っているのに、それでもあいつらは罪に問われない。法執行機関や政府のものが、自分の身を危険にさらす覚悟がないかぎり、そういうやつらはつねに罪をまぬがれるのだ。

自分も逃れられたことになぐさめを見出《みいだ》すしかない。それに、あの豚野郎の急所をひと突きしたから、ビールをかけられた借りは返した。

ハーバートが車椅子《くるまいす》を押されてそこを離れるとき、警官がいなくなったためにつかえた車の列からクラクションがさかんに聞こえた。ハーバートの心のなかの騒音、怒りと決意の怒号と、よく似通っていた。ここは引き揚げるが、あのごろつきどもを打ちのめしてやる、そう決意していた。いまここではやらないが、じきにべつの場所で。

ひとりの男が、ひとだかりから離れた。〈ビヤホール〉にはいり、調理場をゆっくりした足どりで通り抜けると、裏口から出て、ゴミ容器を足がかりに杭垣《くいがき》によじ登った。路地を渡り、ハーバートと警官が通っている道に出た。

ハーバートと警官は、すでに通り過ぎていて、ハーバートが車をとめてある脇道《わきみち》に向かっていた。

その若い男は、ふたりをつけていった。男はカーリン・ドリングの直属の幹部で、自分たちを観察している可能性のあるものに注意するよう指示されていた。特定の一派と結びつきのないものなら、監視活動をやるわけがない。

じゅうぶんに距離をあけ、ハーバートが車に乗るのを警官が手伝っているところを見守った。車椅子を後部に積むと、警官はハーバートが走り去るのを見届けるために、そこに立っていた。

男はブレザーの内ポケットからボールペンと携帯電話を出した。ハーバートのレンタカーの車種とナンバーを告げる。警官が自分の持ち場へ足早に戻ると、男も向きを変えて〈ビヤホール〉へひきかえした。

ほどなく、ハーバートの車から三ブロック離れた駐車場を、一台のワゴン車が出ていった。

27

木曜日　午後四時　ドイツ　ハンブルク

「いったいどういう問題が起きたんだ?」ストールの横へ行くと、フッドはたずねた。

ラングは蒼《あお》ざめた顔で落ち着かないそぶりだし、ストールは躍起になってキイを叩いている。

「ものすごく不愉快なことが起きているんです」ストールがいった。「いま見せますよ——どうしてここへはいり込んだのかを調べるために、診断プログラムをやっているところです」

ハウゼンがフッドのとなりに来た。「なにがはいり込んだって?」

「いまにわかります。ちょっと口では説明したくない」

フッドは、鏡の国にはいったアリスのような心地がしていた。向きを変えるたびに、ひとも出来事もいよいよ奇妙きてれつになってゆく。

ストールがいった。「キャッシュメモリの容量を調べたところ、きょうの午後一時十二分にファイルがひとつ入れられたとわかりました」

「一時十二分？」フッドがいった。「われわれが食事をしていたときだ」

「ええ」

ハウゼンがいった。「しかし、ここにはだれもいなかった。ライナーだけだ」

「知っています」ストールがいった。「それはそうと――彼は出ていきましたよ」

ハウゼンが、怪訝《けげん》な表情で、ストールの顔を見た。「出ていった？」

「ずらかったんですよ」ストールは、応接室のほうを示した。「ぼくがここに座ったとたんに、ショルダーバッグとイタリア製の上着を持って、さっさと逃げ出しました。そのあとはずっと、コンピュータが電話に応答しています」

ハウゼンは、ストールからコンピュータの画面に視線を移した。抑揚のない声でたずねた。「なにを見つけたのかね？」

「まず、ライナーは次官にちょっとしたラヴ・レターを残していきました。それをお見せします。でも、その前にこれを見ていただきたい」

ストールが左右の人差し指でコマンドを打ち込むと、十七インチの画面が青から黒に変わった。白い縞《しま》が水平に画面を横切る。それが鉄条網に変わり、さらに〈強制収容所〉という文字に変わる。最後にその字が赤になって、血溜まりと化し、画面いっぱいにひろがった。

つぎが導入部の画面。〈アルバイト・マフト・フレイ〉という標語のあるアウシュヴィッツの正門がまず現われた。

「労働は自由をもたらす」ラングが、口に手を当てたまま、それを英語に訳した。

そして、鮮明で詳細な短いコンピュータ・アニメが流れた。男、女、子供の群れが、歩いて門を通る。縞模様の囚人服を着た男たちが壁のほうを向いて立ち、看守が木の鞭《むち》で打っている。男たちは頭を剃《そ》りあげられている。結婚指輪が親衛隊髑髏《どくろ》部隊の兵士に渡され、靴と交換される。監視塔の探照灯が、払暁《ふつぎょう》の闇《やみ》を貫き、親衛隊兵士の看守がどなる。『アルバイスコマンドス・アウストレーテン』

「労働班、分かれ」ラングがその号令を訳した。手がふるえている。

囚人たちが、スコップやつるはしを持った。正門を出るときに、標語に敬意を表するために帽子を脱ぐ。看守に蹴《け》られ、殴られる。道路建設現場で働く。

かなりの人数の集団がスコップを投げ出し、闇に駆け出していった。そこでゲームがはじまる。まずプレイヤーに言語を選ばせるメニューが出た。ストールが、英語を選択した。

親衛隊兵士が画面にクローズアップで現われ、プレイヤーに語りかける。顔がハウゼンの似顔のアニメになっている。その背後に、林、川、赤煉瓦《れんが》の城塞《じょうさい》という田園風景が見えている。

〝四人二十五人が森に逃げ込んだ。貴様の任務は部隊を分けてそれを見つけるとともに、収容所の生産性を維持し、人間以下の死体の処理をつづけることである〟

ゲームが進み、プレイヤーがコントロールして看守と犬に森のなかで捜索させる場面と、焼却炉に死体が積みあげられる場面になった。死体を焼くためにパレットに積みあげるのはぜったいに嫌だから、自動プレイにしてある、とストールが説明した。

「手紙」ゲームを眺めているときに、ハウゼンがいった。「ライナーの手紙にはなにが書いてあった?」

ストールが、Ctrl と Alt と Delete を押して、ゲームを終了させた。それからコンピュータの画面にライナーの手紙を呼び出した。

「口数のすくない男だったんでしょう?」キイを叩《たた》きながら、ストールがいった。

「そうだ」ハウゼンがいった。「どうしてそんなことを?」

ストールがいった。「なにがなにやら意味がわかりませんが、言葉数がすくないので」

手紙が表示され、ハウゼンが身を乗り出した。それを訳し、フッドとストールに聞かせた。

「〝救世主どの、このゲームを楽しんでもらえればさいわいだ。これがゲームであるあいだに〟それからライナーという署名」

フッドは、ハウゼンの様子をじっくりと見ていた。背すじをのばし、口をへの字にしている。泣きたいような顔をしている。

「四年間だ」ハウゼンがいった。「四年間いっしょにやってきた。新聞に書き、メガホンを持ち、テレビに出て、人権のために闘った」

「どうやら次官をスパイするためにいたようですね」フッドがいった。

ハウゼンが、コンピュータから向き直った。「そんなことは信じられない」むっとした顔でいった。「彼の家でご両親といっしょに食事をした。自分のフィアンセをどう思うかときかれた。ありえない」

「まさに長期潜入工作員が信頼を得るために使う手ですよ」フッドがいった。

ハウゼンがフッドの顔を見た。「しかし、四年だぞ！　どうしていままで待っていたんだ？」

「混沌《こんとん》の日々があるからだ」ラングが意見を差し挟んだ。手をだらりと脇に垂らした。

「これがやつの倒錯した声明文というわけだ」

「そんなことだったとしたら、いささか意外だね」と、フッドがいった。

ラングが、フッドの顔を見た。「なにがいいたいんだ？　明々白々じゃないか」

「いや。これはプロが作成した品質のゲームだ。ライナーが作ったのではないと思う。何者かのためにライナーがここにインストールしたんだ。その何者かは、もうライナーをここに置いておく必要がなくなったんだろう」

ハウゼンが両手に顔をうずめ、泣き声をあげたので、あとの三人は激しい衝撃を受けた。

「ああ、どうすればいいんだ」ハウゼンがうめいた。両手をおろし、拳《こぶし》を固めて、腰のあたりでぶるぶるとふるわせた。「ライナーは、あいつがいっていた有権者の一大帝国の一員だったのか」

フッドが、ハウゼンのほうを向いた。「あいつとはだれですか？」

「ドミニク」ハウゼンがいった。「ジェラール・ドミニク」

「ドミニクとは何者だ？」ラングがたずねた。「知らない名前だ」

「知らないほうがいい」と、ハウゼンがいって、首をふった。「ドミニクが電話してきて、戻ってきたことを告げた。だが、はたして彼がいなくなったことがあったのかどうかは疑問だと、いまでは思っている。彼はずっと闇にいて、じっと待っているあいだに魂がますます腐っていったのではないかと思う」

「リヒャルト、どうか話してくれ」ラングがせっついた。「この男はどういう人間なんだ？」

「人間ではない。人の道に外れた悪鬼。悪魔だ」それをふりはらおうとするかのように、かぶりをふった。「みんな、すまないが――いまはいえない」

「それなら、いわなくていいですよ」フッドは、ハウゼンの肩に手を置いた。「マット、このゲームをオプ・センターに送れるか?」

ストールがうなずいた。

「よし。ハウゼンさん、この似顔の写真に見おぼえは?」

「いや、わからない」

「だいじょうぶです。マット、これを処理できるものが、きみの武器庫にあるか?」

ストールが首をふった。「ぼくの〈マッチブック〉よりもっと強力なソフトウェアが必要です。このソフトウェアは、特定の写真を捜すのにしか使えない。単語検索のようなものです」

「なるほど」と、フッドはいった。

「出どころを突き止めるには、オプ・センターの写真ファイルと照合する必要があります」

「ハウゼンさんの写真の背景も写真だぞ」

「それもかなり鮮明ですね。雑誌などからとったものではない。オプ・センターのぼくのところの〈ジオローグ〉で調べさせましょう」

〈ジオローグ〉は、世界各地の詳細な衛星立体画像サンプルである。コンピュータがそれをもとにして、地球のどの区画でも、随意の角度から見た景色を作成する。処理に何日もかかることがあるが、写真の画像がいじられていないかぎり、〈ジオローグ〉を使えば、撮影した場所を突き止められる。

フッドは、ストールにそれをやるようにと命じた。ストールはアシスタントのエディ・メディーナに電話して、画像を送ることを伝えた。

フッドが、ハウゼンの肩をぎゅっと握った。「散歩に行きましょう」

「遠慮しておく」と、ハウゼンが答えた。

「わたしが行きたいんです」フッドがいった。「わたしにとっても、じつに不思議な半日でした」

ハウゼンが、薄い笑みを浮かべた。「わかった」

「よかった。マット――なにかつかんだら、携帯電話にかけてくれ」

「あれを書け、これをやれ。まったく人遣いが荒いなあ」物怖《ものお》じしない天才技術者のストールが応じた。

「ラングさん」フッドはいった。「ドイツ語がわからないときに、マットがあなたを必要とするかもしれない」

「そうだね」ラングがいった。「わたしはここにいるよ」

フッドが、感謝するように笑みを向けた。「ありがとう。すぐに戻ります」

フッドがハウゼンの肩に手を置いたまま、ふたりは応接室を通って、エレベーターに向かった。

ハウゼンのいうことはもちろん嘘《うそ》だ。フッドはこうした人間に何度も会っている。ハウゼンがなにを気に病んでいるにせよ、それを話したくてたまらないのだが、自尊心と体面がそれを阻《はば》んでいる。

根気よくやれば、それを崩せるはずだ。ハウゼンのオフィスのコンピュータで見たものと、けさビリー・スクワイアのコンピュータでロジャーズが見たものが似通っているのは、偶然の一致ではない。それらが大陸を越えて起きているとすれば、オプ・センターはその理由を突き止めなければならない。

それも緊急に。

28

木曜日　午前十時二分　ワシントンＤＣ

ブレット・オーガストとの勇気づけられるやりとりのあと、マイク・ロジャーズの午前は疾《はや》く過ぎていった。マット・ストールのアシスタントのエディが、ドイツで起きたことを説明し、フランスＧＩＧＮ（国家憲兵隊対テロ部隊）のベルナール・ベンザマン・バローン大佐に応援をもとめてほしいといった。バローンは新ジャコバン派のテロリストに対する任務の最中で、折り返しの電話をよこさなかった。

ロジャーズは、混沌の日々をみずから調べにいったハーバートのほうがそれよりも心配だった。車椅子《くるまいす》を使うような体だから心配なのではない。ハーバートは身が護《まも》れない男ではない。そうではなく、骨に食らいついた犬のようになることがあるから、安心していられないのだ。ハーバートは一度つかんだものを手放したがらない。未解決の事柄となればなおさらだ。しかも、オプ・センターはたいした手助けをしてやれない。ＦＢＩ、ＣＩＡ、警察を通じて遠距離通信を傍受できるアメリカ国内とはちがい、海外では即座に広域捜索を実行することができない。衛星は携帯電話の電波を捉《とら》えたり、ごく狭い範囲でも監視できるが、クズ情報もかなり集める。ロジャーズが先刻、フォックス上院議員にわからせようとしたのは、そういうことだった。現場に人間がいないと、精密な作戦をやるのは難しい。

ハーバートは、現場に配するにはうってつけの人間だ。ポール・フッドという中和力なしでどこまでやってしまうかが心配な半面、ハーバートが解き放たれたことにロジャーズは興奮をおぼえていた。だめになったHUMINTに予算を割くべきだというのを身をもって証明できるものは、ボブ・ハーバートを措《お》いてはいない。

エディのつぎに、すぐリズ・ゴードンが来た。ストライカー・チームの精神状態について、リズはロジャーズに最新情報をあたえた。シューター少佐は、第八九空輸航空団の美点をクォンテコーにもたらした——と、リズはいった。「ありていにいうと、なんの美点もないということ」——要するに、シューターはストライカー分隊を教科書どおりに教練している。

「でも、いいところもある」と、リズはいった。「スクワイア中佐は、物事を乱しがちだった。シューターの画一的な監理は、状況が変わったことを彼らが受け入れるのには役立っている。チームの面々は、ものすごく傷つき、厳しい教練で自分たちを罰している」

「チャーリーの期待を裏切ったと思って？」ロジャーズがきいた。

「それと罪悪感。生存者症候群。自分たちは生きているが、中佐は死んだ」

「最善を尽くしたと確信させるには、どうすればいい？」

「無理よ。時が過ぎ、彼らが正しい相関関係をつかむまでは。こういう状況では、ありがちなことなのよ」

「ありがち」ロジャーズは、悲しげにつぶやいた。「しかし、それに対処しなければならない人間にとっては、まったくはじめての経験だ」

「そうね」リズが同意した。

「実際的な質問なんだが」ロジャーズはいった。「われわれが必要とした場合、彼らは任務をこなせるか？」

リズはしばし考えた。「けさ、トレーニングをやっているのを観察したの。余念があるようなものはいなかったし、怒りのこもったエネルギーを発散させているほかは、だいじょうぶそうだった。でも、条件付き肯定よ。彼らがやっていたのは、力を使うくりかえしの訓練でしかない。銃火を浴びたときにどう反応するかは保証できない」

「リズ」ロジャーズは、かすかないらだちをこめていった。「それを保証してもらいたいんじゃないか」

「ごめんなさい。皮肉なことに、わたしはストライカーが行動を怖《おそ》れるのを心配しているのではないのよ。その逆で、過剰な行動をしないかと心配なの。典型的な反心性反応症候群。彼らは、他人《ひと》が傷つかないように、ロシアで起きたことが二度と起きないように、自分たちの身を危険にさらすにちがいない」

「ことに心配なものはいるか？」ロジャーズがたずねた。

リズがいった。「ソンドラ・デヴォンと、ウォルター・パプショーが、いちばん危なっかしいと思う」

ロジャーズは、指でデスクを叩いた。「最少人員の七名のチームにやらせる任務計画がある。七名そろうかな、リズ？」

「たぶんだいじょうぶでしょう。それぐらいはいるはずよ」

「だからといって、気分が楽にはならないが」

「でしょうね。でも、いま保証はできないのよ。午後にもう一度いって、何人かと個人セッションをするわ。そうすれば、もっとはっきりしたことがいえるでしょう」

ダレル・マキャスキーがノックをして、はいれといわれた。マキャスキーが腰をおろし、パワーブックの蓋《ふた》をあけた。

「わかった」ロジャーズが、リズにいった。「きみが自信が持てないものがいたら、休暇をとらせろ。わたしはシューターに電話して、予備を四、五名、アンドルーズ基地からもらう。それらのものを早急に教育して重要なポジションにつけ、必要とあれば使えばいい」

リズがいった。「予備の人員はまだストライカーの基地に連れてこないほうがいいと思う。罪悪感や悲しみを克服しようとがんばっているひとたちの志気をくじいてはいけないでしょう」

ロジャーズはストライカー・チームが大好きで、尊重もしていたが、リズのやりかたが最善だとは思えなかった。六〇年代にヴェトナムにいたころは、悲しみやら症候群やらといったものを気にかける人間などいなかった。待ち伏せで仲間が殺されたら、なんとしても自分の小隊をそこから脱出させ、食事をして、眠り、ひと泣きして、翌朝にはまた斥候をつとめていた。そのあともすこしめそめそするかもしれないし、だいぶ用心深くなるだろうし、腹立ちまぎれに民間人に付随被害をあたえることがあるかもしれないが、とにかく任務を果たす覚悟でM16自動小銃を持って出かける。

「わかった」ロジャーズが、語気鋭くいった。「予備人員は、クォンテコー基地で教練をやらせる」

「もうひとつ」リズがいった。「わたしの指示で休暇をとらせるのは、まずいかもしれない。肉親でもないものの死のために休暇をとるというのは、経歴の汚点になりかねない。それよりも、マジュア医官に肉体的な支障を見つけてもらったほうがいいわ。たとえば貧血症のように、本人にはわかりにくいものを。それとも、ロシアでなにか寄生虫をもってきたとか」

「ある意味では、まさにそうよ」リズが、むっとしていい返した。「あまりおおげさないいかたはしたくないけど、成人の人生は、子供のころの喪失感や心痛にかなり影響を受けているのよ。ストレスがかかったり、傷ついたりすると、わたしたちのなかの孤独な子供が顔を出すの。あなたは五歳の子供をロシアや朝鮮に送り込める？」

ロジャーズは、手の甲で両眼を拭《ぬぐ》った。だいじに育ててきた部下たちを、こうしてだまし、駆け引きをしている。だが、自分はリズとはちがって心理学者ではない。それに、自分の利益を図っているのではなく、ストライカー・チームのためを思っているのだ。それに、もっとも、正直なところ、その五歳の子供の尻《しり》を叩《たた》いて命令に従わせるのが自分のやりかただろう。しかし、そういう父親らしい行為も、六〇年代とともに消え去った。

「きみのいうとおりにしよう、リズ」ロジャーズは、マキャスキーに顔を向けた。「なにか心を癒《いや》してくれることを話してくれ、ダレル」

マキャスキーがいった。「えー、ＦＢＩはたいそうご満悦だよ」

「バルティック・アヴェニューの一件だな」ロジャーズがいった。

マキャスキーがうなずいた。「完璧《かんぺき》な成功だ。〈純血国家〉の一味を捕らえ、コンピュータまで押さえた。それに名前、住所、銀行口座、右翼雑誌の購読者名簿、武器の隠し場所その他が記録されていた」

「その他とは？」ロジャーズがきいた。

「大きな収穫は、来週ハーレムでひらかれるシャカ・ズールー協会の会合を襲うという計画がわかったことだ。やつらは人質をとって、ブラック・アメリカンはひとつの州に分離しろと要求する予定だった」

リズが鼻を鳴らした。

「なにがおかしい？」ロジャーズがきいた。

「だってそんなの信じられないわよ。〈純血国家〉のような集団は、政治活動はやらない。狂信的な人種差別主義者なのよ。マイノリティのための州なんか要求しないわよ。マイノリティを消滅させたいんだから」

マキャスキーがいった。「FBIもそれはわかっていて、〈純血国家〉が白人のあいだで受け入れられるようにイメージを和らげようとしているのだと見ている」

「人質をとって？」

「コンピュータにマスコミ向け声明の原稿があった」マキャスキーは、パワーブックのファイルを呼び出して、画面に出たものを読んだ。「そこにこうある。『ホワイト・アメリカンの七八パーセントは、黒人と混じり合って住むのを望んでいない。双方の死によって白人の世界を混乱させるよりも、この圧倒的多数をもって政府に請願し、白人市民がラップの騒音や意味不明の言語や道化師のような衣服や神聖を冒瀆《ぼうとく》する黒いキリストの絵と無縁でいられるように、新アフリカ州をもうけるというわれわれの要求を反映させるべきである』」マキャスキーは、リズの顔を見た。「これでもかなり狂信的に思えるがね」

リズは脚を組み、ぶらぶら揺すった。「どうかしら。なんとなくつじつまが合わないところがある」

「なにがいいたいんだ？」ロジャーズがたずねた。

リズがいった。「マイノリティに対する差別というのは、そもそもの性格からして、極端なものなの。とことん不寛容なのよ。憎悪《ぞうお》する対象に便宜をはかるようなことは、ぜったいにない。あくまでも壊滅させようとする。このマスコミ用の声明は、ちょっと——フェアすぎる」

「ひとつの人種を国から追い出すのを、きみはフェアというのか？」マキャスキーが疑問を呈した。

「ちがう。そうはいっていない」リズが答えた。「でも、〈純血国家〉の水準からすれば、ずいぶんまともよ。だから信用できないというの」

「しかし、リズ」マキャスキーがいった。「集団というのは変わるものだ。指導者も変わるし、目標も変わる」

リズはかぶりをふった。「変わるのは外面《そとづら》だけ。いわば化粧を変えるだけよ。まっとうな考えのひとたちに手綱をゆるめさせ、それで差別の対象の首を縊《くく》れるように」

「リズ、それには同意するが、〈純血国家〉のなかで黒人を抹殺したいと思っているものは一部だ。あとは黒人がそばにいてほしくないと思っているだけだ」

「そのひとたちが、一九九四年に黒人少女をレイプしてリンチにかけた。ただそばにいてほしくないと思っているだけではないんじゃないの」

マキャスキーがいった。「しかし、マイノリティを差別する集団とはいえ、政策の面では発展する。あるいは分裂があったのかもしれない。こういう集団は、たえず反目したり、いくつもの派に分かれたりする。地球上でもっとも意志強固な連中ではないからね」

「それもちがう」リズがいった。「こういう連中のなかには、ぞっとするくらい意志強固な人間がいるのよ」

ロジャーズがいった。「説明してくれ」

「彼らはただショックをあたえるという目的のみを考えて、何カ月も、何年も、特定の人間もしくは集団を付け狙《ねら》う。まだ学生のころ、コネティカットの公立学校にいたネオナチの用務員の事件を研究したことがあるの。その用務員は、廊下の左右にずっとプラスティック爆薬を仕掛けていったの。床についたガムをこそげ落とすふりをしながら、漆喰の裏に押し込んだのよ。学校を爆破する予定の二日前に発見され、自白したところによると、一日に一フィートずつ仕掛けていたそうよ」

「ぜんぶで何フィートだったんだ？」ロジャーズがきいた。

リズがいった。「八百七十二フィート」

ロジャーズは、議論の際にはどちらの味方もしないことにしているが、敵の兵力はつねに過大に評価すべきだと考えている。それに、リズのいうことが正しいかどうかはべつとして、こうした怪物どもに対して彼女が強硬な態度を維持しているのがうれしかった。

「きみの意見が正しいとしてだが、リズ」ロジャーズはいった。「裏になにがあるんだろう？　どうして〈純血国家〉は、そんな声明文を書いたんだろう？」

「わたしたちをひきずりまわすためよ。とにかくわたしの勘ではそうなの」

「その線で推理してみてくれ」

「いいわ。〈純血国家〉のその一団は、成功しているゲイが多く住むクリストファー・ストリートにアジトをかまえた。黒人の集団から人質をとる計画を立てた。ＦＢＩがそれを逮捕し、公判が行なわれる。ゲイと黒人は、公然と怒りを示す」

「そしてマイノリティへの差別を煽《あお》る集団に注意が集中する」と、マキャスキーがいった。「そんなことをみずから望むはずがない」

リズがいった。「〈純血国家〉という集団に対して注意が集中するのよ」

マキャスキーがしきりに首をふった。「マスコミがどんなふうか、知っているだろう。蛇を一匹見つけたら、巣についてこれが決定版だというような報告を行ないたがる。ひとつの巣を見つけたら、べつの巣を捜す」

「わかった」リズがいった。「その点はあなたが正しい。それで、マスコミはべつの巣をわたしたちに教える。〈純血国家〉、〈唯《ゆい》白人同盟〉、〈アメリカ・アーリア人友愛会〉。サイコどもが勢ぞろい。そうしたらなにが起きる?」

「そうしたら」マキャスキーがいった。「平均的なアメリカ人は憤《いきどお》り、政府はそうしたマイノリティを差別する集団を厳しく取り締まる。一巻の終わり」

リズはかぶりをふった。「ちがう。終わりじゃない。いい、厳しく取り締まっても、そういう集団の息の根はとめられない。彼らは生き延びて、地下に潜る。おまけに、反動も生じる。歴史的に見ても、抑圧されたものは抵抗組織を創《つく》りあげている。この未然に阻止された〈純血国家〉の襲撃は——じっさいに行なわれることになっていたのかどうか怪しいものだとわたしは思うけれど——黒人やゲイやユダヤ人をより好戦的にするでしょうね。一九六〇年代のユダヤ防衛連盟の〝二度と許すな〟というスローガンをおぼえているでしょう。どの集団も、そういうことを標榜《ひょうぼう》するはずよ。そして、この極端な対立がひろまれば社会基盤が脅威にさらされ、地域社会が不安定になって、平均的な白人のアメリカ人は不安にかられる。皮肉なことに、マイノリティを弾圧することはできないので、政府は手を打てない。黒人を厳しく取り締まれば、黒人は反則だと叫ぶ。ゲイやユダヤ人を取り締まるのもおなじよ。なにもかもを取り締まろうとしたら、それこそ戦争になる」

ロジャーズはいった。「そこで、ふだんは善良で公平な平均的アメリカ人が、過激派に惹《ひ》きつけられる。〈純血国家〉やWHOAその他の連中が、社会を救済するように思えてくる」

「まさにそのとおり」と、リズはいった。「ミシガンのミリシアの指導者が何年か前に、そういうことをいっている。たしか、こんな感じだった。『復讐《ふくしゅう》と報復の自然な原動力がおのずと進路を定める』。〈純血国家〉のことや、彼らの計画が公《おおやけ》になったら、それが起きる」

「つまり〈純血国家〉は、わざとやられる」ロジャーズがいった。「狩られ、逮捕され、解散させられ、非合法化される。白人の大義に殉じる英雄となる」

「それもよろこんで」リズがつけくわえた。

マキャスキーが、渋い顔をした。「マザーグースの〈ジャックの建てた家〉じゃないが、じつにシュールだな」節をつけていった。「白人至上主義者がありまして、自分たちの仲間を送り込んで捕まえさせて犠牲にしまして、マイノリティの反動を起こさせまして、白人を怖がらせまして、他の白人至上主義運動の連中のために地すべり的な支援を集めましたとさ」激しく首をふった。「きみたちはこの猿どもの先を見越す知恵を高く評価しすぎていると思う。たんなるひとつの計画があって、それに頓挫《とんざ》しただけだ。お話はこれでおしまい」

ロジャーズの電話が鳴った。「わたしも、リズの意見をなにからなにまでそのとおりだと思っているわけではない」と、マキャスキーに向かっていった。「しかし、考えるべき事柄だ」

「〈純血国家〉がおとりだとしたら、どれだけ被害をあたえられるか、考えてみて」

ロジャーズは、さむけをおぼえた。たしかに、勝ち誇って鼻高々になっているFBIをまったくちがう方向に誘導することができる。マスコミに逐一動きを注視されているFBIは、だまされたことをぜったいに認められない。

ロジャーズは電話に出た。「はい」

ボブ・ハーバートだった。

「ボブ」ロジャーズはいった。「さっきアルバートから話を聞いた。いまどこにいる？」

電話の向こうで、ハーバートが落ち着いた声で告げた。「ドイツのど田舎の道路を走っている。必要なものがあるんだ」

「なにがほしい？」

ハーバートが答えた。「緊急の応援、もしくはてっとりばやいお祈り」

29

木曜日　午後四時十一分　ドイツ　ハンブルク

夕方のハンブルクには、じつに魅惑的な独特の輝きがそなわっていた。ふたつの湖に落日が光をふりまき、無数の幻のような赤芒《せきぼう》がたちのぼる。ポール・フッドには、それが街の下でだれかが明るい光をともしたように見えた。前方の公園の樹木やその左右のビルは、深さを増す紺碧《こんぺき》の空を背景にくっきりと玉虫色に輝いている。ハンブルクは、空気も他の街とはちがっていた。自然と工業のにおいが、奇妙に入り混じっている。北海からエルベ川が運んでくる潮の味。川を通航する数知れない船の燃料と排気煙のにおい。街じゅうに生い茂る無数の草木のにおい。よくある都市のにおいとはちがう、とフッドは思った。しかし、きわだった特徴がある。

環境のことを考えていたのは、ほんの短いあいだだった。ビルを出て、公園に向けて歩きだしたとたんに、ハウゼンが話をはじめた。

「どうしてきょうが不思議な日なんですか？」と、ハウゼンがたずねた。

正直いって、フッドは自分の話はしたくなかった。だが、自分の話をすることで、ハウゼンの舌の根がゆるめばいいと思った。ギヴ・アンド・テイク、テイク・アンド・ギヴ。ワシントンで生活し、仕事をしているものにはおなじみの三拍子《ワルツ》である。ただ、このダンスは、たまたまほかのものより個人的で、なおかつ重要な意味を持つ。

フッドはいった。「マットやボブとホテルのロビーで待っているとき、以前の知り合いの女性を見たように思ったんです――いや、まちがいなく見たと誓ってもいい。わたしは悪霊《あくりょう》に取り憑《つ》かれたように追いかけましたよ」

「そのひとだったんですか？」ハウゼンがたずねた。

「わかりません」と、フッドはいった。一部始終を思うとまた腹立たしくなってきた。ナンシーかどうかがわからないのが腹立たしく、彼女にいまも心を囚われているのが腹立たしかった。「追いつく前に、その女性はタクシーに乗ってしまったんです。でも、頭をまっすぐにした感じや、髪の色や動きが――ナンシーでなかったとしたら、ナンシーの産んだ娘かもしれないと思うぐらい似ていました」

「そのひとは娘さんがいるんですか？」

フッドは肩をすくめ、黙っていた。ナンシー・ジョウのことを思うたびに、夫や娘がいるかもしれない、自分とはかけ離れた生活をいとなんでいるかもしれないと考えては、動揺するのだった。

それなら、どうしてまたくよくよと考えているのか？　とフッドは自問した。それはハウゼンにしゃべらせたいからだ。

フッドは大きく息を吸い、吐き出した。両手をポケットに深く入れた。両眼は芝生に向けられている。気の進まないまま、二十年近く前のロサンジェルスに意識を戻した。

「その女性に恋をしたんです。ナンシー・ジョウ・ボズワース。サザン・カリフォルニア大学の大学院の最終学年に、コンピュータのクラスで知り合いました。やさしくて明るく天使のような女性で、髪が金色の羽根を重ねたようだった」フッドは、顔を赤くして、にやりと笑った。「陳腐な表現ですが、ほかにいい表わしようがない。豊かな髪がふんわりとやわらかく、生き生きとした目をしていた。わたしは彼女をかわいい黄金の女と呼び、彼女はわたしを大きな銀の騎士と呼んだ。いや、わたしはほんとうにぞっこんでしたよ」

「よくわかるよ」と、ハウゼンがいった。

ハウゼンが、はじめて笑みを見せた。ここまで話すことができて、フッドはほっとしていた。じつにつらかった。

「卒業すると婚約しました」フッドが話をつづけた。「ふたりで選んだエメラルドの指輪をわたしは彼女にあげた。わたしはロサンジェルス市長の秘書になり、ナンシーはテレビゲームの会社でソフトウェアを製作することになった。ふたりが遠く離れないように、ナンシーは北のサニーヴィルへ週に二回、飛行機で通った。そしてある晩、一九七九年の四月――細かくいえば四月二十一日で、それから数年は、手帳のその日のページを破りとったものでした。その晩、映画館の外で彼女を待っていたが、来なかった。彼女のアパートメントに電話したが、だれも出ない。それで急いでそこへ行った。というよりは、めちゃめちゃに車を飛ばしていった。そして自分の鍵《かぎ》ではいると、書置きがあった」

フッドの話がとぎれがちになった。アパートメントのにおいを、いまもおぼえている。自分の涙と、喉《のど》の苦しさが感じられる。となりの部屋でかかっていた歌もおぼえている。ブルックリン・ブリッジの〈恋のハプニング〉（訳注　直訳は「最悪の事態」）だった。

「急いで手で書いた書置きでした。ナンシーのいつもの丁寧な字体ではなかった。行かなければならない、帰るつもりはない、捜さないほうがいい、と書いてあった。彼女は服はいくらか持っていったが、レコードや本や草花、アルバム、卒業証書などは置いたままだった。すべて残したままだった。そう、それから、婚約指輪は持っていった。持っていったのか、あるいは捨てたのか」

「どこへ行ったのか、だれも知らなかったんですか？」ハウゼンが、びっくりしてきいた。

「ええ。ＦＢＩも知らなかった。翌朝やってきて、彼女がなにをやったのかはいわずに事情をきいたんです。こっちはたいした話はできなかったが、見つけてくれるにちがいないと思っていた。彼女がなにをやったにせよ、助けたかった。それから何日も、捜しまわった。大学の担当教授や友だちに会い、彼女の勤めていた会社の同僚の話を聞いた。みんな、たいそう心配していました。父親とも話をしましたよ。彼女と父はあまり仲がよくなかったので、便りがまったくないと聞いても意外ではなかった。結局、こっちがなにかいけないことをしたのだろうという結論を下した。あるいは彼女に前から付き合っている男がいて、出奔したのだと」

「驚いたな《ゴット》」ハウゼンがいった。「それからずっと便りがなかったわけですね？」

フッドは、ゆっくりと首を縦にふった。「消息もまったくわかりませんでした。好奇心からも、どうしたのか知りたかった。あまりにつらいので、その後はもう調べませんでしたが。ただ、ひとつだけ彼女に感謝していることがあります。わたしは仕事に没頭し、人間関係《コネクション》をかなり築きました——当時は連帯組織《ネットワーク》という言葉は使わなかったんですよ」にっこり笑った。「そしてその後、立候補して市長に当選した。ロサンジェルスでは史上最年少の市長でした」

ハウゼンは、フッドの結婚指輪を見た。「結婚もしたんですね」

「ええ」フッドは、自分の金の指輪をちらと見た。「結婚しました。すばらしい家族、いい人生を得ています」手を下ろし、財布のはいったポケットをなでた。妻のシャロンすら知らない映画の切符のことを思った。「でも、いまでもナンシーのことをときどき考えるんです。ホテルで見かけたのが彼女でなかったのは、きっといいことだったんでしょうね」

「彼女でなかったとはいい切れない」と、ハウゼンが指摘した。

「たしかに」フッドが認めた。

「でも、たとえそのひとだったとしても、あなたのそのひとはべつの時に属しているんです。べつのポール・フッドに。もう一度会えたとしても、あなたはちゃんとそれに対処できると思いますよ」

「そうかもしれない」フッドはいった。「しかし、このポール・フッドがそこまで変わったという確信が持てないんです。ナンシーは、わたしの少年じみたところが好きだった。人生でも愛でも冒険好きだった若者が。父となり、市長となり、ワシントンの政府の人間となっても、それは変わらない。中身はいまも世界征服ゲーム〈リスク〉をやり、ゴジラの映画に興奮し、バットマンはアダム・ウェスト、スーパーマンはジョージ・リーヴズでなければならないと思っている子供のままだ。自分は騎士でナンシーは貴婦人だと考えている若者のままなんです。正直な話、彼女と対面したらどう反応するか、自分でもわからない」

フッドは、また両手をポケットに入れた。財布を探る。そして、自分をごまかすのはいいかげんにしろ、と心のなかでつぶやいた。ふたたびナンシーに会ったらまた恋することは、目に見えていた。

「それがわたしの話です」フッドは真正面を向いていたが、左のハウゼンのほうへ視線を移した。「つぎは次官の番ですよ」と促した。「さっきかかってきた電話は、なくした愛か謎《なぞ》の失踪《しっそう》にかかわりがあるんですか？」

ハウゼンは、重々しく沈黙したまましばらく歩き、やがて粛然と口を切った。「謎の失踪――そうです。愛――ちがいます。まったく関係ありません」立ちどまり、フッドのほうを向いた。そよ風が吹いて、ハウゼンの髪を乱し、上着の裾《すそ》をはためかせた。

「フッドさん、あなたを信頼します。あなたの心痛や気持ちは正直で――思いやりのある信頼できるひとだとわかる。だから、わたしも正直に申しあげましょう」左右を見てから、ハウゼンはうつむいた。「これを話すのは、正気の沙汰《さた》ではないかもしれない。いままでだれにもいったことがなかった。妹や友人たちにも」

「政治家に友人がいたためしがありますか」と、フッドがいった。

ハウゼンが頬をゆるめた。「友だちがいる政治家もいる。わたしがそうだ。だが、この問題については、彼らに重荷を背負わせたくない。だが、あの男が戻ってきたいま、だれかに知っておいてもらわなければならない。わたしの身になにかが起きた場合のために、知っておいてもらう必要がある」

ハウゼンは、フッドの顔を見た。その目に浮かぶ苦悩をしのぐものを、フッドはいまだかつて見たことがなかった。ショックを覚え、自分の心痛を忘れるとともに、強い興味をおぼえた。

「二十五年前」ハウゼンが切り出した。「わたしはソルボンヌ大学経済学部で政治学を専攻していた。ジェラール・デュプレという親友がいて、彼は裕福な実業家の息子で、急進主義者だった。移民がフランス人労働者の仕事を奪っていたからなのか、それともジェラールが根っから陰惨《いんさん》な性格だったからなのかはわからない。とにかく、彼はアメリカ人やアジア人、そしてとりわけユダヤ人、黒人、カトリックを憎んでいた。ジェラールは、とてつもない憎悪《ぞうお》の波に呑《の》み込まれていた」ハウゼンは唇をなめ、また目を伏せた。

この寡黙《かもく》な男が、告白そのものに苦労しているのではなく、なにをやったにせよ自分の所業と心のなかで格闘しているのだというのが、フッドにははっきりとわかった。

ハウゼンは唾《つば》を呑んで、言葉を継いだ。「ある晩、わたしたちはカフェで食事をしていた――セーヌ左岸のムフタール街の〈レシャンジェ〉、大学から歩いてすぐのところです。安いので学生に人気があり、いつも濃いコーヒーのにおいと議論の声に満ちていた。ちょうど三年目がはじまったところで、その晩は、ジェラールにとってなにもかも腹立たしいことばかりだった。ウェイターは気がきかない、酒は生ぬるい、夜気が冷たい、トロツキーの演説集はロシアでのものばかりだった。メキシコでの演説がひとつも載っていないのは、悪質な省略だと、ジェラールは思っていたんです。勘定を払ったあと——金のあるのはいつも彼のほうだったので、いつも彼が払った——セーヌ河岸《がし》をふたりで散歩しました。

あたりは暗く、わたしたちは、パリに着いたばかりのアメリカ人女子学生ふたりにばったり会った」ハウゼンは、いいづらそうにつづけた。「そのふたりは、川岸の橋の下のひと気のない場所に、写真を撮りにきていたんです。陽が沈み、寮への帰り道がわからないというので、わたしが教えようとした。するとジェラールが口を出して、アメリカ人はなんでもわかっているはずだといった。激怒して、ふたりに大声で叫んでいた。おまえらはこの国を乗っ取りに来たんだから、自分の行き先がわからないはずはないだろう、と」

フッドは腹の奥が緊張するのを感じた。どういう話になるのか、わかったような気がした。

「ふたりは、ジェラールがふざけていると思った」ハウゼンが語を継いだ。「それで、ひとりがジェラールの腕を持ち、なにかをいった——なんといったかはおぼえていない。だが、ジェラールは、よくもそんな偉そうなことをいうとどなり、突き飛ばした。女子学生は足がもつれ、川に落ちた。そこはたいして深くないんだが、もちろん彼女は知らない。悲鳴をあげた。あの悲鳴のものすごかったことといったらなかった。もうひとりの女子学生がカメラを投げ出して、助けようとしたが、ジェラールが捕まえた。肘《ひじ》を彼女の首に巻きつけて動けないようにした。彼女はあえぎ、川のなかの女子学生は悲鳴をあげ、わたしは動けなかった。そんなことに出会うのは、生まれてはじめてだった。やっと駆け出して、川のなかの女の子を助けにいった。彼女は水を飲んで、咳《せ》き込んでいた。ひっぱりあげるどころか、静かに立たせるのにも苦労した。わたしが助けにいったのにジェラールが腹を立て、どなっているうちに女の子の首を強く締めすぎて……」

ハウゼンが言葉を切った。目に宿る苦しみがひろがっていた。眉間《みけん》まで血の気が引き、口もとがゆるんでいる。両手がふるえている。ふるえをとめようと、ハウゼンが拳《こぶし》を固めた。

フッドは、ハウゼンに一歩近寄った。「それ以上話さなくても――」

「いや、話す」ハウゼンがいい放った。「ジェラールが戻ってきたいま、この話はしておかなければならない。わたしは滅びるかもしれないが、やつも道連れにしなければならない」ハウゼンは口をきっと結び、しばし気を鎮《しず》めていた。「ジェラールは首をしめていた女の子を地面に倒した。その子は意識を失っていた。それからジェラールは川に走ってきて、飛び込み、もうひとりの女の子を押し倒した。とめようとしたが、わたしは足を滑らせて潜ってしまった。ジェラールは女の子を水のなかに押さえつけていた

――」ハウゼンは、両手で押す仕種《しぐさ》をした。「――アメリカの女はみんな売春婦だというようなことをどなりながら。わたしが立ちあがったときは、もう手遅れだった。女子学生は茶色の髪をなびかせて川に浮かんでいた。ジェラールは彼女をそのままにして、川からあがり、もうひとりの女の子を引きずり込んだ。それから、わたしに早くいっしょに来いといった。わたしは呆然《ぼうぜん》としていた。闇《やみ》のなかで自分の持ち物をまとめ、ついていった。なんということか、ジェラールが首を絞めた女の子が死んでいるかどうかもたしかめないで、いっしょにその場を去った」

「だれにも見られなかったんですか？」フッドがきいた。「物音を聞きつけて、なにが起きたのかを見にくるものもなかった？」

「たぶん聞いたものはいたでしょうが、だれも気にしませんよ。学生はしじゅうわめき散らしているし、川には鼠《ねずみ》がいるので悲鳴もあげる。ひょっとして川岸でセックスをしていると思われたのかもしれない。あの金切り声は――そんなふうでもあったので」

「そこを離れたあと、どうしました？」

「南仏《なんふつ》のジェラールの父親の屋敷に行って、何週間かいた。ジェラールは、そのまま自分たちの会社にはいらないかといった。わたしがほんとうに気に入っていたんです。生まれ育ちはちがうが、彼はわたしの意見を尊重していた。贅沢《ぜいたく》な暮らしをして父親の金を使いながらトロツキーやマルクスを崇拝する彼を偽善者だといえるのは、わたしだけでした。わたしがまっこうから論戦を挑むのが、彼は気に入っていたんでしょう。しかし、ジェラールのところで仕事をするわけにはいかなかった。もういっしょにはいられない。それで、ドイツに帰った。だが、そこでも心の平和は得られず、それで……」

言葉を切り、拳を見おろした。ふるえている手を握る力をゆるめた。

「それで、ドイツのフランス大使館へ行った」と、ハウゼンはいった。「そして、一部始終を話しました。あらいざらい。ジェラールに事情を聞く、と彼らはいい、わたしは自分の居場所を教えました。罪の意識を和らげるだけのために、刑務所にはいる覚悟でした」

「それからどうなりましたか？」

「フランスの警察というのは」ハウゼンが、吐き捨てるようにいった。「よその国の警察とはまったくちがいます。解決することより、穏便に処理するほうを好む。ことに外国人がかかわっているときはそうです。フランスの警察にとってこれは迷宮入りの事件であり、そのまま迷宮入りにすることにしたのです」

「ジェラールから事情聴取もしなかった？」

「知りません」ハウゼンがいった。「しかし、たとえ事情聴取をしたとしても、考えても見てください。かたやフランスの億万長者の息子の言葉、かたやドイツの貧乏な若者の言葉ですからね」

「しかし、ジェラールは急に大学から遠ざかった理由を説明しなければならなかったはずでしょう――」

ハウゼンがいった。「フッドさん、ジェラールは相手を納得させるのがうまいんです。ほんとうに口がうまいんです。大学をやめたのは、教科書からトロツキーのメキシコでの演説が削除されていたからだと弁解するでしょう」

「ふたりの女子学生の両親はどうしたんですか？　そのままあきらめたとは思えませんが」

「なにもできやしませんよ。フランスへ来て、正義が行なわれるようもとめた。ワシントンのフランス大使館やパリのアメリカ大使館に陳情する。賞金を申し出る。しかし、ふたりの遺体がアメリカに戻され、フランスは遺族に背を向け、それでおしまいです。だいたいは」

「だいたいは？」

ハウゼンは、目に涙を浮かべていた。「数週間後、ジェラールが手紙をよこしたんです。いつの日か戻ってきてわたしの怯懦《きょうだ》と裏切りを懲らしめる、と書いてあった」

「それだけで、いっさい便りはなかったんですね？」

「きょう電話してくるまでは。わたしは屈辱と罪悪感にさいなまれながら、このドイツで復学しました」

「しかし、なにもしていないでしょう」フッドはいった。「ジェラールをとめようとしたんだし」

「わたしの罪は、その直後に口を閉じていたことです」と、ハウゼンがいった。「アウシュヴィッツの煙のにおいを嗅《か》いだものたちとおなじように、なにもいわなかった」

「程度がちがうとは思いませんか？」

ハウゼンは首をふった。「沈黙はあくまで沈黙、それ以外の何物でもない。殺人犯が捕らえられずにいるのは、わたしの沈黙のせいだ。彼はいまジェラール・ドミニクと名乗っています。そして、十三歳の娘のことでわたしを脅している」

「お子さんがいるとは知りませんでした」フッドがいった。「どちらにおられるんですか？」

「母親とベルリンに住んでいる」ハウゼンがいった。「護衛はつけるつもりだが、ジェラールは捕らえどころがなく力がある。わたしの仕事が気に入らない連中に買収で接近するだろう」首をふった。「あの晩、大声で警察を呼び、きちんと片をつけていたら、それからずっと心の安らぎが得られていたかもしれない。だが、そうしなかった。だから、ジェラールがふたりの女子学生を殺す原因となったような憎しみや差別と闘うことで贖《あがな》うしかなかったんだ」

フッドがたずねた。「ジェラールとはずっと連絡がなかったといいましたが、長い年月のあいだになにか消息を聞いたことは?」

「いや」ハウゼンがいった。「あなたのナンシーとおなじで、姿を消した。父親の事業に参加したという噂《うわさ》があったが、父親が死ぬと、ジェラールは永年にわたりかなりの利益をあげていたエアバスの部品製造工場を閉鎖した。重役にならずにいろいろな会社の経営陣の陰で力をふるっているという噂があったが、事実であるかどうかは知らない」

フッドは、ジェラールの父親の事業や、ふたりの女子学生の身許《みもと》、重大な脅迫となりつつあることに関してオプ・センターが力になれることはあるかなど、いくつもハウゼンにたずねたい事柄があった。だが、背後から静かな声が聞こえ、注意をそらされた。

「ポール!」

フッドがふりむくと、ハンブルクの輝きすらくすんで見えた。ハウゼン、木立、ハンブルク、歳月が消え去り、すらりとした長身の優美な天使が歩いてきた。あたかもまた映画館の前に立ち、ナンシーを待っていたような心地がした。

待っていた女性が、ようやく現われた。

30

木曜日　午後四時二十二分　ドイツ　ハノーファー

ボブ・ハーバートは、白いワゴン車を最初に目にしたときは、ロジャーズに電話しなかった。

どうしようかと思いながら街を走りまわっているときに、そのワゴン車がバックミラーに見えた。誘拐されたアメリカ人女性に関する情報を手に入れる方法を考えていたので、さして注意を払わなかった。まともなやりかたが失敗したので、金を使うことも考えた。

ハレンハウザー通りから脇道《わきみち》に折れたとき、ワゴン車も曲がってきたので、ハーバートは注意を向けた。運転席と後部に、目出し帽をかぶった連中が乗っている。ハーバートは地図を見て速度をあげ、ついてくるかどうかを確認するために、何度か急に曲がった。ついてくる。何者かが見張っていて、ゴロツキの一団をよこしたのだ。宵闇があっというまにひろがって、ハノーファーの街が暗くなるなか、ハーバートはオプ・センターに電話した。アルバートが、すぐにマイク・ロジャーズにつないだ。ハーバートが、緊急の応援もしくはてっとりばやいお祈りをと頼んだのは、そのときだった。

「どうかしたのか？」ロジャーズがいった。

「〈ビヤホール〉で、ネオナチとやりあった」ハーバートはいった。「そいつらがついてくる」

「いまどこだ？」

「はっきりとはわからない」ハーバートは答えた。「ライムの林、広い緑地、湖が見える」大きな標識が横にあった。「ありがたい。ヴェルフェンガーテンというところだ」

「ボブ」ロジャーズがいった。「ダレルがここにいる。彼がそっちの警察の番号を知っている。書き留めて、電話をかけられるか？」

ハーバートは、シャツのポケットに手を突っ込んで、ボールペンを出した。インクが出るかどうかをためそうと、ダッシュボードにぐるぐると線を引いた。「いってくれ」

だが、電話番号を書きとめる前に、ワゴン車がぶつかってきた。車が飛び出し、ショルダー・ストラップが胸に食い込む。ハーバートは、前の車をよけようと、急ハンドルを切った。

「ちくしょう！」ハーバートはどなった。前の車をそのまま追い抜いて、速度をあげた。

「おい、将軍、厄介なことになった」

「どうした？」

「やつら、ぶつけてくる。歩行者を撥《は》ねないように車をとめる。州警に、こっちは白いメルセデスに乗っていると連絡してくれ」

「だめだ、ボブ、とめるな！」ロジャーズがどなった。「やつらにワゴン車に連れ込まれたら、こっちはどうにもできない！」

「やつらはわたしを誘拐するつもりはない！」ハーバートがどなり返した。「殺そうとしているんだ！」

ワゴン車が、もう一度、左うしろにぶつかった。メルセデスの右側が歩道にのりあげ、テリアを散歩させている男を吹っ飛ばしそうになった。ハーバートはハンドルを切って道路に戻したが、駐車している車にフロント・フェンダーをぶつけた。その衝突でフェンダーが下に曲がり、アスファルトにこすれてやかましい音を立てた。

ハーバートは車をとめた。フェンダーがタイヤを切り裂かないかと心配になって、バックでフェンダーを引きちぎろうとした。ひくいうめきと大きなギイッという音とともにフェンダーがはずれ、がらんがらんと道路に落ちた。ハーバートは、往来に戻るのに支障がないかどうかを確認するために、サイドミラーを見た。じつに異様な光景が映っていた。歩行者が駆け出し、車がすさまじい速度で通過する。そして、安全を確認して混乱した車の流れに戻る前に、ワゴン車が左にならんだ。ハーバートは助手席の人影と向き合った。その男があいた窓からサブ・マシンガンを突き出し、ハーバートの車に狙《ねら》いをつけた。

そして撃った。

31

木曜日　午後四時三十三分　ドイツ　ハンブルク

短い黒のスカートとジャケット、白いブラウス、真珠のネックレスという姿のナンシーは、蜃気楼《しんきろう》のなかから歩いてきたように見えた。ぼやけ、ゆっくりした動きで、波打っている。

あるいはフッドの目に涙が浮かんでいたために、そう見えたのかもしれない。

フッドは顔をしかめ、首をふり、拳《こぶし》を固め、ナンシーが近づく一歩ごとに異なった感情を味わった。

きみか、というのが最初に思ったことだった。

つぎが、どうしてあんなことをした？　ひどい女だ。

それから、思い出にあるよりもずっと、息を呑《の》むほど美しい……

さらに、シャロンはどうする？　わたしは立ち去るべきだが、できない。

最後が、去れ、わたしにはこんなものは必要がない……

だが、必要だった。そして、彼女がぶらぶらと近づいてくるあいだ、フッドの目には彼女しか映っていなかった。心は昔の恋に満ちあふれ、股間《こかん》には昔の欲望がたぎり、頭のなかは大切な思い出でいっぱいになった。

ハウゼンがいった。「フッドさん」

ハウゼンの声が低くぼやけ、はるか下の穴から聞こえてくるようだった。

「だいじょうぶですか？」

「わからない」と、フッドは答えた。自分の声も、おなじ穴から聞こえてくるようだ。

フッドは、ナンシーから目を離さなかった。ナンシーは手をふらず、言葉も発しない。目をそらさず、均整のとれた肉感的な大股《おおまた》の足どりを乱さない。

「ナンシーだ」フッドが、ようやくハウゼンにいった。

「どうしてあなたがここにいるのがわかったんだろう？」ハウゼンが疑問を口にした。

ナンシーがそばに来た。自分が彼女の目にどう映っているのか、フッドには想像もできなかった。毒気を抜かれ、口をあけ、涙ぐみ、ゆっくりと首を左右に揺すっていた。

もはや銀の騎士ではない。それだけはたしかだ。

ナンシーの顔には、そこはかとなくおもしろがるような色が浮かんでいた——口の右端がかすかにあがっている——だが、それがすぐにかつてのような明るい笑みに変わり、フッドは膝《ひざ》の力が抜けそうになった。

「こんにちは」ナンシーが、静かにいった。

声も顔も、分別盛りのひとのそれになっていた。青い瞳《ひとみ》の目尻《めじり》には皺《しわ》があり、かつてはなめらかだった頬や上唇にも皺があった――非の打ちどころのない弧を描いた上唇と、ちょっと腫《は》れぼったい下唇。だが、そうした皺は、すこしも美しさをそこねはしなかった。むしろその逆で、抗しがたいほどセクシーだと、フッドは思った。それは、彼女が生き、愛し、戦い、生き延び、いまなお元気いっぱいで、くじけずに生き生きと暮らしていることを物語っている。

それに、以前よりも引き締まって見える。五フィート六インチの体は彫像のようにととのい、エアロビクスかジョギングか水泳をやっているのだろうと想像がつく。ただやっているだけではなく、自分の体をこうしたいというふうに目的を絞ってやっているはずだ。ナンシーにはそれだけの自制と意思がある。

だって、婚約していた相手をあっさり捨てられたぐらいなのだ。そう思って、フッドはつかのま苦い思いを味わった。

ナンシーは、フッドがよくおぼえているチェリー・レッドの口紅は、もうつけていなかった。西瓜《すいか》の赤のような、もっと落ち着いた色の口紅をつけている。スカイ・ブルーのアイシャドウも控えめに塗っているが、それははじめてみるものだった――それに、小さなダイヤモンドのイヤリング。フッドは、彼女を両腕に抱いて、頬から太腿《ふともも》までつぶれるぐらいぎゅっと抱き締めたい気持ちと戦って、すんでのところで敗れそうになった。

しかし、そうはせずにこういった。「やあ、ナンシー」長い歳月を経たいま、適切な言葉とはいえないが、頭に浮かんだ悪態や非難よりはいい。それに、その言葉にそなわる神聖なミニマリズムは、愛に殉じた身に強くうったえるものがあった。

ナンシーの視線が、フッドの右手に動いた。ハウゼンに手を差し出した。

「ナンシー・ジョウ・ボズワースです」

「リヒャルト・ハウゼンです」ハウゼンがいった。

「存じあげております」ナンシーがいった。「すぐにわかりましたわ」

フッドは、そのあとのやりとりは聞いていなかった。ナンシー・ジョウ・ボズワース、と心のなかでくりかえした。ナンシーは、名字をハイフンでつなぐのを好むたぐいの人間だ。つまり、ボズワースと名乗ったのは、結婚していないからだ。フッドは、よろこびが心に満ちあふれるのを感じ、そして罪の意識をおぼえた。だが、おまえは結婚しているんだ、と自分にいい聞かせた。

フッドは、ハウゼンのほうにぐいと顔を向けた。そういう動作になったのを意識していた。ぐいと向けた。そうしないと動きそうになかった。ハウゼンと向き合うと、悲しみに近い憐《あわ》れみの色が目に宿っていた。自分ではなくフッドに対する憐れみだった。フッドはハウゼンが自分の気持ちを汲《く》んでくれたのをありがたく思った。ここからは、言動に気をつけないと、家族や自分や多くの人間の人生をだいなしにすることになる。

フッドは、ハウゼンにいった。「すこし待ってもらえますか」

「いいとも」ハウゼンがいった。「あとで事務所に戻ってきてくれ」

フッドはうなずいた。「さっきおっしゃったことですが、もっと話をしましょう。力になれると思います」

「ありがとう」ハウゼンは、ナンシーに礼儀正しく一礼してから、歩み去った。

フッドは、ハウゼンからナンシーへ視線を戻した。彼女が自分の目になにを見ているのかはわからないが、自分が彼女の目に見ているものは、危険きわまりなかった。そこにはやさしさと欲望があった。いまなおしびれるような感覚をもよおさせる組み合わせ。それが、いまなお抗しがたい力を持っている。

「ごめんなさい」ナンシーがいった。

「いいんだ」フッドがいった。「もう話はだいたい済んでいた」

ナンシーが、にっこりと笑った。「こちらの話はまだね」

フッドは、首から頬まで真っ赤になった。自分が間抜けに思えた。

ナンシーが、フッドの顔に触れた。「あんなふうにいなくなったのには、理由があったのよ」

「それはあっただろうさ」いくぶん気を取り直して、フッドはいった。「きみのやることには、すべて理由があった」ナンシーの手を握り、彼女の脇に引きおろした。「わたしをどうやって見つけたんだ？」

「ホテルに書類を返しにいかないといけなかったの。ドアマンが、ポールというひとが捜しているといったの。リビャルト・ハウゼン外務次官といっしょだったと。ハウゼン次官の事務所に電話して、すぐに来たのよ」

「なぜ？」フッドがたずねた。

ナンシーは笑った。「だって、ポール、理由はたくさんあるじゃない。あなたに会う、あやまる、説明する――でも、会いたかったというのがいちばんの理由よ。あなたがとても恋しかった。ロサンジェルスでのあなたの仕事ぶりを、できるだけ見守っていたのよ。たいした出世で、とっても自慢だわ」

「駆り立てられたようにやってきた」と、フッドはいった。

「わかる。変ね。あなたがそんなに野心的だとは思ってもみなかった」

「野心に駆り立てられたんじゃない。絶望ゆえだよ。無我夢中で働いたから、嵐《あらし》が丘《おか》で死を待つヒースクリフにならずにすんだんだ。きみはわたしにそういうことをしたんだよ、ナンシー。残されたわたしは気が滅入《めい》り、わけがわからなくなって、なんとしてもきみを見つけよう、具合の悪いことがあればなんとかしようということだけを考えていた。きみをとっても愛していたから、ほかの男と逃げたのなら、その男を憎むどころかうらやましく思ったにちがいない」

「男ではなかったのよ」と、ナンシーがいった。

「どのみちおなじだ。どんなにやりきれない思いだったか、わかってもらえただろうか」

今度はナンシーがすこし顔を赤らめた。「ええ。だって、わたしもおなじだったから。でも、たいへんなトラブルに巻き込まれていたのよ。あのままあそこにいたり、あなたに行き先を知らせていたら……」

「そうしたら、どうなったというんだ？」フッドは語気鋭くきいた。「あれ以上ひどいことが起きるわけがない」声がかすれ、涙をこらえなければならなかった。ナンシーから、なかば顔をそむけた。

「ごめんなさい」ナンシーが、さっきよりもはっきりといった。

フッドのそばに寄り、また頰をなでた。今度はフッドもその手をはずさなかった。

「ポール、わたしは勤めている会社が製造して海外で販売する予定だった新型のチップの青写真を盗んだのよ。その報酬に、とてつもない額のお金を手に入れたの。わたしたちは、結婚して、お金持ちになり、あなたはすばらしく偉大な政治家になっていたかもしれない」

「わたしがそんなことを望んでいたと思うのか」フッドがいった。「他人の力で成功したいと」

ナンシーは、かぶりをふった。「あなたは気づかなかったでしょうよ。わたしはあなたにお金の心配なんかしないで政界に打って出てもらいたかった。特殊利益集団や選挙資金の心配をしなくてすんだら、どれだけすごいことができただろうと思うの。だって、そういうものはあとで楽々と手に入れられるのよ」

「きみがそんなことをしたなんて、信じられない」

「でしょうね。だからいわなかったのよ。それに、万事がばれてしまったあとも、だからいえなかった。あなたを失ったうえに軽蔑《けいべつ》されるなんてまっぴらよ。当時のあなたは、法的なことになると、黒白《こくびゃく》の判断がものすごくはっきりしていた。些細《ささい》なことでもね。ローラーボールを見にいって、シネラマ・ドームの近くでわたしが駐車違反切符を切られたとき、あなた、どんなに怒ったか、おぼえているでしょう？　きっと違反切符を切られるってその前にいってたし」

「おぼえている」フッドはいった。忘れやしない、ナンシー。きみにまつわることはすべておぼえている……

ナンシーが手をおろし、顔をそむけた。「とにかく、なぜかわたしは見つかってしまった。友だちが――ジェシカをおぼえているでしょう」

フッドはうなずいた。ジェシカがいつも身につけていた真珠が目に浮かび、すぐそばに彼女が立っているかのようにシャネルが香った。

「ジェシカは残業していたの」ナンシーがいった。「それで、映画館であなたと会うためにわたしが出かける支度をしていると、ジェシカが電話をかけてきて、会社にFBIが来たというの。それからわたしに事情を聞くために、こっちへ向かっていると。パスポートとバンカメリカードと着替えをすこし持って、あなたに書置きを残してアパートメントを出るのがやっとだった」顔を伏せた。「そして国を去った」

「わたしの人生からも去った」と、フッドがいった。唇をぎゅっと結んだ。ナンシーに話をつづけてもらいたいのかどうか、自分でもよくわからなかった。ひとことひとことがフッドを傷つけ、恋する二十歳の若者の挫折《ざせつ》した夢がフッドを責めたてた。

「ほかにもあなたに連絡しなかった理由があるといったのは」といって、ナンシーが顔をあげた。「あなたが事情聴取を受けるか、あるいは監視され、電話が盗聴されるはずだとわかっていたからよ。電話したり、手紙を書いたりすれば、FBIに見つかってしまう」

「そのとおりになった」フッドはいった。「FBIはわたしのアパートメントに来た。きみがなにをやったのかは教えないで、事情を聞いた。きみから連絡があったら教えると、わたしは同意した」

「そうなの?」ナンシーは、びっくりしたようだった。「あなたは、わたしを売るようなことをしたかしら?」

「したとも。だけど、きみをぜったいに見捨てたりはしなかっただろう」

「見捨てるしかなかったでしょうよ。公判があり、わたしは刑務所に行き――」

「そのとおりだ。でも、待っていただろう」

「二十年も?」

「もしそれだけかかるとすれば、待っただろう」フッドはいった。「しかし、そんなに長くはならない。恋する若い女が産業スパイをやった場合は――有罪の答弁をすれば五年か六年で釈放されるだろう」

「五年」ナンシーがいった。「それからあなたは犯罪者と結婚する?」

「いや。きみと結婚する」

「わかった。前科者とね。企業秘密のたぐいに関して、だれもわたしを信用しない――あなたのことも信用しない。政治で身を立てるというあなたの夢はおしまいよ」

「それがどうした?」フッドはいった。「わたしは人生が終わったような心地を味わったんだ」

ナンシーが話をやめた。ふたたび笑みを浮かべている。「かわいそうなポール。ほんとうにロマンティックで、すこし芝居がかっている。あなたのそんなところも好きだった。でも、あなたの人生はわたしが去ったところで終わらなかった。それが事実よ。ほかのひと、とってもかわいいひとに出会った。結婚し、望みどおり子供をこしらえた。根を生やした」

不服ながら。思うまいとしたが、そう思っていた。そう思った自分をフッドは憎み、心のなかでシャロンにあやまった。

「出ていってから、なにをしていたんだ？」考えるより話をしたかったので、フッドはきいた。

「パリへ行ったの」ナンシーが答えた。「そこでコンピュータ・ソフトウェアの設計の仕事をしようとした。でも、あまり仕事がなくて。当時は市場がそんなに大きくなかったし、保護的な政策が強くて、アメリカ人がフランス人の仕事を奪うことを阻《はば》んでいた。それで、汚れた金を使い果たすと——パリで暮らすのは高くつくのよ。まして、ヴィザもなく、アメリカ大使館に通報されないように、役人を買収しなければならないときにはね——トゥールーズへ行き、そこで例の会社に勤めた」

「例の会社？」

「わたしが秘密を売った会社よ」ナンシーがいった。「会社の名前はいわない。あなたの名高い白い騎士（訳注　政治運動の闘士、社会改革者など）の怨念《おんねん》からなにかをされると困るから。きっとそうするはずよ」

ナンシーのいうとおりだ。ワシントンに帰り、アメリカ政府がその会社に圧力をかける方法を十数通り探すだろう。

ナンシーがいった。「ひとつ不愉快なのは、わたしを密告したのは設計書を売った相手ではないかという疑念が消えないことよ。そうすれば、フランスへ行ってそのひとのところで働くしかない。だけど、それはなにもわたしの頭脳を買ったからではないのよ――だって、わたし自身の最高のアイデアはもう盗んでしまったんだから――そうではなくて、依存するようになれば裏切れないと、彼は考えたのよ。わたしは自分の行為を恥じていたから、そのひとのところへは行きたくなかった。でも働かなければならなかったから」おもしろくなさそうに笑みを浮かべた。「おまけに、わたしは何度もつづけて恋に失敗していた。相手をいつもあなたと比較してしまうから」

「おっと」フッドはいった。「それを聞いてどんなにうれしいか、なんてことはいえないね」

「やめて」ナンシーがいった。「そういうことをいうのはやめて。あなたが好きだったんだから。あなたの働きぶりを知るだけのために、外国の新聞の売店で《ロサンジェルス・タイムズ》を買った。何度も、ほんとうに何度となく、手紙を書きたい、電話をしたいと思った。でも、やめたほうがいいと思い直すの」

「それなのに、どうしていま会いにきたんだ？」と、フッドはきいた。ふたたび痛みをおぼえ、それと悲しみのあいだで心が揺れ動いていた。「きょうは不都合はないと思ったのか」

「来ないではいられなかった」ナンシーが白状した。「あなたがハンブルクにいると聞いて、どうしても会いたかったの。あなただって会いたいだろうと思ったのよ」

「ああ。ホテルのロビーで、きみを追いかけて走った。会いたかった。どうしても会わなければならなかった」フッドは首をふった。「ほんとうに、ナンシー。いまだにきみだというのが信じられない」

「わたしよ」

フッドは、幾昼夜ともに過ごしたその目をのぞきこんだ。その引き寄せる力はすばらしく、また恐ろしかった。夢であり、悪夢であった。それにあらがうフッドの力は、とうていその敵ではなかった。

夕方の冷たい風が、フッドの足と背中の汗を冷やした。フッドは彼女を憎みたかった。このまま置き去りにしたかった。だがなによりも、時間をもとに戻し、彼女が去るのを押しとどめたかった。

フッドの視線を捕らえたまま、ナンシーがそっと彼の両手を握った。フッドは触れられてはっとしたが、やがて電撃のようなうずきが胸から爪先《つまさき》まで走り抜けるのをじっと感じていた。そのとき、彼女から逃れなければならないと悟った。

フッドは一歩さがった。電気の接続が切れる。「こんなことはできない」

ナンシーがいった。「なにができないの？　正直にいって」昔から得意だった、小さなジャブをくりだした。「あなた、政治に毒されているのね」

「どういう意味でいったか、わかっているはずだ、ナンシー。わたしはきみといっしょにここにいることはできない」

「たった一時間でも？　コーヒーを飲み、あれからいままでの話をするのもだめ？」

「だめだ」フッドは、きっぱりといった。「これにて終わり」

ナンシーがにやりと笑った。「終わりですって、ポール。ぜったいにちがう」

ナンシーのいうとおりだ。彼女の目、機知、歩きかた、存在、彼女のすべてが、けっして死んでいなかったなにかに新たな生命を吹き込んだ。フッドは悲鳴をあげたかった。

フッドはナンシーの横へ行き、南に面しているナンシーとは逆の北を向いた。「ナンシー、罪の意識を感じるようなことはしたくない。きみがわたしから逃げたんだ。なんの説明もなく去り、わたしはべつの女性と出会った。運命をともにし、命がけで心から信頼してくれる女性と。それをないがしろにはできない」

「そうしてほしいと頼んではいない」ナンシーがいった。「コーヒーを飲んでも裏切ったことにはならない」

「前に飲んだときのような状況で飲んだら、立派な裏切りだよ」

ナンシーが頰をゆるめた。視線を落とす。「わかった。ごめんなさい——あれやこれやすべて——口ではいえないくらい悪かったと思っているし、悲しい。でも、よくわかる」フッドのほうを向いた。「ホテルはアンバサダーで、今夜まではいるから、気が変わったらメッセージをちょうだい」

「気は変わらないよ」フッドはナンシーの顔を見た。「いくら自分がそう願っても」

ナンシーが手をぎゅっと握った。フッドはまた電撃を感じた。

「それじゃ、政治もあなたを堕落させることはできなかったのね。意外ではない。でもちょっとがっかりした」

「すぐに忘れるよ」フッドがいった。「わたしを忘れたように」

ナンシーの表情が変化した。彼女の笑みと目に宿る渇望《かつぼう》の下に隠れた悲しみを、フッドははじめて目《ま》の当たりにした。

「本気でそう思うの?」

「ああ。そうでないのなら、いままでずっと離れていられたはずがない」

ナンシーがいった。「男にはしょせん愛はわからないのね。女盛りのころ、ポール・フッドの王位を狙《ねら》えるような男とつきあっていたときも、あなたほど頭がよくて、思いやりがあって、やさしいひととは、会ったことがない」身を乗り出し、フッドの肩にキスをした。「あなたの人生に舞い戻ってきてお邪魔をしてごめんなさい。でも、けっしてあなたを忘れてしまったのではないということは、知っておいてほしいの、ポール。これからもぜったいにあなたを忘れない」

公園のきわに向けてひきかえすとき、ナンシーは一度もふりかえらなかった。だが、フッドは彼女を眺めていた。ポール・フッドはまたしてもひとり佇《たたず》み、財布に映画の切符二枚を入れたまま、愛する女がいなくなった苦しみを味わっていた。

32

木曜日　午後四時三十五分　ドイツ　ハノーファー

サブ・マシンガンを見たとたんに、ボブ・ハーバートはギヤをバックに入れ、手で操作するアクセルを思い切り押し下げた。急発進のためにショルダー・ハーネスが体に食い込み、胸がぎゅっと締まって、ハーバートは悲鳴をあげた。だが、メルセデスがすさまじい勢いでバックしたため、ワゴン車から発射された弾丸は運転席をそれて、ボンネットとフェンダーに当たった。右後部が街灯にぶつかって跳ね返り、尻《しり》をふって道路に出てもなお、ハーバートはバックで走りつづけた。うしろから走ってくる車が急ブレーキをかけ、左右にハンドルを切って、それをよけた。ドライヴァーがどなり、クラクションを鳴らした。

ハーバートは気にもかけなかった。前方を見ると、ワゴン車の助手席から男が身を乗り出し、ハーバートのほうに狙いをつけていた。

「あの野郎、まだあきらめないのか！」ハーバートは叫んだ。すべての操作を手でやらなければならないのでいったん速度をゆるめ、アクセルを押し込んで、ハンドルを左に切った。そして、ハンドルを握った左手を突っ張った。猛スピードで前進し、ワゴン車とのあいだの十五フィートを、あっというまに走りきった。ワゴン車の左後部フェンダーに思い切りぶつける。衝突によって金属がねじれ、甲高い音を発し、ワゴン車ががくんと飛び出したとたんに、ハーバートは道路のまんなかに向けてハンドルを切った。アクセルを思い切り押し込んだまま、ワゴン車の運転席の側を通過し、加速した。

はるかうしろでは、早くも車の流れがとまり、歩行者が右往左往している。

そこでハーバートは、携帯電話のことを思い出した。さっと拾いあげる。「マイク、まだいたのか？」

「なんだと、わたしがどうなったのが聞こえなかったのか」

「聞こえなかったね。まったく、アメリカとヨーロッパの両方が、わたしに腹を立てている！」

「ボブ、いったい――」

そのあとをハーバートは聞いていなかった。路面電車が通りの目の前に現われたので、携帯電話を膝《ひざ》において毒づいた。加速して追い抜き、ワゴン車とのあいだに路面電車を挟んだ。サブ・マシンガンを持った男が悪逆そのもので、腹立ちまぎれに路面電車に発砲するようなことがなければいいのだがと思った。

ハーバートは携帯電話を取った。「すまない、将軍。聞こえなかった」

「なにがあったときいたんだ」

「マイク、銃を持った頭のいかれたやつらに追われていて、われわれだけでハノーファー・グランプリをやっているんだ！」

「自分がどこにいるか、わかっているか？」

ハーバートがバックミラーを見ると、ワゴン車がタイヤを鳴らして路面電車を追い抜くところだった。「ちょっと待て」と、ハーバートはロジャーズにいった。

携帯電話を助手席に置き、ハンドルを両手で握ったとき、ワゴン車が道路に戻った。それがぐんぐん迫るあいだ、ハーバートは前方を見た。ハノーファーの景色がぼやけるほどの高速で長い木蔭《ランゲ・ラウベ》の道に達し、何度かすばやく曲がってゲーテ大通りに出た。混沌《こんとん》の日々のあいだ、付近の住民が市内にはいるのを控えているので、さいわいなことにこの時刻にしては走っている車がすくない。

マイク・ロジャーズの声が遠くから聞こえた。「くそ！」と毒づいて、疾走しながらハーバートは電話を取った。「すまない、マイク。なんだ」

「精確な現在位置がわかるか？」ロジャーズがきいた。

「見当もつかない」

「なにか標識があるだろう」ロジャーズがいい返した。

「いや」ハーバートはいった。「待て。あった」標識の横をさっと通り過ぎたときに目を凝らした。「ゲーテ大通り。ゲーテ大通りにいる」

「待て《ホールド・オン》」ロジャーズがいった。「地図をコンピュータに呼び出す」

「がんばるさ《アイル・ホールド・オン》。だって逃げ場がない」

ワゴン車がゲーテ大通りに曲がりこむときに一台の車と接触し、やがて加速した。まったくあきらめる様子がないあの連中は、法律の適用を免除されているのか、脳みそがまったくないのか、それともものすごく頭にきているのか、ハーバートには判断がつかなかった。きっと、アメリカ人でしかも身体障害者の男が敢然と向かってきたので、激怒したのだろう。そういう態度は断じて許せないのだ。

しかも、警官の姿はまったくないときている、とハーバートは思った。〈ビヤホール〉の前にいた警官がいったように、州警はあちこちの集会その他の場所の監視に駆り出されている。だいいち、市内でカー・チェイスがあろうとは、だれが予測するだろう。

ロジャーズが電話口に戻った。「ボブ――そこでよかった。ゲーテ大通りをそのまま精いっぱい西へ行け。ラーテナウ大通りまで直線で、そこから南へ折れる。そこに応援を送り込むようにする――」

「くそ！」ハーバートがふたたびどなり、携帯電話をほうりだした。

ワゴン車とハーバートのメルセデスとの距離が縮まると、サブ・マシンガンを持った男が窓から身を乗り出し、低く狙ってタイヤめがけて発砲を開始した。ハーバートは車のすくない対向車線——市内に向かうほうの車線——にはいるほかはなかった。たちまち射程外に逃れた。

すさまじい勢いで走るハーバートの前方で、対向車が急ハンドルを切ってよける。と、道路の穴に激しく車輪を落として、西への逃亡は中断し、方向感覚がおかしくなった。接近するワゴン車の方角にメルセデスが反転し、ハーバートはブレーキを踏んでスピンを押さえようとした。ワゴン車が脇《わき》を通過したとき、メルセデスはもと来た方角の東を向いてとまっていた。

ワゴン車が、五十ヤードほど後方でタイヤを鳴らして停止した。

ハーバートのメルセデスは、ふたたび射程内にはいっていた。携帯電話をつかむと、ハーバートはアクセルを押し込んだ。

「マイク、いま逆方向に走っている。ゲーテをランゲ・ラウベの方向へひきかえしている」

「わかった」ロジャーズがいった。「ダレルも電話を聞いている。冷静にしていてくれ。なんとか応援を行かせる」

「わたしは冷静だ」ハーバートは、轟然《ごうぜん》と迫るワゴン車のほうをふりかえった。「とにかくわたしが冷たい死体にならないようにしてくれ」

バックミラーを見ると、サブ・マシンガンを持った男が弾倉を交換しているのが目にはいった。やつらはあきらめるつもりはないし、遅かれ早かれこっちの運は尽きる。バックミラーを見たときに車椅子《くるまいす》が目に留まり、それをワゴン車の前に落とそうと思った。ボタンを押してバケットを出し、車輪に車椅子をひっかけさせる。とめるのは無理かもしれないが、なんらかの被害はあたえられるだろう。それに、生き延びることができれば、新しい車椅子を請求するという楽しみもある。

損失の理由。L‐5書式の一カ所だけ文章が記入できる欄を思い出した。ネオナチの殺し屋を撃退するために疾走する車より投下。

ハーバートは、速度をゆるめ、ワゴン車を接近させて、ボタンを押した。

後部ドアは閉まったままで、節をつけて歌うような女性の声が警告した。『申しわけございません。この装置は走行中は作動いたしません』

ハーバートは掌《てのひら》でアクセルを押し込み、速度をあげた。ワゴン車をバックミラーでたえず見守り、脇の窓から撃つのができるだけむずかしいように、ワゴン車の真正面の位置を保った。

そのとき、サブ・マシンガンを持った男が、足でフロントガラスを押すのが見えた。ガラスがはずれて、一枚の液状の板のように見えたかと思うと、無数のぎざぎざの玉となって、道路に落ちた。

男はサブ・マシンガンを突き出し、ハーバートのメルセデスに狙いをつけた。激しい風のなかで安定させるのに苦労していた。ワゴン車の助手席に銃を構えた悪党が乗っているその光景は、まさに悪夢のようだった。

ハーバートが反応するのに、一瞬の余裕しかなかった。ブレーキを手でぐいと押した。メルセデスが急停車し、ワゴン車が勢いよく追突した。トランクリッドが曲がって、まるでリボンのように内側に折れた。だが、サブ・マシンガンの男が投げ出されるのが、その上から見えた。男は窓枠の下側に腰をぶつけていた。サブ・マシンガンが手から離れ、ワゴン車のボンネットに落ちて、横へ飛ばされた。運転していた男も投げ出されて、ハンドルで胸を強打した。その男はまったく運転できなくなったが、足がアクセルから離れたので、車はとまった。

ハーバートの怪我《けが》は、またもやショルダー・ストラップが胸に食い込んで、不快なすり傷ができただけだった。

つかのま冴《さ》えた沈黙があったが、遠くの車のクラクションや、助けを呼ぶように叫びながら用心深く近寄るひとびとの声がそのしじまを破った。

ワゴン車の男たちがなにも手出しできない状態になったかどうか、確信がなかったので、ハーバートはアクセルを強く押して離れようとした。タイヤが激しくまわるのがわかったが、二台のフェンダーがからみあって動かなかった。

ハーバートはしばしじっと座って、動悸《どうき》が激しいのにはじめて気づき、車を降りて車椅子に乗れるだろうかと考えた。

突然、ワゴン車が息を吹き返して咆哮《ほうこう》した。激しくひっぱられるのを感じて、ハーバートはバックミラーを見た。運転手が交替し、ギヤをバックに入れている。今度は前進し、またバックして、もう一度がくがくと前進する。

揺さぶってこっちからはずそうとしているのだ、とハーバートが思ったとき、からみあっていた二台が離れた。ワゴン車は停止せずにそのままバックしつづけた。速度をあげ、角をまわって、見えなくなった。

どうしようかと思いながら、ハーバートはハンドルを握ってじっとしていた。遠くからサイレンが聞こえる。それでネオナチは逃げ出したにちがいない。オペルのパトカーのあのやかましいサイレンは、アメリカの警察のビュイックのサイレンに似ている。ひとびとが窓に近づいてきて、ドイツ語でそっとハーバートに話しかけた。

「ダンケ」ハーバートはいった。「ありがとう。だいじょうぶだ。どこも悪くない《ゲズント》。健康そのもの」

健康そのもの？　自分でいった言葉に疑問を投げた。警察は事情をきくだろうと思った。ドイツの警察は、あまりやさしくないという定評がある。よくても物扱いされるだろう。悪くすると……

悪くすると、警察署に何人かネオナチのシンパがいる。最悪の場合、留置されるだろう。最悪の場合、真夜中に何者かが、ナイフかピアノ線で息の根をとめようとやってくるだろう。

「冗談じゃない」ハーバートはつぶやいた。もう一度野次馬に礼をいい、丁重にどくようにと促した。いそいでギヤを入れ、電話を取り、ワゴン車を追って走り出した。

33

木曜日　午前十一時　ワシントンDC

それは、何本もの触手を持つ伝説上の海の怪物にちなみ、〈クラーケン〉という綽名《あだな》がついていた。マット・ストールが、オプ・センターの最初の職員として採用されたときに、設置したものだ。

〈クラーケン〉は、世界中のデータベースに接続された強力なコンピュータ・システムである。その資源および情報は、フォト・ライブラリやFBIの指紋ファイル、議会図書館の書籍やアメリカ各地の大都市の新聞の資料室のファイル、株価、鉄道や航空機の時刻表、世界各国の電話帳、アメリカおよび外国の主要都市の警察力と配置のデータにおよぶ。

だが、ストールとその小規模なスタッフは、このシステムをデータにアクセスするだけではなく、分析するために設計した。ストールの作った識別プログラムを使えば、データを調べる人間はテロリストの鼻や目や口を丸で囲んで指定するだけで、その人間が載っている世界の警察や新聞のファイルを検索できる。また、山や地平線や海岸線の輪郭を強調表示して、地形を比較することもできる。この資料保管所《アーカイヴ》には昼夜いずれも二名のオペレーターが常駐し、一度に三十の作業を処理できる。

いまわしいゲームに使われたハウゼン外務次官の写真を〈クラーケン〉が見つけるのに要した時間は、十五分たらずだった。ハウゼンが演説のためにホロコーストの生存者の晩餐会《ばんさんかい》に到着したところを、ロイターのカメラマンが速写したもので、五カ月前にベルリンの新聞に載った。その情報を見つけたエディは、この画像を強制収容所のゲームに使うという残忍さを憎まずにはいられなかった。

ハウゼンの写真の背景を突き止めるには、もうすこし時間がかかったが、それに関してふたりのプログラマーにはツキがあった。ディアドレイ・ドナヒューとナット・メンデルソンは、世界中を対象にするのではなく、まずドイツからはじめて、オーストリア、ポーランド、フランスと調べていった。四十七分後、コンピュータがその場所を見つけた。それは南仏《なんふつ》だった。ディアドレイは、その場所の沿革を突き止め、完璧《かんぺき》なまとめを書いて、ファイルに添えた。

エディが、その情報をマットにファクスした。やがて、〈クラーケン〉の長く力強い触手が動かなくなり、海の怪物は秘密の塒《ねぐら》に戻って音もなくじっと見張りをつづけた。

ソ連帝国再建
T・クランシー
S・ピチェニック
伏見威蕃訳
ロシア新政権転覆をもくろむクーデター資金を奪取せよ！　オプ・センターからの密命を受けて特殊部隊が挑んだ、決死の潜入作戦。

レインボー・シックス（1〜4）
T・クランシー
村上博基訳
国際テロ組織に対処すべく、多国籍特殊部隊が創設された。指揮官はJ・クラーク。全米を席巻した、クランシー渾身の軍事謀略巨編。

ノドン強奪
T・クランシー
S・ピチェニック
伏見威蕃訳
韓国大統領就任式典で爆弾テロ発生！　米国の秘密諜報機関オプ・センターが、第二次朝鮮戦争勃発阻止に挑む、軍事謀略新シリーズ。

合衆国崩壊 1〜4
T・クランシー
田村源二訳
国会議事堂カミカゼ攻撃で合衆国政府は崩壊した。イスラム統一を目論むイランは生物兵器で合衆国を狙う。大統領ライアンとの対決。

容赦なく（上・下）
T・クランシー
村上博基訳
一瞬にして家族を失った元海軍特殊部隊員に「二つの任務」が舞い込んだ。麻薬組織を潰し、捕虜救出作戦に向かう〝クラーク〟の活躍。

日米開戦（上・下）
T・クランシー
田村源二訳
大戦中米軍に肉親を奪われた男が企む必勝の復讐計画。大統領補佐官として祖国の危機に臨むライアン。待望の超大作、遂に日本上陸。

T・ハリス
高見浩訳
ハンニバル（上・下）
怪物は「沈黙」を破る……。血みどろの逃亡劇から7年。FBI特別捜査官となったクラリスとレクター博士の運命が凄絶に交錯する！

T・ハリス
菊池光訳
羊たちの沈黙
若い女性を殺して皮膚を剝ぐ連続殺人犯〈バッファロゥ・ビル〉。FBI訓練生スターリングは元精神病医の示唆をもとに犯人を追う。

D・L・ロビンズ
村上和久訳
鼠たちの戦争（上・下）
戦火のなか、たがいの命を賭して競い合う独ソ最強の狙撃手二人……。史実に秘められた悲劇をみごとに描出した人間ドラマの傑作！

B・ネイピア
土屋晃訳
天空の劫罰《ごうばつ》（上・下）
人為的に軌道を変更された小惑星が合衆国に衝突する――。招集された天文学者は、異端とされた17世紀の稿本に最後の望みを託す。

S・ハンター
玉木亨訳
魔弾
音もなく倒れていく囚人たち。闇を切り裂く銃弾の正体とその目的は？『極大射程』の原点となった冒険小説の名編、ついに登場！

S・ハンター
佐藤和彦訳
極大射程（上・下）
大統領狙撃犯の汚名を着せられた伝説のスナイパー・ボブ。名誉と愛する人を守るため、ライフルを手に空前の銃撃戦へと向かった。

フリーマントル
松本剛史訳

英　雄（上・下）

口中を銃で撃たれた惨殺体が、ワシントンで発見された！　国境を超えた捜査官コンビの英雄的活躍を描いた、巨匠の新たな代表作。

フリーマントル
真野明裕訳

屍体配達人（上・下）
―プロファイリング・シリーズ―

欧州各地に毎朝届けられるバラバラ死体。残忍な連続殺人犯に挑む女心理分析官にも魔手が！　最先端捜査を描くサイコスリラー。

フリーマントル
戸田裕之訳

流　出（上・下）

チャーリー、再びモスクワへ！　世界中に流出する旧ソ連の核物質を追う彼は、単身ロシア・マフィアと対決する運命にあった……。

フリーマントル
真野明裕訳

屍泥棒《しかばね》
―プロファイリング・シリーズ―

連続殺人、幼児誘拐、臓器窃盗、マフィアの復讐……ＥＵ諸国に頻発する凶悪犯罪にいどむ女性心理分析官の活躍を描く新シリーズ！

フリーマントル
松本剛史訳

猟　鬼

モスクワに現れた連続殺人犯は、髪とボタンを奪っていった。ロシアとアメリカの異例の共同捜査が始まったが――。新シリーズ誕生。

フリーマントル
山田順子訳

フリーマントルの恐怖劇場

〈この世〉と〈あの世〉の閾に立ち現れる幽妙な世界。恐怖と戦慄、怪異と驚愕。技巧の粋を凝らして名手が描く世にも不思議な幽霊物語。

J・グリシャム
白石朗訳
パートナー
（上・下）

巨額の金の詐取と殺人。二重の容疑で破滅の淵に立たされながら逆転をたくらむ男の、巧妙で周到な計画が始動する。勝機は訪れるか。

J・グリシャム
白石朗訳
陪審評決
（上・下）

注目のタバコ訴訟。厳正な選任手続きを経て陪審団に潜り込んだ青年の企みとは？　陪審票をめぐる頭脳戦を描いた法廷小説の白眉！

J・グリシャム
白石朗訳
原告側弁護人
（上・下）

新米弁護士の初仕事は、悪徳保険会社を相手におこした訴訟だった。弁護士資格を取得してわずか三カ月の若者に勝ち目はあるのか？

J・グリシャム
白石朗訳
処刑室
（上・下）

ガス室での処刑が目前に迫った死刑囚サムの弁護士は、実の孫アダムだった。残されたわずかな時間で、彼は祖父の命を救えるのか？

J・グリシャム
白石朗訳
依頼人
（上・下）

秘密を話せば殺される——恐るべき情報を知ってしまった11歳の少年マークは、全財産の1ドルで女弁護士レジーに助けを求めた……。

J・グリシャム
白石朗訳
ペリカン文書
（上・下）

才色兼備の女子大生が書いたある文書を追って、巨大な国家的陰謀が渦巻く——アメリカの現実をリアルに織り込んだ政治サスペンス。

J・アーチャー
永井淳訳

十一番目の戒律

汝、正体を現すなかれ——天才的暗殺者はCIAの第11戒を守れるか。CIAとロシア・マフィアの実体が描かれていると大評判の長編。

J・アーチャー
永井淳訳

メディア買収の野望（上・下）

一方はナチ収容所脱走者、他方は日刊紙経営者の跡継ぎ。世界のメディアを牛耳るのはどちらか——宿命の対決がいよいよ迫る。

J・アーチャー
永井淳訳

十二枚のだまし絵

四通りの結末の中から読者が好きなものを選ぶ「焼き加減はお好みで…」など、奇想天外なアイディアと斬新な趣向の十二編を収録。

J・アーチャー
永井淳訳

十二本の毒矢

冴えない初老ビジネスマンの決りきった毎日に突如起った大椿事を描いた「破られた習慣」等、技巧を凝らした、切先鋭い12編を収録。

J・アーチャー
永井淳訳

十二の意外な結末

愛人を殴った男が翌日謝りに行ってみると、家の前に救急車が……。予想外な結末が待ち受ける「完全殺人」など、創意に満ちた12編。

J・アーチャー
永井淳訳

新版大統領に知らせますか？

女性大統領暗殺の情報を得たFBIは、極秘捜査を開始した。緊迫の七日間を描くサスペンス長編。時代をさらに未来に移した改訂版。

Title: TOM CLANCY'S OP-CENTER: GAMES OF STATE (vol. I)
Author : Tom Clancy & Steve Pieczenik

欧《おう》米《べい》掃《そう》滅《めつ》(上)

新潮文庫　ク - 28 - 17

Published 2001 in Japan
by Shinchosha Company

平成十三年三月一日発行

訳者　伏《ふし》見《み》威《い》蕃《わん》
発行者　佐藤隆信
発行所　株式会社新潮社

郵便番号　一六二—八七一一
東京都新宿区矢来町七一
電話　編集部(〇三)三二六六—五四四〇
　　　読者係(〇三)三二六六—五一一一

価格はカバーに表示してあります。

乱丁・落丁本は、ご面倒ですが小社読者係宛ご送付ください。送料小社負担にてお取替えいたします。

印刷・二光印刷株式会社　製本・憲専堂製本株式会社

ISBN4-10-247217-7 C0197